BLACKLISTÉE

COLE GIBSEN

BLACKLISTED

COLE GIBSEN

BLACKLISTÉE

COLE GIBSEN

Traduit de l'anglais (États-Unis) par Alix Paupy

Titre original :
Life Unaware

Loi n° 49 956 du 16 juillet 1949 sur les publications destinées à la jeunesse : mai 2017.

Copyright © 2015, Cole Gibsen, tous droits réservés, première publication par Entangled Publishing, LLC, 2015.
© Hugo et Compagnie, 2015.
© 2017, éditions Pocket Jeunesse, un département d'Univers Poche, pour la présente édition.

ISBN 978-2-266-26999-5

Ce livre est dédié à tous ceux qui ont été harcelés, et à qui l'on a fait sentir qu'ils étaient moins formidables que ce qu'ils ne sont vraiment. Vous n'êtes jamais seuls.

N'hésitez pas à appeler SOS Amitié.

PROLOGUE

— Regan ?

Le docteur Lee haussa un sourcil et posa la pointe de son stylo sur le bloc-notes. Le papier se mit à boire l'encre, formant une petite tache bleue qui s'élargissait peu à peu sur le fond jaune. C'était exactement ce que je ressentais en revivant les événements des trois derniers mois : je rouvrais des cicatrices qui saignaient sur la page.

— Voulez-vous parler d'autre chose ?

Je fis « non » de la tête. Un goût amer me prit la gorge. Était-ce celui de la honte ? Je déglutis et humectai mes lèvres sèches. J'étais déterminée à tout lui raconter. La vérité devait sortir.

— Je n'étais pas quelqu'un de bien, lâchai-je. J'imagine que je le savais déjà à ce moment-là... Mais je m'en fichais.

Le docteur Lee resta impassible.

— Et maintenant, vous vous en fichez toujours ? demanda-t-il.

De nouveau, je fis « non » la tête. La tache d'encre s'élargissait toujours sous la plume de son stylo. Combien de pages devrait-il tourner avant d'en trouver une qui ne soit pas marquée par l'encre ? Trois ? Six ? La moitié du bloc ? Encore une fois, les dégâts n'étaient visibles qu'en surface.

— Qu'est-ce qui a changé ?

Je m'obligeai à soutenir son regard.

— Tout.

Il inscrivit quelque chose sur son bloc, mais son écriture était illisible.

— Comment ça ?

Je haussai les épaules.

— Avant, je pensais que la seule chose qui comptait, c'était d'être la meilleure. Je faisais tout pour y arriver. Je manipulais les gens. Je ne pensais pas que c'était grave parce que, techniquement, je ne faisais de mal à personne. Je n'avais pas idée…

Ma voix se brisa.

— Vous n'aviez pas idée… insista le docteur.

Je n'avais pas envie de prononcer les mots à voix haute. Ça risquait de les rendre plus réels.

— Je n'avais pas idée que je… détruisais les gens. Mais quand ça m'est arrivé, venant de quelqu'un que je pensais aimer…

Un sanglot m'interrompit. Je fermai les yeux très fort pour refouler mes larmes.

— Je ne peux pas, murmurai-je.

C'était la vérité.

Dans le noir sous mes paupières closes, je le voyais – la façon dont il m'avait regardée, dont ils m'avaient tous regardée –, et la douleur s'abattit sur moi avec une telle violence que je crus mourir.

— Je ne... peux pas.

— Ce n'est pas grave, Regan.

J'entendis le bruit étouffé d'un bloc-notes qu'on ferme sur un bureau.

— Nous pouvons arrêter là pour aujourd'hui, dit le docteur.

— Non !

Chaque inspiration, chaque battement de mon cœur m'apportait une nouvelle vague de souffrance, mais il y avait une seule chose plus douloureuse que de raconter ce que j'avais fait, c'était de le taire. Les secrets, c'était eux qui avaient tout déclenché. Je rouvris les yeux.

— J'ai besoin d'en parler.

— Très bien, dit le docteur Lee en reprenant son bloc. Commençons par le commencement. Quelle est la dernière chose qui vous soit arrivée avant que tout s'effondre ?

Un trop-plein d'émotions tiraillait mon cœur déjà bien mal en point. Les souvenirs refaisaient surface, aussi vivaces que le jour où je les avais vécus. Les revivre allait être un calvaire, mais cela valait toujours mieux que de laisser la blessure s'infecter en moi.

Je mordillai l'ongle de mon pouce et m'efforçai de retrouver l'instant où tout avait basculé.

— Tout a commencé par un texto.

CHAPITRE PREMIER

Trois mois plus tôt...

La sonnerie de mon portable m'éveilla en sursaut. Affolée, j'essayai d'attraper l'appareil sur la table de chevet mais fis tomber mon flacon de pilules.

— Regan ! cria ma mère dans le couloir.

Sa voix stridente me transperça le cerveau comme une pluie d'éclats de verre.

— Je t'attends dans la cuisine dans cinq minutes ! Il y a certaines choses dont il faut qu'on parle.

Génial. Sur ma liste de choses marrantes à faire, me faire sermonner par ma mère se trouvait juste en dessous de me faire crever l'œil avec une fourchette. J'abandonnai l'idée de trouver à tâtons mon téléphone ou mon flacon – je ne savais plus vraiment duquel j'avais le plus besoin – et fixai le plafond en clignant des yeux jusqu'à m'habituer à la pénombre. À en juger par mes réflexes de zombie, je n'avais pas eu plus de quatre heures de sommeil. Pas bon. Je ne pouvais pas me laisser atteindre par ma mère. Ce jour était trop important, je devais être au top.

Mon portable sonna de nouveau, et je parvins enfin à l'attraper sur la table de nuit. Un SMS de Payton, qui hurlait en majuscules :

> OMG TU AS VU LE STATUT FB
> DE CHRISTY HOLDER ???!!!

Christy était la capitaine de l'équipe de pom-pom girls du lycée, et vu le nombre de points d'exclamation à la fin du message de Payton, je me doutais que son statut devait avoir un rapport avec les essais de la veille – ces mêmes essais que j'avais complètement foirés en tombant sur les fesses pendant un grand porté.

À ce souvenir, je fus prise d'une vague de nausée. Je m'efforçai de me concentrer sur mon téléphone en parcourant mon fil d'actu Facebook et ne mis que quelques secondes à trouver le statut de Christy.

Les essais étaient fabuleux, mais avec toutes les filles qui veulent entrer dans l'équipe cette année, il va y avoir des éliminations. Comment choisir ?

Je laissai tomber mon portable sur mes genoux et me mis à ronger nerveusement l'ongle de mon pouce. Christy allait-elle me disqualifier ? Bien sûr, j'avais raté le porté, mais elle avait une dette envers moi : au printemps dernier, je l'avais fait inviter à la soirée de Jason Spear. Elle me devait bien un service en retour, non ? Il fallait absolument que j'entre dans l'équipe. Sinon, ma mère allait me tuer.

Soudain, une vive douleur me détourna de mes pensées. Je sortis mon pouce de ma bouche et contemplai le sang qui perlait le long de mon ongle rongé jusqu'à la chair. Encore une fois.

Je pris un mouchoir en papier dans la boîte posée sur la table de nuit et l'enroulai autour de mon pouce. Si ma mère voyait ça, elle ajouterait le rongeage d'ongles à la liste des sujets à aborder tous les matins…

Tant bien que mal, je m'extirpai de sous les couvertures et traversai ma chambre. Carotte, le lapin en peluche de mon enfance, m'observait depuis sa place d'honneur sur l'étagère au-dessus du bureau. Les boutons noirs qui lui servaient d'yeux semblaient me regarder avec compassion, comme pour dire : « Tu te souviens, quand tu étais gosse et qu'on vivait dans une maison deux fois plus petite que celle-là ? Le jardin ne faisait même pas la taille de l'allée qu'on a maintenant, mais on y a vécu des aventures incroyables. Et le plus beau, c'était que rien de tout ça n'existait. Pas d'essais pour entrer chez les pom-pom girls, pas de conseil des élèves et, encore mieux, ta mère ne faisait pas encore de politique. »

C'était dans une vie antérieure, me dis-je en me détournant. À l'époque, tout était différent. J'étais différente. Mais maintenant ? Je n'avais pas de temps à perdre avec des regrets, des souvenirs ou des lapins en peluche. Rien ne pouvait changer le fait que j'avais dix-sept ans et que, même si je détestais ça, les pom-pom girls, le conseil des élèves et la politique de ma mère faisaient partie intégrante de mon existence.

Ne pas entrer dans l'équipe n'était pas envisageable — du moins, c'était l'avis de ma mère. Et je n'avais pas travaillé aussi dur pour tout perdre à cause d'un stupide porté foiré pendant des essais.

Je saisis mon portable posé sur la couette. Comme tout bon sportif vous le dirait, pour gagner, une équipe a besoin d'une excellente attaque et d'une défense de premier ordre. Et grâce aux leçons de ma politicienne de mère, je brillais sur les deux plans.

Avant tout, limiter les dégâts. Je cliquai sur le statut de Christy et rédigeai un rapide commentaire :

> Christy, tu es géniale comme capitaine. Je suis sûre que quelle que soit ta décision, ce sera la bonne. À la meilleure équipe de pom-pom girls que cette école ait jamais eue. Allez les Royals !

Lui faire de la lèche en public était un bon début, mais un autre message plus personnel ne pouvait pas faire de mal. Un mois auparavant, le copain de Christy l'avait trompée avec une fille nommée Mia, qui avait eu le culot de se pointer aux essais avec un sac à main Gucci identique à celui que Christy s'était offert l'an dernier.

Je trouvai Christy dans mes contacts et lui envoyai un texto :

> T'y crois que Mia a osé se pointer aux essais ? En plus, je l'ai vue avec un sac qui ressemblait étrangement à ton vieux Gucci. La pauvre fille en est à fouiller les poubelles pour récupérer les vieux sacs et les copains qu'on a balancés. Franchement, laissons les ordures aux ordures. Tu es bien au-dessus de ça.

Christy répondit une minute plus tard :

> AH OUAIS ? Merci, ma belle. Je peux toujours compter sur toi pour me redonner le sourire ●

Je savais que c'était stupide, mais ma mère m'avait appris à ne jamais sous-estimer le pouvoir de la flatterie. Cependant, je connaissais aussi l'importance d'une bonne attaque. Je rouvris donc le message de Payton et ajoutai mon autre amie Amber à la conversation. Ma requête était simple :

> IL ME FAUT TOUTES LES SALOPERIES QUE VOUS POURREZ TROUVER SUR CHRISTY HOLDER.

Payton fut la première à répondre :

> T'es au top !

Une minute plus tard, Amber m'envoya :

> OMG Regan ! Il est pas un peu tôt pour péter ton câble, sérieux ?

Je levai les yeux au ciel et balançai mon portable sur le lit. J'aurais dû savoir qu'Amber ne comprendrait pas. C'était la fille la plus populaire du lycée, elle n'avait aucun effort à faire. Elle était également co-capitaine de l'équipe. Si je trouvais le moyen d'éliminer Christy, Amber deviendrait capitaine. Et comme je faisais partie de ses meilleures amies, à coup sûr, j'entrerais dans l'équipe.

Cette pensée me détendit un peu. Avec Payton en quête d'informations pour ruiner la réputation de Christy Holder, j'étais libre de programmer mes heures de bénévolat, d'élaborer un plan d'attaque pour ma campagne d'élection au conseil des élèves, de commencer mes révisions pour le SAT et…

— Regan ! Il est l'heure.

Je tressaillis. Ma mère. Merde. Je l'avais presque oubliée.

Je me traînai jusqu'à mon placard et enfilai l'uniforme du lycée. L'école s'imaginait que nous imposer des tenues identiques allait créer une espèce d'égalité au sein des élèves. La bonne blague ! Cela ne faisait que nous obliger à trouver des manières plus créatives de rivaliser. C'était à qui aurait les plus belles chaussures de designer ou les bijoux les plus chers — un titre que j'étais sûre de remporter grâce au pendentif en diamant que papa m'avait offert pour mes seize ans.

Je posai mes doigts sur le bijou afin de m'assurer qu'il se trouvait exactement à sa place : au creux de mon cou, là où tout le monde pouvait bien le voir. Puis je me brossai les cheveux, mis un serre-tête et m'aspergeai le cou et les poignets du parfum « Daisy » de Marc Jacobs. J'eus tout juste le temps de m'appliquer un peu de fond de teint et de mascara pour tenter de dissimuler les cernes noirs sous mes yeux avant que ma mère m'appelle de nouveau. Tout mon look était calculé pour me donner un air de jeune fille douce et innocente, le type même de la parfaite lycéenne américaine.

Je refermai en hâte ma trousse à maquillage et me tournai vers la porte. Je savais que je n'avais pas intérêt à lui laisser le temps de m'appeler une quatrième fois. Mais à peine sortie dans le couloir, je m'arrêtai net. Mes cachets. Je me ruai dans ma chambre, saisis le flacon sur ma table de chevet et le glissai dans mon sac à dos. En théorie, le règlement du lycée interdisait de transporter des médicaments dans son sac. Je m'en fichais. Chaque fois que je demandais un cachet à l'infirmière du lycée, cette dernière envoyait un mot à mes parents. En résultait une attention indésirable de ma mère, qui provoquait chez moi un regain d'anxiété et des crises de panique. Et c'était reparti pour le cercle vicieux. Personne ne voulait de ça.

Et puis, qui sait ? Cette journée allait peut-être marquer la fin des crises de panique.

Bien sûr. Quand les poules auront des dents. L'image d'une grosse volaille au sourire exagéré m'arracha un sourire, qui mourut sur mes lèvres dès que j'entrai dans la cuisine et aperçus ma mère, assise à table, qui me foudroyait du regard. Elle portait un de ses nombreux tailleurs parfaitement ajustés pour mettre en valeur sa silhouette élancée. Ses cheveux étaient ramassés en un chignon bas qui accentuait les traits sévères de son visage.

— Regan, dit-elle froidement en désignant d'un geste la chaise vide à sa droite. Parlons un peu, tu veux bien ?

— Où est papa ? demandai-je, ignorant sa question.

Mon père jouait toujours les boucliers lors des assauts de ma mère, et je n'avais pas la moindre envie de subir ça sans lui. Ce matin-là, cependant, il n'était pas assis à sa place habituelle à côté d'elle. Je jetai un regard furtif de l'autre côté de la pièce, mais il n'était pas non plus près de la cafetière en train de se resservir une tasse.

Un éclair d'agacement traversa le regard de ma mère.

— Parti, répondit-elle. Il avait un rendez-vous pour une dévitalisation très tôt ce matin. Il n'y a plus que toi et moi.

Ses mots résonnèrent dans ma tête comme une menace. Plus que toi et moi.

Je n'avais aucune idée de ce que ma mère allait dire, mais une chose était sûre : d'une manière ou d'une autre, je l'avais déçue. Une vague d'angoisse s'abattit sur moi. Je me crispai.

Je me souvins alors des instructions de mon médecin et pris une grande inspiration, que je retins en comptant jusqu'à dix avant d'expirer lentement. Peu à peu, les anneaux qui m'enserraient se relâchèrent.

Maman plissa les yeux.

— Qu'est-ce que tu fais ? Pourquoi tu respires comme ça ?

Je ne pris même pas la peine de répondre. Elle savait exactement ce que je faisais. Elle m'accompagnait toujours à mes rendez-vous et discutait en chuchotant avec mon psy dès que j'avais quitté la pièce. Bien sûr, elle refusait de reconnaître mes problèmes de stress :

c'était tellement plus facile de se voiler la face que d'admettre que quelque chose ne tournait pas rond chez sa fille...

— Je vais me faire un bol de céréales, déclarai-je en feignant la bonne humeur.

Aussitôt, ma mère attrapa son sac à main et en sortit une barre protéinée qu'elle posa sur la table.

— Regan chérie, tu devrais surveiller ton alimentation. Pour les filles comme toi qui ont des courbes, le pas est vite franchi entre « flatteur » et « flasque ».

Je serrai les dents si fort que ma mâchoire me fit mal. J'étais toujours debout à l'entrée de la cuisine, immobile. La dernière chose dont j'avais envie, c'était de m'asseoir à table à côté de cette femme. J'avais plus de chances de m'en sortir en vie si je me couvrais de sang avant de plonger dans un aquarium à requins.

— Un café, alors.

En me tournant vers la cafetière, je m'efforçai de me souvenir que ma mère n'avait pas toujours été aussi critique. Après tout, c'était elle qui m'avait offert Carotte. Je savais que l'arène politique – cette peur constante que vos ennemis repèrent une faille – l'avait changée. En fait, je savais exactement ce qu'elle ressentait, mais ça ne rendait pas la situation moins stressante.

— J'ai jeté tout le café, déclara-t-elle.

Je me figeai. Apparemment, elle n'avait pas conscience d'avoir jeté une grenade dégoupillée au beau milieu de la cuisine. Une rage subite s'empara de moi, et je l'accueillis à bras ouverts. En dehors des pilules, seule la colère repoussait efficacement mes crises de panique.

— Pourquoi tu as fait ça ? demandai-je d'un ton sec.

Elle savait que mon café du matin était vital pour moi. Sans ce petit coup de fouet, j'allais piquer du nez dès le premier cours. Était-ce encore une de ses épreuves tordues pour me rendre plus forte ?

Ma mère laissa un bref silence s'installer, puis répliqua :

— Le café tache les dents. Nous sommes dans une année de campagne, Regan. Il y aura des spots à tourner, des interviews… Notre apparence doit être irréprochable.

Je me retournai pour la regarder bien en face, bras croisés.

— Tu t'inquiètes pour mes dents ?

Elle plissa les yeux.

— Dois-je te rappeler qu'en politique, l'image est primordiale ? Tu veux que je perde les prochaines élections ?

Surtout pas. En général, ma mère passait la moitié de la semaine à Washington, et les 1 272 kilomètres qui la séparaient de notre maison dans l'Illinois étaient la seule chose qui m'empêchait de devenir folle. Mais allez, quoi… Mes dents ? Elle m'obligeait déjà régulièrement à les faire blanchir, donc je savais que ce n'était pas le problème. Et j'avais besoin de cette caféine pour rester au top…

— Je suis désolée, rétorquai-je. Tu as parfaitement raison. L'économie est au plus mal, les gens n'ont pas de travail, certains finissent à la rue, mais tout ira bien tant que je n'aurai pas de taches sur les dents !

L'espace d'un instant, elle eut presque l'air désolée.

— Tu sais bien qu'il n'y a pas que ça… dit-elle. D'après ton médecin, la caféine n'est pas bonne pour tes… tes nerfs.

Je savais que je ne devais pas tirer sur la corde. Après tout, venant d'elle, c'était presque une déclaration d'amour. Pourtant, je ne pus m'empêcher d'ajouter :

— Mes nerfs ? Tu veux parler de mes troubles de l'anxiété ?

Aussitôt, elle leva le menton et me réduisit au silence d'un seul regard.

— Assieds-toi, Regan.

Je m'avançai en traînant les pieds et me laissai tomber sur la chaise en face d'elle. Elle glissa vers moi la barre protéinée. À contrecœur, je déchirai l'emballage. Mmmm, songeai-je. Un bout de carton couvert de chocolat... Je rêvais déjà à la cannette de Coca que j'allais acheter au distributeur du lycée.

Je pris une bouchée, puis mis une bonne minute à convaincre ma gorge que j'avais de la vraie nourriture dans la bouche et qu'il fallait l'avaler au lieu de la recracher.

Ma mère m'observa un instant avant de secouer la tête d'un air réprobateur.

— Je ne comprends pas, Regan. Tu es une si jolie fille. Pourquoi ne pas faire plus d'efforts ? Il te suffirait d'un peu de blush et de rouge à lèvres pour ne pas avoir l'air de tomber du lit...

Je la fusillai du regard et continuai à mâcher mon bout de carton. J'avais fait un effort.

— Peu importe, reprit-elle avec un geste vague de la main. Nous en reparlerons une autre fois.

Je déglutis avec peine. Je n'attendais que ça...

— La véritable raison pour laquelle je voulais te parler, poursuivit-elle en rajustant le petit drapeau américain épinglé sur son revers, c'est qu'avec ta dernière année de lycée qui commence, nous devons mettre en place un plan d'action. C'est ta dernière chance d'impressionner un conseil d'admission à l'université. Sans compter que nous sommes en période électorale et que le public sera sensible à ton succès.

À ces mots, je dus empêcher la barre protéinée de faire une réapparition inopinée. J'avais déjà eu assez de mal à l'avaler ; je ne voulais même pas imaginer ce que ce serait de la sentir remonter. Je déglutis à plusieurs reprises avant de réussir à formuler une réponse.

— En fait, j'ai déjà un plan d'action.

— Ah ? fit ma mère en haussant un sourcil. Je t'écoute. L'estrade est à toi.

J'avais horreur qu'elle me parle comme si je m'apprêtais à proposer un texte de loi à l'Assemblée alors que c'était de ma vie qu'il s'agissait. Je parvins tout de même à ne pas lever les yeux au ciel.

— Eh bien, j'ai été nominée pour me présenter au conseil des élèves, donc je vais avoir ma propre campagne à gérer.

— Formidable, dit-elle avec un sourire. Il faut absolument que tu l'emportes. Avoir participé au conseil des élèves fait toujours un excellent effet sur une candidature universitaire.

— OK.

Ça ne servirait à rien de lui faire remarquer que mon élection ne dépendait pas de moi mais du vote des autres élèves...

— Je suis aussi en train d'organiser mes heures de bénévolat, poursuivis-je. Je vais continuer à me porter volontaire pour m'occuper des chevaux à l'écurie, et je compte m'inscrire pour servir à la soupe populaire à l'église. Et puis il y a l'équipe de pom-pom girls…

J'espère.

— Très bien.

Elle se leva et passa la sangle de son sac sur son épaule.

— J'ai un avion à prendre. J'appellerai ton père ce soir pour lui demander de s'assurer que tu restes bien focalisée sur tes objectifs. Je ne voudrais pas que tout s'effondre en mon absence…

Et voilà. La menace perpétuelle de mon échec venant ruiner tous ses projets d'avenir. La camisole de force invisible était si serrée contre mes côtes que je pouvais à peine respirer. Malgré tous mes efforts pour la contenir, l'attaque de panique menaçait.

Ma mère s'arrêta sur le pas de la porte, le temps d'une dernière recommandation. Je voyais ses lèvres bouger, mais les battements de mon cœur qui résonnaient dans ma tête couvraient le son de sa voix.

Soit elle ne remarqua pas que je suffoquais, soit elle ne voulut pas le remarquer. Quoi qu'il en soit, elle me tourna le dos et s'en alla sans attendre une réponse de ma part. Dès qu'elle fut hors de vue, j'attrapai mon sac à dos et en sortis le petit flacon orange. Mes mains tremblaient si fort que les pilules s'entrechoquaient. Comme toujours. J'avais déjà tellement secoué le flacon que les parois intérieures étaient couvertes d'une fine couche de poussière.

Une peur viscérale me paralysait. Celle qui se manifestait toujours pendant mes crises de panique : la peur de ne pas m'en sortir vivante.

Je savais que cette pensée était stupide. Mon médecin et mon psychiatre m'avaient expliqué une bonne centaine de fois que personne ne mourait d'une crise de panique. Mais je n'arrivais pas à respirer. On avait bien besoin d'oxygène pour vivre, non ? On avait aussi besoin que notre cœur n'explose pas dans notre poitrine ?

Mais malgré tout, je survivrais.

D'une manière ou d'une autre.

Comme toujours.

CHAPITRE 2

Je me garai sur ma place de parking attitrée, sortis de ma Ford Escape blanche et claquai la portière derrière moi. Maman tenait absolument à ce que l'on conduise des voitures américaines.

— C'est mieux pour l'opinion publique, avait-elle répliqué quand j'avais réclamé un véhicule un peu plus sexy.

Soudain, mon portable sonna. Un nouveau message de Payton.

> J'ai des putains d'infos sur Christy Holder ! Tu vas pas le croire !

> Parfait. Avec un peu de chance, je pourrai m'en servir contre elle. Après le SMS que j'ai envoyé à Christy ce matin, pas moyen qu'elle me soupçonne.

Quoi ?!

J'imaginais Payton penchée sur son portable, les lèvres tordues en un rictus diabolique. Plus elle mettrait de temps à me répondre, plus l'info serait juteuse. Pour Payton, la délivrance de la rumeur était aussi importante que la réception. Si le commérage avait été une forme d'art, elle aurait été un maître.

— Hé, Regan !

Je me tournai en direction de la voix qui venait de m'interpeller. Une petite brune, probablement une élève de seconde, me faisait signe quelques voitures plus loin. Je ne la connaissais pas. Du moins, je ne me souvenais pas d'elle. Je reposai mon portable et lui rendis tout de même son signe.

— Salut !

Je ne pouvais pas me permettre de l'ignorer. Quelqu'un d'important aurait pu me voir la snober. C'était ce que ma mère disait sans cesse : tu dois toujours avoir trois coups d'avance.

Je sortis mes lunettes de soleil de mon sac à main Kate Spade et les mis sur mon nez. Les gens croyaient que c'était pour le style, et ça me convenait très bien. Jamais je n'avouerais que je les portais pour que personne ne puisse lire la peur dans mon regard. Ça faisait à peine cinq minutes que j'étais arrivée et je sentais déjà les yeux qui me fixaient, braqués sur moi comme autant de fusils de snipers.

Quand on est populaire, il y a toujours quelqu'un qui essaie de vous descendre pour prendre votre place.

Comme si j'allais me laisser faire... Avant même d'avoir passé la porte du lycée, j'avais déjà ressorti mon portable afin d'assurer mes arrières. D'abord, envoyer un message groupé à la moitié des filles de l'équipe de pom-pom girls :

Tu as été top aux essais hier ! Sérieux, à côté, les autres ont toutes fait de la merde. Je suis trooooop jalouse !

Je n'aurais peut-être pas dû envoyer exactement le même message à chacune, mais je devais m'assurer un maximum d'alliées dans l'équipe aussi vite que possible. Et puis, de toute façon, qui irait remettre en question un compliment ?

Mon portable sonna de nouveau. Payton.

> Désintox. La meilleure amie de la cousine de Christy m'a dit que ses parents l'ont envoyée en Californie cet été. Un mois dans une clinique de luxe à Malibu pour soigner ses troubles de l'alimentation. Ça a mis ses parents sur la paille.

Et merde. Ce n'était pas le genre de ragot qu'il me fallait. En lisant « désintox », j'avais espéré une dépendance secrète aux amphétamines, ou quelque chose dont j'aurais pu me servir pour la faire chanter afin d'assurer ma place dans l'équipe. Mais là, il s'agissait d'un vrai désordre psychologique. Tout comme les troubles de l'anxiété. C'était le genre de chose qui pouvait vraiment bousiller quelqu'un. Jusqu'où étais-je vraiment prête à aller pour satisfaire les ambitions de ma mère ?

Comme si je l'avais invoquée, la voix de ma mère se mit à murmurer dans ma tête : Tu crois vraiment que je m'inquiète de l'état mental de mon adversaire quand je le traîne dans la boue ? Tu crois vraiment que Christy se retiendrait si elle connaissait ton secret ?

Mon téléphone sonna de nouveau :

Alors, qu'est-ce que tu vas faire ?

Pensive, je tapotai l'arête de mon portable. J'allais à l'école avec Christy depuis la maternelle, et elle n'avait jamais dit une seule chose méchante à mon sujet. Je ne voulais pas ruiner sa réputation. J'avais seulement besoin de... la distraire un peu. Mais comment ? Je ne pouvais pas me contenter de répandre des rumeurs sur sa cure de désintox : tout le monde allait se précipiter à ses côtés, et ce serait à qui la « soutiendrait » le mieux. Pas du tout stratégique.

Je vais trouver un truc. Il faut seulement l'évincer temporairement. Juste le temps qu'Amber prenne sa place et me fasse entrer dans l'équipe.

L'ennui, c'était que je ne savais absolument pas comment m'y prendre. Je ne savais pas non plus si je voulais vraiment me servir contre elle d'un problème aussi grave qu'un trouble de l'alimentation. Je sentais que c'était mal.

En tout cas, tu ferais bien de te grouiller. C'est dans deux jours qu'elle constitue l'équipe.

Je remis mon portable dans ma poche et poussai un soupir. Peut-être devrais-je laisser tomber. Après tout, est-ce que ça serait si grave si je n'entrais pas dans l'équipe ? Ce n'était pas comme si je vivais pour les pom-pom girls. En vérité, je détestais réciter ces stupides encouragements, et j'avais en horreur la façon dont les mecs soulevaient ma jupe en passant derrière moi. Si je n'entrais pas dans l'équipe, je pourrais plus souvent m'occuper de mon cheval et j'aurais plus de temps pour réviser. Ça m'épargnerait ces nuits blanches de bachotage que je devais m'imposer à cause de mon emploi du temps surbooké.

Non. Si je n'entrais pas dans l'équipe, je ruinais mes chances d'entrer dans une bonne université. Et si je n'entrais pas dans une bonne université, mes choix de carrière seraient limités. Et si je ne trouvais pas de travail, je serais obligée de rester à la maison, avec ma mère, pour toujours. Et comme ma mère était une figure politique, le monde entier serait témoin de l'échec de ma vie.

Un goût amer me brûlait le fond de la gorge. Je ne pouvais pas échouer, même si je n'aimais pas foutre le bordel dans la vie des gens. Pourtant, je le faisais si souvent qu'on aurait pu croire qu'à un moment donné, je n'aurais plus fait attention. Je faisais comme si je m'en foutais. Si Amber était dans les parages, je faisais même semblant d'aimer ça autant qu'elle. Mais, en réalité, ça n'était jamais devenu plus facile. Avec le temps, je n'avais pas moins mal à l'estomac ni les paumes moins moites.

— Regan ! m'appela une fille aux cheveux blonds et courts, assise sur les marches de l'entrée.

Je la reconnus aussitôt : elle avait participé aux essais. Si je jouais finement mes cartes et qu'elle aussi entrait dans l'équipe, elle y ferait une alliée de choix.

— Salut, répondis-je avec un sourire jusqu'aux oreilles. J'ai hâte que les entraînements commencent, pas toi ?

— Oui, ça va être une année d'enfer ! s'écria-t-elle avant de reprendre sa conversation avec le garçon qui l'accompagnait.

Sa façon de dire « une année d'enfer » m'avait arrêtée net. Vu son enthousiasme, elle y croyait vraiment. Je me demandai ce que ça faisait. Quel genre d'existence vivait-elle pour manifester un tel optimisme avec autant de naturel ? Est-ce qu'elle se réveillait tous les matins, pressée d'affronter ce que la vie lui réservait ? Est-ce qu'elle avait parfois envie de s'enfouir sous les couvertures et de ne plus jamais en sortir, certaine que cette journée serait celle où tout allait partir en vrille ?

Mon sourire vacilla, mais je me hâtai de rectifier ça avant que quiconque le remarque. Pour eux, j'étais Regan Flay, pom-pom girl, toujours première de la classe et fille de la députée Victoria Flay. J'aimais le petit Jésus, ma famille et les chevaux — toujours dans cet ordre. Comme le disait ma mère, j'étais l'exemple parfait d'une enfant élevée avec des limites fermes et de saines valeurs américaines, et je devais me conduire en tant que telle. C'était exactement ce que je m'efforçais de faire — si l'on excluait les troubles de l'anxiété, la consommation excessive de petites pilules et un peu d'espionnage social par-ci, par-là.

En gros, si j'avais été élevée avec de « saines valeurs américaines », ça expliquait à quel point le pays était dans la merde.

Prête à affronter l'inévitable vague de panique, je pris une grande inspiration, redressai les épaules et poussai les portes en verre du lycée. Instantanément, plusieurs dizaines de paires d'yeux se tournèrent vers moi. J'étais tendue comme un arc, prête à tourner les talons pour partir en courant, mais je me contraignis à poser tranquillement un pied devant l'autre. Pourtant, plus j'avançais dans le bâtiment, plus l'air semblait devenir irrespirable.

Plusieurs personnes m'appelèrent pour me saluer, mais mes lunettes de soleil m'empêchaient de distinguer les visages au milieu de la masse de lycéens qui encombraient les couloirs. Malgré cela, je n'osais pas les enlever. Elles formaient comme un mur protecteur entre moi et les autres. Du coup, pour ne pas passer pour une pétasse, j'élargis encore un peu plus mon sourire et levai la main pour saluer tout le monde.

Pour être honnête, je ne savais pas vraiment pourquoi j'étais si populaire. Je n'étais pas différente des autres, j'étais même sûrement bien pire que la plupart. Ça devait faire partie des nombreux fardeaux que m'imposait la carrière de ma mère. Non seulement je devais constamment impressionner les médias mais je devais aussi faire bonne figure devant tout le lycée. Il n'y avait pas un seul endroit au monde où j'avais le droit d'être simplement dans la moyenne.

— Regan ! cria Payton en traversant un groupe de garçons qui riaient en regardant quelque chose sur leur portable.

Dès que j'aperçus mon amie, le poids qui pesait sur mes épaules s'allégea. Ce fut si fulgurant que j'en eus presque le vertige. Le soulagement était tel que je ne pus m'empêcher de sourire – pour de vrai, cette fois.

— Toi et tes lunettes ! plaisanta-t-elle en levant les yeux au ciel. Arrête un peu de faire ta star !

— Quoi, j'en suis pas une ? répliquai-je.

Je repoussai mes lunettes sur le bout de mon nez en affichant ma meilleure expression snobinarde.

— Je passe à la télé depuis toujours, poursuivis-je. Tu es passée combien de fois à la télé, Payton ?

J'enlevai mes lunettes et les glissai dans mon sac à main. Avec mon amie à mes côtés, je n'en avais plus besoin.

Les murs du couloir, qui s'étaient rapprochés presque au point de m'écraser, s'écartèrent soudain et je pus enfin respirer.

— Ah oui... jamais.

— Sale garce ! s'esclaffa-t-elle.

Elle me prit par le bras, et nous nous frayâmes un chemin vers mon casier. Pendant que je composais la combinaison, Payton tira sur le bas de son gilet pour le rajuster sur ses hanches. Comme toujours, les plis de sa jupe étaient si parfaitement repassés qu'ils paraissaient presque tranchants. Sa cravate était impeccablement nouée au creux de son cou, même avec son collier, et pas une mèche de ses cheveux blonds et raides ne s'échappait de sa queue de cheval.

— Comme t'étais pas à ton casier tout à l'heure, dit-elle, j'ai cru que t'allais être à la bourre.

— J'ai failli. Ma mère voulait qu'on ait une « conversation ».

— Ah d'accord ! fit-elle d'un air horrifié. De quoi elle voulait parler, cette fois-ci ?

— Oh, les trucs habituels...

— Argh, grimaça Payton. Je sais vraiment pas comment tu fais...

Je pensai aux pilules cachées au fond de mon sac et haussai les épaules. Je m'emparai des livres qu'il me fallait pour mon premier cours, refermai mon casier et poussai un soupir.

Payton se pencha sur moi et pressa son front contre le mien.

— Tu vas voir. Quand elle saura que tu es entrée dans l'équipe, elle va bien être obligée de te lâcher un peu...

Je ne répondis pas. Je n'avais pas envie d'avouer à quel point j'avais loupé les essais ni de lui dire que même si j'entrais dans l'équipe, ma mère trouverait aussitôt une autre faiblesse sur laquelle se focaliser. Je me contentai donc de sourire en hochant la tête.

Apparemment satisfaite, mon amie m'adressa un grand sourire.

— En parlant de l'équipe, tu ne vas pas croire les saloperies que j'ai trouvées sur Christy ! Viens.

Elle ne me donna pas l'occasion de protester et m'attrapa par le bras pour m'entraîner à travers la foule de lycéens qui encombraient le couloir en attendant la sonnerie. La plupart de ceux que nous croisions nous regardaient avec un sourire ou nous faisaient un petit signe. Quelques-uns s'écartèrent même de notre chemin pour nous laisser passer.

C'était du moins ce que je pensais jusqu'au moment où j'entrai en collision avec un torse musclé.

— Mais c'est la petite Regan Flay...

Je fis un pas en arrière, et mes excuses moururent sur mes lèvres. J'aurais reconnu n'importe où cette voix grave et condescendante.

Le grand frère de Payton, l'air très concentré sur son téléphone. Ses yeux étaient de la même couleur noisette que ceux de Payton, mais c'était là que s'arrêtaient les ressemblances entre le frère et la sœur.

Au collège, Nolan traînait toujours avec les mecs les plus populaires. Puis quelque chose avait changé à son entrée au lycée, quand il avait commencé à sortir avec Jordan, la fille aux cheveux violets du club de théâtre. Après ça, il n'avait plus traîné qu'avec les minables du club d'audiovisuel et tous ceux qui se faisaient passer pour des artistes. C'était presque comme s'il avait choisi volontairement de devenir un loser. Ce jour-là, les pans de sa chemise froissée dépassaient de son polo, et l'ourlet de son pantalon était tout déchiré et effiloché. Ses cheveux bruns en pétard, trop longs, frôlaient le col de sa chemise et retombaient sur son front. Dommage. Il aurait été super mignon s'il ne se foutait pas de son apparence et savait la fermer de temps en temps.

Évidemment, je ne serais jamais allée le lui dire en face. Payton s'interposa entre nous.

— Regarde devant toi quand tu marches, abruti.

— Quand je marche ? s'écria-t-il en haussant un sourcil, sans cesser de nous filmer. Si je ne m'abuse, sœurette, c'est Regan qui m'est rentrée dedans. On dirait que vos boussoles directionnelles sont aussi à côté de la plaque que votre morale.

Je rajustai mon chemisier pour tenter de me donner une contenance.

— Qu'est-ce que c'est censé vouloir dire ?

— J'habite avec elle, répondit-il en désignant Payton du pouce, et je te connais presque depuis toujours. Alors, les airs innocents que vous prenez, toi et ma sœur, ça ne marche pas avec moi.

Je voulus réagir, mais il leva la main pour me faire taire.

— Attends. Ne réponds pas tout de suite, il faut que je trouve un meilleur angle. Je veux saisir l'absence totale d'âme dans ton regard quand tu me parles.

Il plaça son téléphone pour que la lentille se trouve bien face à moi.

Je me sentis rougir de colère.

— Pour qui tu te prends ? bafouillai-je. Tu t'imagines peut-être me connaître ?

— Dégage, fit Payton en repoussant son frère assez fort pour le faire tituber en arrière. Personne ne veut apparaître dans tes stupides documentaires. Alors, arrête d'être un trouduc, ou je te jure que je vais te balancer à maman.

Un sourire suffisant aux lèvres, Nolan remit son portable dans sa poche.

— Oh, non ! Pitié, ne le dis pas à maman ! Quand est-ce que tu vas arrêter de te conduire comme un bébé ?

Elle croisa les bras.

— Quand tu arrêteras d'être un gros con.

— J'arrêterai d'être un gros con quand vous arrêterez de manipuler les gens pour qu'ils vous apprécient.

Il se tourna vers moi avec un grand sourire, comme s'il savait vraiment une chose ou deux à mon sujet.

Et c'était terrifiant.

Je ne savais pas exactement ce qu'il savait, ni même s'il savait vraiment quelque chose. Ce que je savais, en revanche, c'était qu'il devait la fermer avant que les gens nous entendent. Je me souvins alors d'un autre conseil de ma mère : si on vous accule dans un coin, passez outre les plus petites insultes et frappez droit là où ça fait mal.

Je m'efforçai donc d'arborer un masque d'indifférence glaciale, levai le menton et me lançai :

— Je n'ai pas pu m'empêcher de remarquer que ton ex – Jordan, c'est bien ça ? – a changé de lycée. Tu dois vraiment être un gros taré si elle ne veut même plus t'approcher à moins de trente kilomètres. C'est pour ça que tu es toujours célibataire ?

Mon attaque eut l'effet désiré : le sourire de Nolan disparut. Je voulus me réjouir de ma victoire, mais quelque chose dans son regard m'arrêta. Ce n'était pas de la colère. C'était... de la déception ? De la peine ? Quoi qu'il en soit, je me rendis compte que j'avais peut-être dépassé les bornes.

Puis le rire de Payton me fit sortir de ma paralysie.

— Bien joué, Regan ! dit-elle en tirant sur la lanière de mon sac à main. Viens, on se casse. Pas envie d'être contaminée.

Elle m'entraîna dans le couloir, et ce ne fut qu'au bout de quelques mètres que je sentis enfin la tension s'alléger dans ma poitrine. Mais une fois arrivée au bout du couloir, alors que nous nous apprêtions à tourner au coin, quelque chose me poussa à jeter un regard en arrière.

Nolan n'avait pas bougé de l'endroit où nous nous étions percutés. Lorsque nos yeux se croisèrent, je pris une rapide inspiration. L'intensité de son regard me brûlait presque.

— Ignore-le, murmura Payton en me poussant à me retourner. C'est un gros con, mais il est inoffensif.

Je hochai la tête, même si « inoffensif » n'était pas le mot que j'aurais choisi pour décrire son frère. Devant un mec « inoffensif », mon souffle ne se serait pas ainsi bloqué au fond de ma gorge.

Devant notre salle de classe, Payton et moi fûmes soudain brutalement séparées par notre amie Amber, qui se plaça entre nous. Comme d'habitude, elle avait roulé l'élastique de sa jupe afin de la raccourcir de plusieurs centimètres par rapport à la longueur qu'imposait le règlement. Sa cravate pendait en un nœud lâche sur son chemisier, auquel il manquait quelques boutons très bien placés.

— Je vous ai cherchées partout, mes poupoufs, dit Amber en faisant la moue.

Elle repoussa par-dessus son épaule ses longs cheveux noirs et plissa ses yeux en amande.

— Vous n'étiez pas en train de parler de moi, j'espère ?
— Quoi ? protesta Payton. On ne parlerait jamais de toi dans ton dos !

Elle s'esclaffa, mais son rire était un peu trop aigu pour sembler naturel.

Intérieurement, je grimaçai. En vérité, Payton et moi parlions tout le temps d'Amber. D'accord, Amber était notre amie, mais elle avait la personnalité d'un rhinocéros en train de charger. Un seul mouvement de travers, et elle vous pulvérisait. Si Payton et moi ne pouvions pas nous défouler entre nous, nous serions déjà devenues dingues – ou, dans mon cas, encore plus dingue que je l'étais déjà. Toutes les trois, nous étions amies depuis la troisième, depuis le jour où Amber avait voulu voler le copain de Macy Simmons et avait lancé une rumeur comme quoi sa mononucléose était en fait une MST.

C'était ce jour-là que je m'étais rendu compte à quel point Amber était dangereuse.

Sois proche de tes amis et plus encore de tes ennemis, disait toujours maman. Être l'amie d'Amber me permettait de la surveiller et de m'assurer qu'elle ne me poignarderait pas dans le dos. Je la soupçonnais d'être mon amie pour la même raison. Malgré tout ça, avec les années, un accord tacite s'était installé entre nous : je gardais ses secrets, et elle gardait les miens.

— Où est Jeremy ? demandai-je en une tentative pathétique de changer de sujet.

Comme la mouche prise dans la toile d'une veuve noire, il ne se trouvait jamais à moins d'un mètre d'elle. Probablement parce qu'il ressentait constamment le besoin de glisser ses mains sous l'ourlet de sa jupe. Berk.

— Dans les douches, répondit Amber en plissant le nez. Il avait muscu ce matin, avec l'équipe de lutte. Il transpirait de partout, c'était dégueulasse.

Ouais. À mon avis, il n'avait pas besoin de suer pour être dégueulasse. Mais ça, je n'allais pas le lui dire. Aussi discrètement que possible, je donnai un coup de coude à Payton pour qu'elle cesse de glousser comme une idiote.

— Oubliez Jeremy, dit Amber en posant la main sur sa hanche. Alors, vous avez parlé de moi dans mon dos ?

Je me souvins avoir vu un psy, dans un talk-show, qui affirmait que les gens infidèles étaient les premiers à accuser les autres de les tromper. J'imaginais que la même chose pouvait s'appliquer à la médisance.

— Personne ne parlait de toi, Amber, répondis-je. Ma mère m'a encore fait un de ses discours de « motivation » ce matin, et j'étais en train de raconter ça à Payton.

— Uh-huh, fit-elle avec un sourire malicieux. Je vois mal comment tu as trouvé le temps de raconter quoi que ce soit, avec tous ces SMS que tu envoies à tout le monde…

Elle leva la main droite pour compter sur ses doigts.

— D'abord, le message pour cirer les pompes de Christy, puis le SMS commun à la moitié de l'équipe…

Au passage, sympa d'avoir dit qu'on avait toutes fait de la merde...

Je faillis m'étouffer et tentai de le dissimuler sous un éclat de rire.

— C'est pas du tout ce que j'ai dit, protestai-je.

— Arrête, ricana Amber. Ton numéro de la petite innocente, ça marche peut-être avec le reste du monde au lycée, mais pas avec moi. Je sais exactement ce que tu as dit dans tes messages.

À ces mots, mes jambes manquèrent de se dérober sous moi.

— Comment ? balbutiai-je.

Amber haussa les épaules.

— N'oublie pas que je suis co-capitaine de l'équipe, biatch. Les filles me racontent tout. Je ne sais pas si je dois être vraiment impressionnée ou bien blessée de ne pas avoir reçu mon petit message de cirage de pompes. Je suis co-capitaine, après tout. T'en as rien à foutre de ma gueule, ou quoi ?

— Quoi ? fis-je en reculant d'un pas. Non. Enfin, si. Je veux dire...

Je ne savais pas comment réagir. Je ne comprenais rien à ce qui se passait. Mon cœur battait comme un poing contre mes côtes, et les bouts de mes doigts me picotaient.

— Si tu voyais ta tronche ! s'esclaffa alors Amber. Tu commences à flipper à mort là, non ?

Je voulus protester, mais ma gorge était si serrée que les mots ne voulurent pas sortir.

— Regarde-la, Pay ! poursuivit Amber en me faisant pivoter pour me mettre face à Payton. Elle est grave en train de flipper, non ?

Je me libérai.

— Arrête ! Je ne suis pas du tout en train de flipper.

Amber croisa les bras avec un sourire suffisant.

— Ça se voit...

Je serrai les doigts sur les bretelles de mon sac à dos pour qu'elle ne voie pas à quel point mes mains tremblaient.

— Écoute, dis-je enfin, je ne sais pas qui a allumé la mèche de ton tampon ce matin, mais il faut que tu te calmes.

Son sourire s'évanouit et son regard devint glacial.

— Sinon quoi ? Tu envoies des vilains SMS à mon sujet ?

— Je ne ferais jamais ça. Nous sommes amies.

— Oui, bien sûr. C'est pour ça que je te fais marcher depuis tout à l'heure, répliqua Amber, dont l'expression glaciale laissa de nouveau place à un sourire.

J'aurais bien voulu la croire, mais il y avait entre nous une tension que je ne m'expliquais pas.

Peut-être que je me montais la tête. Peut-être que je lisais dans son regard des choses qui n'y étaient pas. L'anxiété avait tendance à produire cet effet : je déformais la façon dont les gens me percevaient et voyais tout en noir. Du moins, c'était ce que mon psy m'avait toujours dit.

Amber m'attrapa par le bras et m'entraîna vers la porte de notre salle de cours. Payton nous suivit en mâchouillant sa lèvre inférieure. Elle avait l'air au moins aussi nerveuse que moi.

— Ne t'inquiète pas, murmura Amber à mon oreille. Je ne vais pas le dire à tout le monde pour tes textos. Je t'en ai seulement parlé parce que je pense que tu devrais faire attention. Je suis ton amie, je m'inquiète pour toi.

Elle s'arrêta devant la porte, et je me tournai vers elle.

— Pourquoi je devrais faire attention ?

— Chérie, soupira-t-elle en me tapotant le bras. Il ne faut pas que les gens découvrent que la petite miss parfaite est en fait une grosse salope. Tu as pensé à ce qui arriverait à ta réputation ?

Sans me laisser le temps de répondre, elle attrapa Payton par le poignet et l'entraîna dans la salle de classe en me laissant seule dans le couloir.

Tu as pensé à ce qui arriverait ?

CHAPITRE 3

Le lendemain matin, je restai plusieurs minutes assise dans ma voiture sur le parking du lycée, les doigts serrés sur mon macchiato au caramel. Maman avait peut-être balancé tout ce qui contenait de la caféine à la maison, mais elle ne pouvait pas m'empêcher de faire un crochet au Starbucks sur le chemin du lycée. Bien sûr, la caféine ne m'aidait pas vraiment à endiguer mes attaques de panique, mais j'étais incapable de fonctionner sans. Surtout après une nuit peuplée de cauchemars.

Vers trois heures du matin, j'avais décidé de ne pas m'attaquer à Christy. Je n'arrêtais pas de repenser à ce que je ressentirais si quelqu'un entendait parler de mes « problèmes de stress », comme disait ma mère. Si je révélais le secret de Christy, même si je ne parvenais qu'à lui attirer la compassion de la moitié du lycée, tout le monde serait au courant. Je ne pouvais pas lui faire ça.

Plus j'y réfléchissais, plus je me résolvais à trouver un autre moyen d'entrer dans l'équipe.

Autour de moi, dans le parking, des élèves sortaient de leurs voitures pour pénétrer au compte-gouttes dans la bâtisse. Certains se hâtaient vers l'entrée, le sourire aux lèvres, tandis que d'autres traînaient les pieds, l'air de vouloir être ailleurs. N'importe où plutôt qu'ici. Mais ce que nous désirions n'avait aucune importance : nous étions tous obligés d'entrer, comme des insectes attirés par la lueur mortelle d'une flamme.

— Aujourd'hui, tout va bien se passer. Ce sera une bonne journée, déclarai-je à voix haute, comme s'il me suffisait de prononcer les mots pour les faire devenir réalité.

Rapidement, je vérifiai mon maquillage dans le miroir du pare-soleil. Je m'étais couchée avant minuit, mais je n'avais dormi que quatre heures au total. J'avais beau être exténuée, le sommeil perdait toujours face à l'angoisse qui m'étreignait encore des heures après avoir posé la tête sur l'oreiller.

J'essuyai un pâté de mascara et observai un instant mes yeux dans le miroir. Mes iris bleu lagon étaient une copie carbone de ceux de ma mère, et dans ce miroir trop petit pour refléter le reste de mon visage, c'était presque comme si cette dernière se trouvait avec moi dans la voiture, à me fixer d'un air accusateur.

Ma gorge se serra. Je me hâtai de rabattre le pare-soleil et remis mes lunettes noires. Je n'avais pas besoin de ma mère dans ma tête à cet instant.

Mon café à la main, je sortis de la voiture et affichai sur mon visage un grand sourire factice. Chaque jour sans exception, rien qu'à la vue des doubles portes vitrées du lycée, ma pression artérielle augmentait. Et dès l'instant où j'entrais, je pressais un interrupteur interne pour me changer en une version de moi-même qui n'existait pas réellement.

Souvent, j'avais ce fantasme libérateur où, le dernier jour de mon année de terminale, je parcourais les couloirs, les deux majeurs levés bien haut, en criant « Je vous emmerde, je suis Regan Flay ».

Bon, d'accord, jamais je ne le réaliserais, c'était bien pour cela que c'était un fantasme. Mais l'idée me faisait toujours sourire.

Je commençai à grimper les marches de béton du lycée. Comme toujours, les yeux de tous les élèves qui traînaient devant les portes se tournèrent vers moi. Lever de rideau, Regan. Je m'assurai que mon sourire n'avait pas vacillé et poursuivis vaillamment ma progression. Je m'attendais aux habituelles salutations, mais pour la première fois depuis le début de ma première année, je fus accueillie par un silence.

Bizarre.

Je m'arrêtai en haut des marches et regardai aux alentours. Une élève de seconde me montra du doigt et éclata de rire avec la fille qui l'accompagnait. Un mec de terminale, assis contre la hampe du drapeau, eut un petit sourire qui était tout sauf amical.

Une sueur froide me parcourut l'échine. Mon sourire se figea. Quelque chose ne tournait pas rond. J'étais habituée à ce que tout le monde me regarde dans les couloirs, mais cette fois c'était différent. On aurait dit que j'étais le dindon d'une farce que personne ne voulait me raconter.

Je restai là, clouée sur place, mon café serré contre ma poitrine comme si sa faible chaleur allait suffire à apaiser les frissons qui parcouraient mon corps.

C'est quoi ce bordel ?

Lorsque je passai les doubles portes, toutes les têtes se tournèrent vers moi. Des doigts se pointèrent et des bouches se tordirent en des sourires moqueurs. Un groupe de filles se mit à chuchoter entre elles, cachées derrière leurs mains. Elles faisaient mine de vouloir rester discrètes, mais à d'autres… Murmurer derrière ses mains ne servait qu'à attirer l'attention sur le fait qu'on murmurait. Elles étaient parfaitement conscientes que je voyais qu'elles parlaient de moi, mais elles n'en avaient juste rien à foutre. Je le savais parce que je le faisais tout le temps.

Mon souffle se bloqua dans mes poumons. Je serais bien repartie en courant à ma voiture, mais mes jambes étaient comme paralysées. Je ne savais pas ce qu'il se passait, mais je ne pouvais pas y faire face toute seule. Des yeux, je parcourus le hall à la recherche de Payton, mais elle n'était nulle part.

La plupart des élèves passaient sans me prêter attention, mais un petit groupe commençait à se rassembler non loin de moi. Leurs murmures étouffés se mêlaient en un sourd bourdonnement. Les quelques gorgées de café que j'avais bues en chemin se mirent à s'agiter dangereusement dans mon estomac. Je devais réagir. Je ne pouvais pas rester debout dans le hall toute la journée. Et surtout, je ne pouvais pas me permettre de vomir ici, devant tout le monde, avec tous leurs portables prêts à me filmer et à tout balancer sur Internet.

Je fis un pas en avant. Puis un autre. Et encore un autre. Je continuai jusqu'à ce que, par miracle, je parvienne à marcher presque normalement, comme si chaque pas ne me demandait pas un effort surhumain. Les couloirs étaient bondés, et tout le monde me regardait passer. Je commençai à me demander s'il y avait eu une annonce aux infos au sujet de ma mère. Oui. Ça devait être ça. Ma mère tellement parfaite avait réussi à s'empêtrer dans une affaire pas nette.

Le petit groupe qui s'était rassemblé dans le hall se fraya un chemin derrière moi. Ils me rattrapaient peu à peu jusqu'à me donner l'impression qu'ils allaient s'effondrer sur moi pour m'enterrer vivante.

Arrête ton délire, Regan ! Je pris une grande inspiration. Quel que soit le scandale politique dans lequel ma mère avait trempé, ça finirait bien par se tasser.

Un peu plus loin dans le couloir, j'aperçus Nolan, tellement grand qu'il semblait dépasser tout le monde d'une bonne tête. C'était bien la dernière personne dans tout le lycée vers qui j'aurais voulu me tourner pour trouver un peu de réconfort, mais il était la chose la plus proche de Payton que je pouvais trouver à cet instant. Je me surpris à dériver dans sa direction. Puis je repérai son foutu portable qu'il tenait, comme toujours, dans sa main levée pour filmer ma progression dans le couloir.

Oh non, pas ça ! Je n'avais pas la moindre idée de ce qui se passait, mais une chose était sûre : je n'avais pas besoin que quelqu'un filme le moindre de mes gestes pour les revoir le jour même aux infos de cinq heures. Instantanément, la colère prit le dessus sur ma panique. Je m'avançai vers lui d'un pas furieux jusqu'à me retrouver bloquée derrière deux filles qui me tournaient le dos, plantées au milieu du passage. Je poussai un soupir excédé et pivotai d'un quart de tour pour me glisser entre elles.

Je parvins à passer et atteignais enfin Nolan lorsque l'une d'elles s'écria derrière moi :

— Regardez, voilà la salope.

Ses mots me frappèrent comme un coup de poing en plein ventre. Je m'arrêtai net. J'avais dû mal entendre. Personne ne m'avait jamais traitée de salope. Enfin, personne à part Amber, et jamais avec ce ton méprisant qui me disait clairement « va crever, tu gâches mon oxygène ». Je ne comprenais pas. J'avais passé ma vie à faire amie avec un maximum de gens. Tout le monde m'adorait ou voulait être moi.

Lentement, je me retournai. Christy et sa meilleure amie Sarah se tenaient là, à me fusiller du regard comme si j'étais la traînée de service qui avait couché avec leurs mecs. Malgré la panique, je parvins à empêcher mes mains de trembler. J'en posai une sur ma hanche, tout en tenant mon café de l'autre, et regardai Christy droit dans les yeux. Son regard était glacial. J'avais pourtant été adorable avec elle hier.

— Pardon ?

Elle leva le menton et écarta les cheveux qui lui retombaient sur les yeux.

— Tu m'as bien entendue, salope.

Autour de nous, j'entendis des hoquets de surprise. La foule qui nous entourait se fit plus compacte. Les gens se bousculaient pour avoir une meilleure vue. L'électricité qui chargeait l'atmosphère me picotait la peau. S'ils voulaient du spectacle, qu'ils ne comptent pas sur moi !

Regan Flay n'était pas un chien de cirque qu'on faisait parader dans une arène.

Cependant, je n'étais pas prête à laisser Christy s'en sortir si facilement. Pour le moment, j'allais me contenter de la remettre à sa place verbalement, mais plus tard, j'allais la faire payer pour de bon. Tant pis pour ma résolution d'être gentille et de garder son secret. J'allais la détruire en répandant des rumeurs sur ses troubles de l'alimentation. J'allais raconter qu'elle avait failli ruiner ses parents en insistant pour passer l'été dans une clinique de luxe à Malibu. C'était encore une autre leçon que ma mère m'avait enseignée : l'origine d'une rumeur était presque impossible à tracer. Et quand l'impunité était assurée, il était tout de suite beaucoup plus facile d'arranger la réalité à sa sauce.

Je m'efforçai donc de prendre une voix calme et posée et répliquai :

— Crois-moi, tu n'as pas envie de t'embarquer là-dedans.

— Ah non, tu crois ?

Elle fit un pas vers moi et, même si j'essayais de ne rien laisser paraître, mon cœur me remonta dans la gorge. À cette distance, elle pouvait me toucher, et même me frapper si elle voulait. Rien qu'à cette idée, ma bouche se dessécha d'un coup. Je jetai un coup d'œil en arrière, à la recherche de Payton et Amber. Où étaient-elles passées ? Je parcourus la foule du regard, mais ni l'une ni l'autre n'était là. Nolan, en revanche, n'avait pas bougé. Il me filmait toujours avec son foutu téléphone, un grand sourire aux lèvres. Au moins, en cas de procès, j'aurais des preuves.

— Tout le monde a le droit de savoir qui tu es vraiment, Regan Flay, poursuivit Christy. Tu pues tellement l'hypocrisie que je n'arrive même pas à croire que je n'ai jamais rien vu. Au moins, maintenant, toute l'école est au courant.

Je me creusai la tête pour comprendre ce que j'avais pu dire à Christy de tellement hypocrite. Elle n'était peut-être pas le meilleur capitaine que l'équipe ait jamais eu, mais le coup du sac à main était totalement vrai.

— De quoi tu parles ?

Elle se pencha vers moi, et je dus faire appel à toutes mes forces pour ne pas reculer.

— Tu as fait croire à toute l'école que tu étais Miss parfaite. Mais en fait, tu es la pire sorte de garce qui soit – une sale garce hypocrite.

Amber. J'avais besoin d'Amber. Elle saurait exactement quoi répondre. Une fois encore, je parcourus la foule des yeux. Mais dès l'instant où je quittai Christy du regard, elle frappa mon gobelet de café, qui m'échappa des mains. Il tomba par terre et le couvercle se détacha. Je titubai en arrière, sans réussir à échapper aux éclaboussures brûlantes qui vinrent maculer mes chaussures et mes collants.

La foule réagit par un mélange de « ooooh » et de hoquets stupéfaits. Je voulais répliquer par une attaque, mais j'étais pétrifiée. J'étais vaguement consciente de ma bouche grande ouverte et de l'air stupide que je devais avoir, mais malgré toutes les impulsions électriques qui parcouraient mon cerveau, je n'arrivais plus à sortir un seul mot.

— Je retire ce que j'ai dit, reprit-elle. Il y a une pire garce que toi, et je crois que tu viens de la rencontrer.

Voyant que je ne répondais pas, elle sourit et conclut :
— Le karma.

Un sourire méprisant aux lèvres, elle commença à s'éloigner, Sarah sur ses talons. Plusieurs filles qui me disaient bonjour d'habitude levèrent le nez et la suivirent. Les autres élèves rassemblés autour de nous s'écartèrent pour la laisser passer. Plusieurs lui tapèrent dans la main. À la seconde où elle disparut, le bourdonnement des murmures explosa autour de moi, me remplissant la tête comme le bruit d'une ruche.

Ce n'était pas possible. Je devais être coincée dans un cauchemar né de mes propres angoisses. Je serrai les poings et enfonçai mes ongles dans les paumes de mes mains jusqu'à ce que la douleur me fasse monter les larmes aux yeux. Non. Ce n'était pas un rêve. Je desserrai les mains mais, même si la douleur s'atténuait peu à peu, ça ne changea rien aux battements effrénés de mon cœur ni au nœud qui me comprimait la poitrine.

Je cherchai une brèche dans la foule, ou au moins une quelconque échappatoire. Il n'y avait rien. J'étais encerclée. Prise au piège. Je passai mes doigts dans mes cheveux. Que ferait maman à ma place ? J'avais déjà vu ses adversaires s'acharner sur elle lors de débats télévisés, et pas une fois elle n'avait perdu son flegme. Respire profondément, Regan. Je repoussai mes épaules en arrière et pris une grande inspiration. Après quelques secondes, je me sentis... toujours aussi paniquée.

Si maman avait été là, elle aurait probablement souri pour déstabiliser tout le monde. Elle leur aurait fait croire qu'elle savait quelque chose qu'ils ignoraient — qu'en agissant ainsi, c'était eux-mêmes qu'ils tournaient en ridicule. Malheureusement pour moi, j'étais loin d'avoir hérité de son inébranlable assurance. La seule chose que j'avais envie de faire, c'était de rentrer à la maison et de m'enfouir sous mes couvertures jusqu'à mes dix-huit ans, quand je pourrais enfin quitter cet enfer pour de bon.

Mais d'abord, je devais comprendre ce qui s'était passé.

Ma gorge se serra. J'avais le souffle court. Je me rendis compte que je ne pouvais pas rester là plus longtemps, sans quoi l'école tout entière allait me voir suffoquer avant de tomber raide morte dans une flaque de macchiato. Les mots « respire, Regan, respire » tournaient en boucle dans ma tête, mais ils ne voulaient plus rien dire. Je ne pouvais pas respirer. Et soudain, l'attitude calme et détachée à laquelle j'essayais si désespérément de me raccrocher m'échappa.

Je fis volte-face et fusillai du regard la première fille qui se trouva face à moi.

— Bouge-toi de là ! m'écriai-je.

Je m'attendais presque à ce qu'elle s'avance pour me provoquer comme Christy, mais je m'en foutais complètement. À cet instant, j'étais prête à risquer une bagarre rien que pour avoir un peu d'air.

À ma grande surprise, elle recula, ainsi que plusieurs filles à côté d'elle. Un chemin s'ouvrit dans la masse des spectateurs. Je l'empruntai. Au passage, les mots « garce », « salope » et pire encore me piquèrent au visage. Je n'avais aucune idée de qui les avait prononcés, car le souffle me manquait tellement que ma vision était emplie de petits points colorés.

Malgré tout, je restais résolue à ne pas leur montrer à quel point j'étais terrifiée. Je me réfugiai derrière une apparente indifférence, mais à chaque pas que je faisais au milieu de la foule, une nouvelle fissure se formait dans mon masque.

Les murmures continuaient à me traquer, même une fois que je fus enfin parvenue à sortir de l'arène qui s'était formée autour de moi. Le groupe de spectateurs m'emboîta le pas dans le couloir et me suivit dans la cour. Partout où j'allais, d'autres élèves m'observaient, échangeaient des sourires complices et riaient ouvertement sur mon passage.

Les taches de café sur mes jambes étaient devenues collantes et me tiraient la peau, mais je savais que je ne devais pas m'arrêter pour nettoyer. J'étais un plongeur blessé au milieu d'une mer de requins. Si j'arrêtais de me déplacer, ils ne feraient qu'une bouchée de moi. Je ne pourrais pas me reposer avant d'avoir trouvé Payton et Amber. Elles devaient savoir ce qui se passait, elles pourraient me dire comment réagir. Mais où étaient-elles passées ?

Je sortis mon portable de ma poche et envoyai un texto à mes deux amies :

> Vous êtes où, les filles ?

Quelqu'un cogna dans mon épaule. Je ne pris même pas la peine de lever les yeux pour savoir si c'était volontaire et continuai à marcher sans détacher le regard de mon écran, priant pour que mes amies me répondent au plus vite. Je ne pouvais plus rester seule.

Les secondes se changèrent en minutes, mais mon portable restait muet.

À contrecœur, je le remis en poche et me dirigeai vers mon casier. À quelques mètres, je m'arrêtai net : des tas de feuilles de papier étaient scotchées sur la porte. Était-ce une liste d'injures ? Je n'étais définitivement pas d'humeur pour de nouvelles surprises. Je parcourus le couloir des yeux pour voir si ceux qui avaient fait ça traînaient dans les parages, mais avec tous ces regards fixés sur moi, c'était impossible à dire. Ce que je remarquai, en revanche, c'était que mon casier n'était pas le seul à être ainsi envahi. Plusieurs autres étaient recouverts des mêmes pages. Et dans le couloir tout autour de moi, les gens les lisaient.

La petite élève de troisième qui occupait le casier voisin du mien leva les yeux et sursauta en me voyant approcher. Elle se hâta de claquer la porte de son casier et détala, son sac à dos encore ouvert, ses livres serrés entre ses bras. Jusqu'à ce jour, elle m'avait toujours souri en me croisant.

Je fis glisser mon sac à dos de mes épaules et le laissai tomber par terre. Il fallait que je me dépêche de récupérer mes livres pour avoir le temps de passer aux toilettes avant le premier cours afin d'enlever les taches de café qui maculaient mes collants. Même si à cet instant, je n'avais pas la moindre envie de me rendre où que ce soit sans mes amies.

Où étaient-elles passées ? Je ne me souvenais pas d'une seule fois depuis mon arrivée au lycée où j'avais eu le temps d'atteindre mon casier avant que Payton ou Amber me rejoigne pour bavarder. La seule exception, c'était quand elles étaient malades. Mais quelles étaient les chances pour que toutes deux soient tombées malades le même jour ? De tout manière, la maladie n'était pas une excuse valable pour ne pas répondre à mes textos.

Elles ont intérêt à être en train de vomir leurs tripes...

J'arrachai les pages collés sur mon casier, espérant qu'il ne s'agisse que d'un avis annonçant une fouille anti-drogue. Je commençais à chiffonner les papiers sans même les regarder quand un nom en gras attira mon attention. Le mien.

Un ruban de panique se serra entre mes côtes. Prudemment, je lissai la page et lus le titre :

VOILÀ CE QUE REGAN FLAY PENSE DE VOUS

En dessous s'étalaient des centaines de captures d'écran de mes messages privés et SMS. Tous les prénoms avaient été floutés, si bien que j'étais la seule incriminée. Très vite, je les passai en revue : certains remontaient à plusieurs mois, jusqu'à l'échange que j'avais eu la veille avec Christy et l'équipe de pom-pom girls.

Tout en haut de la page étaient affichés les textos que Payton et moi avions échangés au sujet de Christy, avec mon projet de me servir de son séjour en clinique pour m'assurer une place dans l'équipe.

Mes genoux faillirent me lâcher. Je m'appuyai sur mon casier avant que mes jambes se dérobent sous moi. Pas étonnant que Christy soit aussi en pétard. Mes doigts se crispèrent, froissant les bords de la feuille. J'avais envie de la déchirer avec les dents, la jeter par terre et piétiner les restes. Mais c'était comme si le papier avait fusionné avec mes mains. J'avais beau le vouloir, je ne pouvais pas le lâcher. Je ne pouvais même pas en détourner les yeux. La quasi-totalité de ce que j'avais dit sur tout le monde était là, depuis les accusations de tromperies qui n'avaient jamais eu lieu jusqu'aux injures et au cirage de pompes.

Bien sûr, les réponses de mes amies étaient tout aussi vaches, mais comme leurs noms étaient floutés, j'étais la seule à pouvoir en être tenue pour responsable.

Mes mains tremblaient si violemment que les mots semblaient se mélanger sur les pages. Je parvins enfin à les lâcher et tentai de réfléchir à la situation. Comment était-ce arrivé ? Il s'agissait de messages privés entre moi, Payton, Amber et quelques autres copines. Avais-je été piratée ? Ou, pire encore, les messages avaient-ils été divulgués volontairement ? Et dans ce cas, pourquoi ? Il y avait au moins deux douzaines de gens que je dénigrais sur ces pages — et maintenant, toute l'école était au courant. Qu'est-ce que j'allais bien pouvoir faire ? En temps normal, je me serais contentée de tout nier en bloc, mais le hacker avait effectué des captures d'écran. La preuve était irréfutable.

Je voulus prendre une grande inspiration mais ne parvins qu'à aspirer un petit filet d'air. Je jetai un regard furtif alentour : au moins vingt personnes rôdaient autour de moi et me regardaient paniquer. Un groupe de filles munies d'étuis à instruments de musique passa devant moi en me fusillant du regard. Une membre de l'équipe de base-ball me jeta une boulette de papier qui me frappa la poitrine avant de rebondir par terre. Ses amies s'esclaffèrent bruyamment.

J'aurais voulu leur crier dessus, leur faire un doigt d'honneur, quelque chose. Mais mes muscles restaient tétanisés.

Des taches noires obstruaient à présent la périphérie de mon champ de vision. Je n'arrivais plus à faire entrer assez d'oxygène dans mes poumons compressés. Si je ne faisais rien, j'allais perdre connaissance. Je devais prendre un cachet, et vite, mais je ne pouvais pas faire ça devant tout le monde. Il n'y avait qu'un endroit où je pouvais aller. Je m'écartai de mon casier, manquai de perdre l'équilibre et me rattrapai au dernier moment.

À cet instant, la cloche sonna dans le haut-parleur avec un bruit de robot et les élèves qui m'observaient s'éloignèrent à contrecœur vers leurs salles de classe respectives. Ils n'étaient pas près d'abandonner si facilement leur nouvelle petite distraction. Franchement, y avait-il meilleur spectacle que de voir Regan Flay tomber raide morte au beau milieu du couloir ?

Je serrai ma main sur ma poitrine et glissai mes doigts sous mon chemisier, comme pour perforer mes propres poumons et ainsi forcer l'air à y entrer. Alors, en titubant, je me traînai vers l'infirmerie.

Le couloir tournait autour de moi, réduit à un tourbillon de teintes grises : murs gris, carrelage gris, casiers gris. Et plus j'avançais, plus tout s'assombrissait. J'avais l'impression de m'enfoncer dans un tombeau prêt à se refermer sur moi à chaque instant.

— Qu'est-ce qu'elle a ? demanda une voix derrière moi.

— Quelqu'un en a quelque chose à foutre ? répliqua une autre.

C'était la question à un million. Je vais prendre « Qui en a quelque chose à foutre de Regan Flay ? », pour un million. Je dirais que la réponse est « Personne ». Je trébuchais dans le couloir, abandonnée de tous. Amber et Payton n'avaient pas pris la peine de se montrer ni même de répondre à mes messages. Venant d'Amber, ça ne m'étonnait pas. Mais Payton... Ma meilleure amie. Du moins, c'était ce que j'avais cru.

Une fois encore, je me demandai comment quelqu'un avait pu avoir accès à nos messages privés. L'une de nous avait peut-être par mégarde quitté la salle informatique sans se déconnecter, mais je connaissais bien Amber et Payton : nous savions toutes les trois couvrir nos arrières. L'une d'elles avait-elle oublié son téléphone quelque part ?

La deuxième cloche sonna juste au moment où j'atteignais l'infirmerie. La poitrine secouée d'une respiration hachée, j'ouvris la porte.

Mme Fuller posa son Sudoku et me regarda avec des yeux ronds.

— Qu'est-ce que...

Elle se leva. Ses lunettes glissèrent de son nez et restèrent suspendues à la chaîne autour de son cou.

— Pas déjà, Regan ? Les cours n'ont même pas commencé.

La main toujours glissée dans mon chemisier, je haussai les épaules d'un air désespéré.

— D'accord. Calmez-vous.

Elle fit le tour de son bureau en boitillant jusqu'à moi. Elle posa un bras sur mes épaules pour me guider vers la table d'examen, une antiquité couleur vert dégueulis couverte de scotch. Mme Fuller, qui était au moins aussi vieille que la table, remit alors ses lunettes et m'observa en plissant les yeux à travers les verres épais.

— Asseyez-vous, ordonna-t-elle.

La table émit un grincement de protestation lorsque je m'y laissai tomber. Des rides désapprobatrices creusèrent le front de l'infirmière.

— Détendez-vous, Regan. Vous ne respirez pas.

Je lui jetai un regard noir. Je détestais quand les gens me disaient de me détendre. Ce n'était pas comme si je pouvais le contrôler, comme si je m'étais réveillée ce matin-là en me disant : Hey, tu sais ce qui pourrait être marrant ? Mourir par suffocation.

— Ne bougez pas.

Elle traversa la pièce pour s'arrêter devant un petit évier agrémenté d'une armoire à pharmacie et d'un distributeur de gel antibactérien. Elle ouvrit l'armoire et en sortit un petit sac en papier marron.

— Tenez, dit-elle en revenant vers moi. Vous savez comment faire.

J'attrapai le sac avec peine, les mains tremblantes. Mme Fuller me prit par le coude pour m'obliger à poser le sac sur mon visage.

— On inspire, on expire. On inspire, on expire.

Les lèvres serrées, je pris une inspiration tremblante. Le sachet s'aplatit bruyamment. Lorsqu'il n'y eut plus d'air à inspirer, je soufflai et le sac se regonfla. Je répétai le processus encore et encore, jusqu'à ce que ma poitrine ne me fasse plus souffrir et que la pièce redevienne nette autour de moi.

L'infirmière m'observait, la mâchoire serrée, les bras croisés sur sa blouse rose.

— Ça va aller ?

Sûrement pas. Je hochai malgré tout la tête, parce que je ne voulais pas qu'elle demande à mon père de venir me chercher. Ce dernier appellerait aussitôt ma mère, qui prendrait le premier avion pour rentrer de Washington et viendrait m'enfoncer encore un peu plus.

Le froncement de sourcil de l'infirmière s'accentua, comme si elle pouvait lire le mensonge sur mon visage.

— Très bien. Allongez-vous et concentrez-vous sur des images relaxantes pendant que je vais chercher un de vos cachets. D'accord ?

Sans cesser de respirer dans le sac, je hochai la tête. Les craquements du papier couvraient presque les battements de mon cœur.

Elle s'empara d'un coussin qui semblait rempli de carton et le glissa sous ma tête.

— Tenez bon. Je reviens.

À une vitesse surnaturelle pour une femme de plus de soixante-dix ans aux rotules fragiles, elle pivota sur ses talons et disparut dans le placard où elle conservait les médicaments des élèves.

Une minute plus tard, elle revint avec un cachet dans une main et un gobelet en carton rempli d'eau dans l'autre.

Mon corps mit une quinzaine de minutes à se dégonfler sur la table comme une baudruche crevée. Je fermai les yeux. On inspire, on expire. J'aurais voulu pouvoir chasser cette matinée de mon existence aussi facilement que l'air de mes poumons. On inspire, on expire. On inspire, on expire. Plus je m'enfonçais dans le coussin dur, plus l'énergie fuyait mon corps. Peut-être était-ce le contrecoup de ma crise de panique ou de ma nuit blanche entrecoupée de cauchemars, mais je me sentais partir. On inspire, on expire. Je ne combattais pas le sommeil. En fait, je l'accueillais avec joie. Je souhaitais seulement que quel que soit l'endroit où m'entraînait l'obscurité, personne ne pourrait m'y trouver pour me ramener à la réalité.

Malheureusement, je savais que je ne pourrais pas me cacher pour toujours. À peine cinq centimètres de bois et un panneau de verre me séparaient du reste du monde et de tous ceux qui attendaient ma chute.

Et j'allais devoir les affronter.

CHAPITRE 4

— Regan, il est l'heure de se réveiller.
Une main se posa sur mon épaule et me secoua doucement.
— Soit vous retournez en classe, soit j'appelle votre père pour qu'il vienne vous chercher.
— Non, murmurai-je en fermant les yeux très fort.
Les deux propositions me révulsaient. Je voulais rester dans l'obscurité protectrice de mon inconscient. Mais en dépit de tous mes efforts pour me raccrocher au sommeil, la main de Mme Fuller sur mon épaule me réveillait peu à peu. Je clignai des yeux jusqu'à ce que l'affiche de prévention contre le papillomavirus accrochée en face de moi redevienne nette dans mon champ de vision.
L'infirmière poussa un soupir.
— Je ne peux pas garder les élèves ici toute la journée, dit-elle en me prenant doucement par le bras pour me

mettre en position assise. Si vous ne voulez pas aller en classe, je vais devoir appeler votre père. Est-ce que…

— Non !

J'écartai brutalement le bras, comme réveillée en sursaut. Mes collants sentaient le macchiato mais, étrangement, c'était bien le dernier de mes soucis.

L'infirmière fronça les sourcils et fit un pas en arrière.

— Je suis désolée, murmurai-je avec un faible sourire. Mon père est sûrement au bloc, et ma mère est à Washington. On ne va quand même pas les embêter pour si peu ?

Elle baissa le menton pour me regarder par-dessus ses lunettes.

— Vous savez tout de même que je dois leur envoyer un mail au sujet de votre visite ?

Je hochai la tête et me glissai au bord de la table.

— Je sais.

Le mail allait les inquiéter, mais sûrement pas autant qu'un coup de fil de l'école leur demandant de venir me chercher parce que j'avais eu une grosse crise de panique. Un coup comme ça, et je serais condamnée à passer les trois prochains mois dans le cabinet du psy. Et je ne voulais même pas imaginer le ton de ma mère quand elle me ferait remarquer à quel point j'étais pathétique.

Je me laissai glisser au sol. Aussitôt, l'infirmière se précipita à mes côtés et tendit la main pour me rattraper au cas où je chuterais — un mouvement sacrément téméraire sachant qu'elle pesait environ quarante-cinq kilos et que je lui aurais probablement brisé la hanche en trois morceaux si je lui étais tombée dessus. Je titubai, mais parvins à garder l'équilibre.

— Doucement, me dit-elle. C'est la pire crise que vous ayez eue depuis longtemps.

Sans blague. J'avais la tête remplie de coton. Pas terrible quand on est censé suivre des cours mais, au moins, je serais un peu moins sensible aux regards des autres élèves.

— Tenez.

Elle me tendit un morceau de papier, que je restai à regarder d'un air idiot sans parvenir à lire ce qui était écrit dessus.

— C'est un bulletin de retard, expliqua-t-elle. La deuxième heure de cours a déjà commencé.

Mon cœur rata un battement, mais grâce au pouvoir engourdissant du médicament, je ne ressentis qu'un petit chatouillement dans la poitrine.

— J'ai dormi pendant tout le premier cours ?

Elle hocha la tête.

— J'aurais dû vous réveiller, mais vous aviez vraiment l'air d'en avoir besoin.

Elle resta silencieuse un moment puis reprit :

— C'est la première fois que vous avez besoin d'un cachet si tôt dans la journée, Regan. Quelque chose ne va pas ?

Vu la vitesse à laquelle les ragots circulaient au lycée, je ne doutais pas qu'une partie des enseignants était déjà au courant de l'histoire. Peut-être même avaient-ils lu mes messages. Mais comme Mme Fuller ne quittait presque jamais sa grotte, j'étais prête à parier qu'elle ne savait rien – encore heureux, vu qu'elle avait les numéros de mes deux parents inscrits sur une fiche punaisée à son tableau.

— J'ai un contrôle d'histoire aujourd'hui, mentis-je. C'est sûrement ça qui m'a un peu stressée.

De nouveau, elle fronça les sourcils.

— Vous êtes toujours suivie par un psy ?

Je hochai la tête et baissai les yeux.

— Bien. N'oubliez pas de lui parler de cet incident.

Je gardai les yeux fixés sur mes chaussures pour mieux dissimuler mon irritation. Ce n'était pas un sujet que j'aimais aborder.

Apparemment satisfaite, Mme Fuller alla ouvrir la porte de l'infirmerie. À la simple vue du couloir, ma gorge se serra. Je ne pouvais pas y retourner et les affronter. Ni maintenant ni jamais. Pendant une fraction de seconde, j'envisageai de demander à l'infirmière d'appeler mon père pour que je puisse rentrer à la maison. Mais je savais qu'au final, ça ne ferait que m'apporter encore plus d'ennuis.

Mme Fuller s'appuya contre l'encadrement de la porte, le front soucieux. Je me demandai si elle pouvait lire la peur sur mon visage. Ou peut-être possédait-elle un sixième sens d'infirmière...

— Vous savez, Regan, vous pouvez m'en parler s'il se passe quelque chose. J'ai été infirmière pendant près de quarante ans, sans parler des six enfants que j'ai élevés. Il n'y a rien que vous puissiez me dire que je n'ai pas déjà vu ou entendu, conclut-elle avec un sourire.

— Merci.

Je tentai de lui rendre son sourire, mais les muscles de mon visage étaient comme tétanisés et j'étais à peu près sûre que mon expression tenait plus de la grimace.

— Je m'en souviendrai, ajoutai-je.

Je fis un pas dans le couloir, et elle ferma la porte derrière moi.

J'étais seule.

Les bras serrés sur ma poitrine, je pris en traînant les pieds le chemin de ma salle de classe. Je n'étais pas pressée. Si l'appel n'avait pas été fait à chaque cours, j'aurais déjà été en route pour le parking.

Le couloir, qui un peu plus tôt m'avait donné l'impression de vouloir se refermer sur moi, me faisait à présent l'effet d'un décor de film d'horreur : sombre, silencieux et interminable.

Je m'approchai de mon casier, qui était sur mon chemin. Toutes les feuilles responsables de ma mort sociale avaient disparu. J'espérais qu'elles avaient été arrachées par les élèves et cachées dans les casiers, surtout pas découvertes par un prof. Une convocation chez la proviseure était bien la dernière chose qu'il me fallait en ce moment. Il y avait un bon millier d'élèves inscrits à Sainte-Mary, et je ne doutais pas que ceux qui n'avaient pas pu lire les conversations n'allaient pas tarder à en entendre parler. Ça signifiait qu'un bon millier d'élèves me détestaient. Enfin, un millier moins mes deux meilleures amies. Mais avec les heures qui passaient et mon téléphone qui restait silencieux, je commençais même à douter de leur loyauté.

Je sortis mon portable et écrivis un autre message à Payton :

> Hey, j'ai vraiment besoin de te parler. Fais-moi signe, OK ?

Je cliquai sur « envoyer » et gardai les yeux posés sur mon téléphone. Une minute passa. Puis une autre. Toujours rien. Je me rassurai en me disant que Payton ne répondait pas parce qu'elle était en cours et ne voulait pas s'attirer d'ennuis, mais je savais pertinemment que ce genre de considération ne nous avait jamais arrêtées. J'attendis encore une minute, jusqu'à ce que ce soit clair qu'elle ne voulait pas répondre. La gorge serrée, je rangeai mon téléphone. Je ne voulais pas pleurer. Au lycée, verser des larmes revenait à verser son sang : toute blessure, si petite fût-elle, était signe de faiblesse.

Et le lycée détruisait les faibles.

Je devais me reprendre et élaborer une stratégie. Rester sur la défensive n'était plus une option. Non, il fallait que je réussisse à remettre peu à peu tout le monde de mon côté. Pour le moment, pourtant, je savais que c'était impossible. Il était trop tôt. Mais une fois que les gens auraient eu le temps de se calmer, je pourrais commencer à me refaire une réputation. Bien sûr, pour cela, j'allais avoir besoin de mes amies à mes côtés.

Si seulement elles me répondaient.

En allant vers mon casier, je remarquai quelque chose sur la porte : un mot écrit au marqueur noir. Prise de nausée, je m'approchai en hâte. Plus j'approchais, plus je voyais nettement l'inscription. Elle me criait, claire comme de l'eau de roche : « SALOPE ».

Ma lèvre inférieure se mit à trembler. Je la mordis, refusant de perdre le contrôle de mes émotions. Je tentai d'essuyer le mot avec la paume de la main, mais les lettres ne s'estompaient pas. Je frottai plus fort, jusqu'à ce que ma main me brûle. Le connard qui avait écrit ça s'était servi d'un marqueur indélébile. Je cessai de frotter et me laissai tomber contre le casier, le front collé au métal frais.

— Excusez-moi.

Je sursautai et levai les yeux. Devant moi se tenait un des gardiens de sécurité du lycée, qui me regardait d'un air suspicieux.

— Tout va bien ?

Je hochai la tête, trop choquée pour répondre par des mots.

Il fronça les sourcils, clairement sceptique.

— Pourquoi n'êtes-vous pas en classe ?

Je levai mon billet de retard.

— Très bien, dit-il. Prenez vos affaires et allez en cours.

À cet instant, son regard se posa derrière moi. Il ouvrit de grands yeux, et je compris qu'il avait vu le graffiti. Immédiatement, son visage s'adoucit.

— Je vais appeler le concierge. Ça sera nettoyé d'ici la fin de la journée.

J'aurais dû lui dire que ce n'était pas la peine. Que mon casier serait de nouveau vandalisé à la seconde où il serait nettoyé. Mais je me contentai de murmurer un « merci » à peine audible et glissai le billet dans la poche de mon chemisier.

Il hocha la tête et se détourna. Lorsqu'il eut disparu au coin du couloir, je me retrouvai de nouveau seule.

J'ouvris mon casier et sortis les livres qu'il me fallait pour le deuxième cours. Le cachet que m'avait donné l'infirmière avait peut-être endigué ma crise de panique, mais il n'avait rien changé à mon épuisement émotionnel. Je me sentais engourdie, à l'intérieur comme à l'extérieur. Mais tout bien considéré, ce n'était pas plus mal.

Je glissai mes livres dans mon sac et le hissai sur mon épaule. À la seconde où je fermai la porte du casier, le mot inscrit de l'autre côté me brûla de nouveau la rétine.

Pour une fois, je regrettai de ne pas être comme ma mère. Elle ne se serait pas laissé atteindre par une chose aussi insignifiante qu'un simple mot gribouillé au marqueur. En admettant que quelqu'un ose dégrader sa propriété, elle lancerait aussitôt une enquête pour que le coupable soit démasqué, puis le poursuivrait en justice pour diffamation.

Comme souvent, je me demandai si je pouvais vraiment être la progéniture d'une personne qui était si clairement faite de pierre alors que mon ossature était aussi creuse que celle d'un oiseau. Mais malheureusement pour moi, même avec des os d'oiseau, j'étais incapable de m'envoler.

Je remontai mon sac à dos d'un coup d'épaule et repartis dans le couloir. J'étais presque arrivée à la porte de ma salle de cours, la main levée vers la poignée, quand le panneau d'affichage sur le mur attira mon attention.

En dessous d'une affiche du Club des Nations unies et à côté d'une fiche d'inscription pour la représentation de *Grease* que l'école donnait à l'automne, une feuille annonçait les résultats des essais pour entrer dans l'équipe des pom-pom girls. Je retins mon souffle. Faire partie de l'équipe serait la solution à tous mes problèmes.

Je glissai mon doigt le long de la page, frissonnant d'appréhension. Le nom de Christy Holder était en haut de la liste, accompagné du mot *capitaine*. Puis venait le nom d'Amber, suivi de *co-capitaine*. En dessous se trouvait la liste de toutes celles qui avaient réussi les essais.

Mon cœur se logea au fond de ma gorge lorsque je passai en revue tous les noms jusqu'à arriver au mien, ou du moins ce qu'il en restait. Mon nom était barré à l'encre noire, et un nouveau avait été inscrit à sa place : *Taylor Bradshaw*.

Ma poitrine se remplit de glace. Je serrai les paupières, puis les rouvris, espérant que les ratures n'étaient qu'un jeu de lumière – que peut-être, si je clignais suffisamment des yeux, l'encre disparaîtrait. Mais ça n'arriva pas. Pas même après avoir serré mes poings sur mes yeux et frotté furieusement.

Mon nom avait été sur la liste. Christy m'avait choisie pour faire partie de l'équipe. Puis mes messages privés avaient été affichés partout dans les couloirs, et elle avait changé d'avis.

Comment lui en vouloir ?

Mon estomac se retourna, et pour la deuxième fois de la journée, je crus que j'allais vomir. Je fis glisser mon sac à dos de mon épaule et fouillai dans la poche avant à la recherche de mes antiacides. J'en glissai deux entre mes lèvres, grimaçant au goût crayeux qui m'emplit la bouche.

Ce qui me faisait vraiment mal, c'était qu'Amber, qui était non seulement co-capitaine de l'équipe mais aussi mon *amie*, n'ait rien fait pour l'empêcher de me remplacer par Taylor – une fille qui, dès qu'elle sautait, avait l'air de faire une crise d'épilepsie en plein vol.

— Alors, on a les boules ?

Je sursautai.

Nolan. Il se tenait à l'autre bout du couloir, appuyé contre un casier. Il tenait son portable levé et me regardait dans l'écran. Une bouffée de rage trouva son chemin à travers l'engourdissement qui m'avait tant réconfortée. Depuis combien de temps me filmait-il ? Avant que je puisse lui ordonner d'arrêter, il glissa son téléphone dans son sac.

— De quoi ? demandai-je.

Il haussa les épaules, s'écarta de la rangée de casiers et marcha vers moi. Lorsqu'il s'arrêta, il était si proche que je dus lever la tête pour le regarder. Derrière la mèche de cheveux qui était retombée sur son visage, son regard noisette semblait étrangement triste. Je refusai de reculer, même si sa proximité me rendait nerveuse. Il était parfaitement conscient de mon malaise, son sourire goguenard en était la preuve.

Il se pencha vers moi. Son visage n'était plus qu'à quelques centimètres du mien. Il sentait bon. Cette pensée m'irrita. Il sentait les agrumes et les aiguilles de pin. Une odeur fraîche, pas comme tous les autres mecs du lycée avec leurs parfums trop forts. L'espace d'une seconde, je crus qu'il allait m'embrasser. Je pris une vive inspiration. Son sourire s'élargit. Mais au lieu de m'embrasser, sa bouche passa à côté de mes lèvres et se colla tout contre mon oreille.

— Bienvenue de l'autre côté du miroir, Flay. Tu vas pas tenir une semaine.

Avant que je puisse répliquer, il s'en alla à grandes enjambées, me laissant toute tremblante derrière lui. Je voulais lui crier dessus, lui dire qu'il se trompait, mais le doute qu'il venait de semer en moi me cloua les lèvres. Je ne savais même pas comment j'allais survivre à cette journée, alors une semaine entière...

CHAPITRE 5

La cloche sonna, annonçant la fin de la troisième heure de cours – littérature contemporaine.

Mon cœur était comme suspendu dans ma poitrine, tendu au milieu d'une poignée d'élastiques. En classe, assise près d'une fenêtre, aussi proche de la liberté que possible, je me sentais en sécurité. Malgré les murmures et les regards, personne ne pouvait m'insulter, m'acculer dans un coin ou cogner dans mon épaule en passant. Dans le couloir, en revanche, j'étais vulnérable ; je nageais dans une mer de piranhas qui cherchaient à me dévorer tout entière.

— Mademoiselle Flay ?

Je levai les yeux pour découvrir que Mme Lochte, ma prof de littérature, se tenait devant mon bureau, les mains sur les hanches.

— Où étiez-vous aujourd'hui ?

Deux filles gloussèrent en sortant de la salle. Le seul autre élève encore présent était Nolan, qui rangeait ses livres avec une lenteur délibérée. Pour la première fois, je regrettai ma décision d'avoir choisi un cours niveau terminale. Ce n'était pas si mal quand on se contentait de s'ignorer, mais à présent, la dernière chose dont j'avais envie, c'était d'être coincée avec lui dans une salle de cours une heure par jour.

— Mademoiselle Flay ? répéta Mme Lochte.

Je me passai la langue sur mes lèvres.

— Euh…

Je ne comprenais pas vraiment sa question. Avait-elle découvert mon petit séjour de la première heure à l'infirmerie ? Et si c'était le cas, qu'est-ce que ça pouvait bien lui faire ?

— J'étais ici.

C'était la vérité.

Elle fronça les sourcils, et je compris tout de suite que je n'allais pas m'en sortir à si bon compte.

— Vraiment ? répliqua-t-elle. Parce que chaque fois que j'ai regardé dans votre direction, vous aviez les yeux fixés sur vos chaussures. Et les chaussures n'enseignent pas la littérature contemporaine, mademoiselle Flay. Moi, si. J'attends de vous que votre attention soit dirigée sur moi pendant ce cours. Me suis-je bien fait comprendre ?

— Oui madame, répondis-je de ma voix la plus sincère.

C'était une autre chose que j'avais apprise de ma mère : la politesse et la sincérité, même feintes, sont le moyen le plus efficace de se sortir d'une situation embarrassante.

— Vraiment ? fit Nolan. Comment tu vas avoir le temps de te concentrer sur un truc aussi insignifiant qu'un cours d'anglais alors que tu as des tas de réputations à foutre en l'air ?

Sans me laisser le temps de répondre, Mme Lochte tourna vers lui son regard de vipère.

— Monsieur Letner, dois-je conclure que vous n'avez nulle part où aller ? Dans ce cas, j'aurais besoin d'un peu d'aide pour réorganiser ma bibliothèque.

Pour mon plus grand plaisir, le sourire de Nolan disparut.

— Non. J'ai un endroit où aller.
— Alors allez-y, répliqua-t-elle.

Nolan la salua d'un signe de tête et sortit d'un pas nonchalant.

Dès qu'il eut disparu, Mme Lochte reporta son attention sur moi. Je fis tout mon possible pour ne pas tressaillir.

— Avez-vous bien compris ce que j'attends de vous, mademoiselle Flay ?
— Oui madame.
— Bien, fit-elle avec un bref hochement de tête. Vous pouvez disposer.

Elle retourna à son bureau et se mit à taper sur son ordinateur portable.

Je me levai et pris mon sac à dos. Une partie de moi avait hâte de s'éloigner de Mme Lochte, mais une autre était terrifiée à l'idée de ce qui m'attendait dans le couloir. Je me dirigeai vers la porte en traînant des pieds, espérant que ma lenteur me vaille à moi aussi une invitation à réorganiser des étagères, mais ce fut en vain. Je pris une grande inspiration, ouvris la porte et sortis.

Je n'eus que le temps de faire cinq pas avant que quelqu'un me cogne dans l'épaule.

— Fait chier !

La petite partie de moi qui tenait encore aux apparences s'effondra. Je laissai tomber mon sac et fis face, les poings serrés. Je ne m'étais encore jamais battue et j'allais probablement me prendre une raclée, mais je savais que je ne pouvais pas continuer comme ça.

— Putain, regarde où tu…

Les mots moururent dans ma gorge.

Payton se tenait devant moi, les yeux emplis d'une douleur que je ne comprenais pas.

— C'est toi…

— Qui veux-tu que ce soit ?

Peu à peu, mes épaules se détendirent et mes doigts se déplièrent.

— Pourquoi tu n'as pas répondu à mes messages ? Tu es au courant de ce qui m'est arrivé aujourd'hui ?

Elle serra les lèvres, les yeux brillants de larmes qui refusaient de couler.

— Oui, je sais. Amber m'a tout raconté.

Une sourde terreur se répandit dans mon ventre.

— Qu'est-ce qu'Amber t'a raconté, *exactement* ?

Elle ouvrit la bouche, mais avant qu'elle puisse répondre, Amber apparut à ses côtés et la prit par le coude.

— Euh… Désolée, Regan, mais on ne peut pas être vues avec toi. On tient à notre réputation.

Je clignai des yeux, m'efforçant de comprendre ce qu'elle venait de dire.

— Comment ça ?

Les élèves ralentissaient en passant, le cou tendu pour mieux nous voir.

Amber secoua la tête d'un air faussement compatissant.

— Tu peux arrêter de jouer les innocentes, maintenant. J'ai répété à Payton tout ce que tu m'as dit : que tu la trouves chiante à mourir et que tu étais seulement amie avec elle parce qu'elle est douée pour trouver des ragots.

Je reculai comme si elle venait de me gifler.

— Quoi ? Mais c'est n'importe quoi !

— Je t'avais dit de faire gaffe, tu te souviens ? poursuivit Amber. Je savais que tu finirais par te faire griller si tu continuais à chercher la merde. Mais franchement, je ne pensais pas que tu tomberais aussi bas. Du coup, nous aussi on doit penser à nous, tu ne crois pas ? On ne peut pas se permettre de plonger avec toi.

J'en restai bouche bée.

— Mais c'est autant votre faute que la mienne ! Vous ne pouvez pas m'abandonner comme ça ! protestai-je.

Elle fit une grimace.

— Ma chérie, tu dois voir ça comme une forme d'autopréservation. Ça ne va pas durer, c'est juste le temps que ça se tasse. Même les animaux savent qu'il faut s'éloigner d'un des leurs quand il est blessé.

— Mais tu es une vraie salope, en fait ! lâchai-je sans réfléchir.

Amber plissa les yeux et serra la mâchoire.

— Comment tu m'as appelée ?

Payton se libéra du bras d'Amber et jeta un coup d'œil paniqué à la foule qui se rassemblait derrière nous.

— Les filles, faut vraiment qu'on fasse ça ici ? Maintenant ?

Sans attendre de réponse, elle s'éloigna lentement en direction des casiers.

Amber l'ignora.

— Il vaut mieux être une salope qu'une faux-cul et une traîtresse. Au moins, avec moi, les gens savent exactement ce qu'ils auront.

Je me tournai vers Payton.

— Tu n'imagines quand même pas que j'ai dit ces trucs sur toi ? lui demandai-je. Tu es ma meilleure amie !

— Et tu penses qu'elle va te croire ? répliqua Amber. Tu passes ton temps à baver sur tout le monde. Pourquoi tu ne le ferais pas avec ta soi-disant meilleure amie ?

La colère bouillait dans mes veines. Pourquoi Amber faisait-elle ça ? Pourquoi m'abandonner et mentir à Payton en inventant des choses que je n'avais jamais dites ?

Et alors, je compris.

— C'est *toi* qui as affiché tous mes messages !

Comment ne l'avais-je pas vue venir ? Je m'étais gourrée sur toute la ligne. Avait-elle fait en sorte de se rapprocher de Payton pendant tout ce temps ?

— Pourquoi tu l'écoutes ? demandai-je à Payton, ma colère soudain changée en une profonde tristesse. Tu sais bien comment elle est.

Avant qu'elle puisse répondre, la foule s'écarta pour laisser passer Nolan. Il s'avança vers nous, son portable à la main. Une fille blonde nommée Blake se tenait juste derrière lui.

— Qu'est-ce qui se passe ici ? demanda-t-il. Une petite bagarre entre copines ?

— Nolan ! s'écria Payton d'un ton menaçant. Reste en dehors de ça !

— Que je reste en dehors ? fit-il en tournant la caméra vers elle. Mais ce qui se passe ici se doit d'être archivé. Sinon, dans quelques années, tu te demanderas comment a pu se désintégrer une amitié de toute une vie. Il a vraiment dû se passer un truc terrible entre vous, parce que si un minuscule incident suffit à vous séparer, tu imagines ce que ça veut dire sur votre amitié ?

— Nolan, répéta Payton, va t'acheter une vie et ne te mêle pas de la mienne !

Il l'ignora et tourna l'objectif vers Amber et moi. Amber lui fit un doigt d'honneur. Moi, de mon côté, je me figeai comme un lapin pris sous le feu d'un chasseur.

Enfin, Nolan abaissa son portable et disparut dans la foule, toujours suivi de sa copine blonde.

— Abruti, murmura Amber.

Au bout de quelques secondes, elle haussa les épaules.

— Viens, Pay. On s'en va.

Payton fixait le sol, sans ciller. Par la pensée, je la suppliai de se souvenir qu'elle était ma meilleure amie. Jamais je ne lui aurais fait ça. Jamais.

— Allez, viens !

Comme Payton refusait de bouger, Amber soupira d'un air impatienté avant de se détourner pour se frayer un passage dans la foule.

Payton serrait le poing sur un pli de sa jupe. Elle jeta un regard vers moi puis détourna les yeux et courut rattraper Amber, qui avait déjà parcouru la moitié du couloir.

Tu imagines ce que ça veut dire sur votre amitié ? Les mots de Nolan tournoyaient dans mon esprit comme des charognards au-dessus d'une carcasse. Sauf que là, c'était ma relation avec ma meilleure amie qui agonisait.

Et si je n'avais plus Payton, je n'avais plus personne.

Les larmes me montèrent aux yeux. Je ne pouvais pas pleurer. Pas devant tout le monde. N'était-ce pas la règle numéro un de ma mère ? Ne jamais exposer ses faiblesses.

Je tentai de contenir mes larmes, mais il était trop tard. Je ne pus que ramasser en hâte mon sac à dos et courir aux toilettes les plus proches.

Je poussai la porte d'un coup d'épaule tout en essuyant mes joues avec les paumes de mes mains. Un sanglot me secoua la poitrine. Je plaquai la main sur ma bouche pour l'étouffer.

Je choisis la cabine la plus éloignée et m'y enfermai. Quelques secondes plus tard, j'entendis la porte extérieure s'ouvrir et un groupe de filles entrer en riant. Je grimpai sur la cuvette, priant pour qu'elles n'essaient pas d'ouvrir la porte verrouillée.

— Oh mon Dieu, vous avez vu sa tronche ? demanda une fille.

Plusieurs gloussements lui répondirent.

— Je crois qu'elle se retenait de pleurer, fit une autre voix.

— Bien fait pour elle !

— Carrément !

— Je n'aimerais pas être à sa place, admit la première. Sa vie est foutue.

Les autres filles murmurèrent un acquiescement. J'entendis de nouveau la porte s'ouvrir, et une seconde plus tard, leurs voix s'éloignèrent avant de disparaître lorsque le battant se referma.

Une fois certaine qu'elles étaient bien parties, je descendis de la cuvette et m'appuyai contre la porte de la cabine. Méritais-je ce qui m'arrivait ? Peut-être. Mais pourquoi maintenant ? Pourquoi Amber ? Et pourquoi Payton la suivait-elle ? *Pourquoi, pourquoi, pourquoi ?* Je répétai le mot dans ma tête jusqu'à ce qu'il ne soit plus qu'un ramassis de lettres vide de sens.

Enfin, je quittai la cabine couverte de graffitis et me traînai vers un lavabo.

Je contemplai la fille aux yeux rouges et à la mine défaite qui me regardait dans le miroir. Si ma mère avait été là, elle m'aurait dit d'arrêter de perdre mon temps à me lamenter sur mon sort. Je devrais élaborer un plan. Je devais trouver un moyen de reconstruire la réputation qu'on m'avait détruite. Malheureusement, tous les plans qui me venaient à l'esprit impliquaient mes amies.

Chose que je n'avais plus.

Je me creusai la tête pour trouver un autre plan, un que je pourrais mettre en action toute seule. Mais je regardai mon reflet pendant plusieurs minutes et rien ne me vint à l'esprit. Plus je restais là, plus je sentais les possibilités de récupérer ma vie d'avant s'échapper entre mes doigts comme des grains de sable.

Je ne savais pas quoi faire.

Alors, je fis ce que je savais faire de mieux. Je pris un nouveau cachet.

Lorsque l'engourdissement familier se fut installé en moi, je quittai les toilettes et m'aventurai dans le couloir. Comme la pause déjeuner était déjà presque terminée, je me dirigeai vers ma salle.

Personne ne s'assit à côté de moi. Personne ne me parla. La mise en quarantaine m'aurait normalement fait flipper, mais après la matinée infernale que j'avais passée, être ignorée était plutôt un soulagement. Ça voulait dire qu'ils étaient en train de se lasser. Du moins, je l'espérais.

À la fin de la dernière heure de cours, je fis semblant de ne pas avoir compris les devoirs que le prof nous avait donnés pour pouvoir rester dans la salle vingt minutes supplémentaires pendant que M. Mahoney me réexpliquait le cours. Lorsqu'il eut terminé, je jetai un coup d'œil à l'horloge et fus rassurée : le bâtiment et le parking seraient suffisamment vides pour me permettre de m'échapper.

J'attrapai mes clés de voiture dans mon sac à main et me dirigeai vers la sortie. J'aurais dû récupérer mon livre d'histoire dans mon casier, mais j'allais m'en passer et prier pour réussir le contrôle sans réviser. Je refusais de m'arrêter assez longtemps pour que quelqu'un me prenne à partie.

Et puis, si quelqu'un d'autre avait décidé de *décorer* mon casier, je ne voulais pas le savoir.

Les couloirs étaient presque vides, et mes pas résonnaient sur le lino taché. De temps en temps, un élève passait, en route pour une activité périscolaire, mais par chance, personne ne me prêta attention. J'arrivai à la sortie et poussai un soupir de soulagement en faisant un pas à l'extérieur, vers la liberté. N'étant pas directement assaillie par une foule en colère, je me figurais que le pire était passé.

C'est alors que j'aperçus ma voiture.

J'étais garée derrière un gros camion, et seul mon pare-chocs était visible de loin. Mais en dépassant le camion, je m'arrêtai net. Mon sac à dos glissa de mes épaules et tomba au sol avec un bruit mat.

Des bouteilles de soda vides, des sachets de chips et des morceaux de papier gras recouvraient le capot et le toit. Les mots *menteuse, traîtresse et faux-cul* avaient été inscrits plus d'une centaine de fois sur toutes les vitres, en différentes teintes de rouge à lèvres. En m'approchant, je vis une grosse rayure – probablement faite avec une clé – le long de la portière du conducteur.

Je me laissai tomber par terre à côté de mon sac. J'avais rendez-vous chez le psy dans vingt minutes, et je ne serais jamais à l'heure si je ne partais pas immédiatement. Mais comment faire ? J'allais devoir passer au moins dix fois ma voiture au lavage pour me débarrasser de tout ce rouge à lèvres. Je le savais, car Payton, Amber et moi avions fait la même chose à une fille l'an dernier, après que cette dernière avait dragué le copain de Payton. C'était l'idée d'Amber, bien sûr. Nous nous étions cachées dans sa voiture et avions éclaté de rire chaque fois que la fille passait sa voiture au lavage avant de fondre en larmes en voyant que les lettres roses et rouges étaient encore là.

Christy avait peut-être raison. Peut-être récoltais-je enfin ce que j'avais semé. J'avais joué avec le karma, et le jour des comptes était arrivé. Restait une question : après tout ce que j'avais fait, mériterais-je un jour de retrouver le bonheur ?

Ça ressemblait à une question à poser à mon psy, mais parler à quelqu'un de ce qui m'arrivait était la *dernière* chose dont j'avais envie. Les paroles n'étaient que des sons inutiles qui disparaissaient dans le vide sitôt après avoir été formulés.

Contrairement aux textes, qui pouvaient être photographiés, copiés, envoyés et sauvegardés.

Je n'avais aucun moyen de m'en sortir.

CHAPITRE 6

Il me fallut plus de cinquante dollars et une demi-heure de lavage pour venir à bout du rouge à lèvres. Chaque fois que je sortais vérifier, je m'attendais à voir Amber et Payton se moquer de moi, dissimulées dans la voiture d'Amber. Christy serait peut-être là, elle aussi. Après le lavage, je n'avais pas pu rentrer tout de suite à la maison : si papa était rentré en avance du travail, il aurait tout de suite compris que j'avais séché mon rendez-vous chez le psy. Je ne voulais pas risquer qu'il appelle maman.

Comme mon cheval était bien meilleur conseiller que mon psy, je pris la décision de me rendre aux écuries.

Je défis la sangle et enlevai du dos de Rookie le tapis de selle trempé de sueur. Rookie était un ancien cheval de course de treize ans, que j'avais adopté quand il en avait sept. Après seulement quelques années de dressage, il était devenu un incroyable cheval d'obstacles. Ensemble, nous avions gagné assez de rubans et de trophées pour occuper un mur entier. Tous les week-ends, nous travaillions tous les deux dans un programme de thérapie pour enfants en difficulté.

Le travail bénévole était en fait – quelle surprise – une idée de ma mère. Après tout, la moindre de mes activités ne devait-elle pas servir à améliorer mon image de marque ? Pour une fois, je m'en fichais. Contrairement à d'autres distractions captivantes comme construire des maisons ou ramasser des déchets dans les parcs régionaux sous une chaleur torride, la thérapie par le cheval était une chose qui me plaisait vraiment. Je ne me lassais jamais du sentiment que j'éprouvais en voyant un enfant assis sur le dos de Rookie serrer les poings dans sa crinière noire, un immense sourire aux lèvres, comme si rien d'autre n'existait. C'était ce qui rendait les chevaux magiques.

Je m'appuyai contre la porte de la stalle pour ranger ma selle sur le support mural pendant que Rookie nichait son museau velouté dans mon cou. Il remua doucement, chatouillant les petits cheveux de ma nuque. Je souris, mais même seule avec mon cheval, je sentais que c'était forcé. Je me demandai si j'allais un jour retrouver un véritable sourire.

Je me retournai et appuyai ma tête contre celle de Rookie, le front posé sur l'étoile blanche entre ses deux yeux. Je passai les doigts dans sa crinière emmêlée. Un peu plus tôt, nous avions passé une heure à galoper doucement dans la carrière. Rookie tirait parfois sur les rênes. Je sentais ses muscles frustrés jouer sous moi, percevais son désir de franchir la barrière et de galoper au loin.

Avant ce jour, je n'avais jamais compris cette impulsion. J'avais toujours pensé qu'on était plus en sécurité dans la carrière, là où les gens pouvaient nous voir et nous aider en cas de pépin. Mais à présent, pour la première fois de ma vie, je me demandai ce que ça ferait d'ouvrir la barrière et de m'enfuir avec lui, aussi vite et aussi loin que possible, sans jeter un regard en arrière.

Mon téléphone sonna, me tirant de ma rêverie.

— Désolée, mon beau. Je reviens.

Pleine d'espoir, je passai sous la chaîne accrochée en travers de la porte de la stalle de Rookie. Peut-être était-ce Payton qui me rappelait enfin. Peut-être s'était-elle rendu compte à quel point il était stupide de m'en vouloir pour une chose qu'elle faisait elle-même constamment. Peut-être avait-elle déjà trouvé un moyen de nous venger d'Amber.

Ignorant les petits hennissements contrariés de Rookie, je courus à la table de pique-nique où j'avais posé mon portable et mes clés. Je m'en emparai et lus le nom affiché sur l'écran. Mes épaules s'affaissèrent. Avec un soupir, je répondis.

— Salut, papa.

— Salut, chérie, dit-il. Je viens de rentrer. La séance chez le psy est plus longue que d'habitude ?

— Non.

Je me massai les tempes pour chasser la migraine qui commençait à s'installer.

— Désolée de ne pas avoir appelé plus tôt. J'ai eu envie de m'arrêter aux écuries après mon rendez-vous.

— Comment va ma deuxième hypothèque ?
— Rookie ? Comme d'habitude… Il est affamé.

Papa éclata de rire, puis se tut. Quelques secondes plus tard, il s'éclaircit la gorge.

— Écoute, Regan, quand est-ce que tu comptes rentrer ? Je crois qu'il faut qu'on cause.

Mon estomac se noua.

— Ah, pourquoi ?
— L'infirmière du lycée m'a appelé au travail.

Je fermai les yeux et déglutis malgré la boule que j'avais dans la gorge. Je ne voulais pas de cette conversation. Pas maintenant. Je devais travailler à régler mes problèmes, pas en ajouter de nouveaux. Et si papa s'en mêlait, il impliquerait maman, et toute cette histoire ferait boule de neige.

— C'est pas grand-chose, papa. J'ai un peu paniqué à cause d'un contrôle.
— *Regan !*

J'entendais l'inquiétude dans sa voix.

— L'infirmière a dit que tu faisais de l'hyperventilation.
— C'était un contrôle vraiment important.

Papa resta silencieux. Je le voyais assis à son bureau dans sa blouse bleue, un petit pli au-dessus du nez, comme toujours quand il fronçait les sourcils. Enfin, il reprit :

— Pourquoi est-ce que j'ai l'impression qu'il y a autre chose ?
— Il n'y a rien.

J'avais peut-être répliqué un peu vite, car il ne répondit pas. J'étais sûre qu'il savait que je mentais, et comme je n'avais pas d'autre choix, je décidai de me servir d'une autre technique de maman : brouiller les pistes avec une demi-vérité.

— Bon d'accord, il y a peut-être autre chose.
— Oui ?
— Payton et moi, on s'est un peu engueulées.
— Vraiment ?

L'inquiétude dans sa voix avait laissé la place à la surprise.

— Vous êtes amies depuis toujours. Qu'est-ce qui s'est passé ?

Je n'allais sûrement pas lui expliquer que toutes les choses horribles que j'avais écrites s'étaient retrouvées affichées dans toute l'école. Je me creusai la tête pour trouver une explication plausible, et il me vint soudain la solution parfaite. Un autre truc de maman : déstabilisez votre adversaire avec un sujet qui le met mal à l'aise. Et je savais *exactement* comment mettre papa mal à l'aise.

— Tu vois, il y a ce garçon...
— Un garçon ? répéta papa d'un ton paniqué. Depuis quand tu fréquentes des garçons ? Tu ne m'as jamais parlé d'un garçon. C'est qui ? Je connais ses parents ? Qu'est-ce que...
— Du calme, papa. Il n'y a rien de sérieux. C'est juste que je croyais qu'il m'aimait bien, et il s'est avéré que Payton l'aime bien aussi. Alors on s'est un peu énervées et...
— Tu sais quoi ? me coupa-t-il. C'est peut-être un sujet dont tu ferais mieux de parler à ta mère.

Dieu merci. Je poussai un discret soupir de soulagement.

— D'accord. Si tu penses que c'est mieux...

— Oui, je pense. Et tu devrais peut-être même l'appeler dès ce soir, ajouta-t-il après un silence.

À cette pensée, ma bouche devint toute sèche. Avec maman, on ne pouvait pas parler. Toutes nos « conversations » se déroulaient de la même manière : elle me faisait la leçon et n'écoutait pas un mot de ce que j'avais à dire.

— Ça peut attendre son retour, dis-je. Je ne veux pas l'embêter en pleine session. Tu sais à quel point ça la stresse...

— Tu es sa fille, répliqua-t-il. Tu passes toujours en premier.

Heureusement, il ne put voir la grimace que je fis au téléphone.

— Ouais, d'accord. Écoute papa, je dois brosser et nourrir Rookie avant de partir. Est-ce qu'on peut en reparler plus tard ?

Il poussa un soupir.

— Pas ce soir, j'en ai peur. Je dois repartir au cabinet – une chirurgie dentaire urgente. Je ne serai pas rentré pour le dîner. Tu trouveras des restes à réchauffer dans le frigo.

— D'accord, dis-je en tentant tant bien que mal de dissimuler ma déception.

J'étais soulagée d'éviter une conversation gênante, mais je n'avais pas la moindre envie de passer la soirée seule dans notre grande maison vide.

Normalement, les soirs où maman n'était pas là et où papa travaillait tard, j'invitais Payton et Amber à venir traîner avec moi. Apparemment, ça n'arriverait plus jamais.

— Très bien, trésor. Essaie juste de ne pas t'inquiéter pour le reste de la soirée, OK ?

— OK.

Je lui dis au revoir et raccrochai. Je m'apprêtais à glisser mon téléphone dans ma poche quand je vis que j'avais reçu un mail : une notification Facebook qui me prévenait que j'avais été taguée sur un post – celui d'Amber.

Je me sentis sombrer intérieurement et je me laissai tomber sur le banc. Mon pouce hésita un instant au-dessus du lien tandis que, de mon autre main, je triturais mon pendentif et le faisais glisser doucement le long de sa chaîne. Quoi qu'Amber ait écrit sur moi, ça ne pouvait pas être bon.

Je mordais ma lèvre inférieure, mon pied frappant le sol. Je savais que je ne devais pas cliquer, qu'il valait mieux ne pas savoir, mais je ne pouvais pas laisser passer ça. Je devais savoir ce que j'allais devoir affronter.

Je retins mon souffle et cliquai sur le lien.

L'application s'ouvrit sur une fan page – du moins, je crus que c'était ça jusqu'à ce que j'en aie lu le titre : **GROUPE DE SOUTIEN POUR LES VICTIMES DE REGAN FLAY**. L'image de profil était mon visage, mais quelqu'un l'avait modifié avec une de ces applications qui vous changeaient en zombie. Mes yeux étaient enfoncés dans les orbites et ma peau partait en lambeaux ; mes lèvres craquelées dévoilaient des dents pourries. Le texte en dessous annonçait : *Ceci est une page de soutien pour quiconque a pu être victime de Regan Flay. Racontez votre histoire et aidez-vous mutuellement.*

Je ne savais pas depuis combien de temps la page existait, mais elle avait déjà plus d'une centaine de likes et au moins une douzaine de commentaires. Et même si la page prétendait être un groupe de soutien, vu la nature des commentaires, elle était tout sauf ça. Une fille avait posté que j'étais tellement moche qu'elle avait besoin de soutien psychologique pour surmonter le traumatisme de devoir me voir passer tous les jours dans les couloirs. Son commentaire avait été liké par Amber et trente autres personnes. Il y en avait d'autres, mais je ne pus les lire car les larmes brouillaient les mots.

Je refermai l'application, fourrai le portable dans ma poche et essuyai mes yeux sur ma manche. Je pensais être à l'abri aux écuries. J'avais cru que mes problèmes ne pourraient pas m'y retrouver. Apparemment, je m'étais trompée. Je n'avais nulle part où me cacher.

Une vague d'étourdissement s'abattit sur moi, mais je la repoussai. Je n'allais pas faire une crise d'angoisse à cause de ça. Je le *refusais.*

Tout ça était tellement hypocrite. C'était comme si les gens qui m'insultaient n'avaient jamais rien dit de méchant sur personne. Ils me persécutaient parce que je m'étais fait prendre, voilà tout.

C'était injuste.

Rookie renâcla dans sa stalle. Je me penchai par-dessus la chaîne et tendis la main vers lui. J'avais désespérément besoin d'un peu de cette magie chevaline pour me consoler. Il regarda fixement ma main, mais ne franchit pas la distance qui nous séparait. Génial. Mon cheval aussi se retournait contre moi ? Peut-être sentait-il que je n'étais plus la petite fille qui grimpait sur son dos et tressait sa crinière pendant qu'il mâchait des brins d'herbe. J'étais brisée et j'ignorais comment recoller les morceaux. Pour la première fois, je ne pensais pas que Rookie en soit capable.

Il avait donc fini par arriver. Le jour où la magie avait cessé de fonctionner.

— Tout va bien, lui dis-je.

Je retirai ma main et m'en servis pour essuyer mes joues couvertes de larmes.

— Je vais te chercher tes granulés.

Plus tard ce soir-là, après avoir pris une douche si chaude qu'elle avait laissé ma peau rouge et engourdie, je me mis au lit et tirai les couvertures jusqu'à mon menton. Je ne savais pas vraiment pourquoi je prenais cette peine. Je ne voulais pas dormir. Le sommeil amenait le matin, et le matin était une chose que je voulais ne jamais voir venir.

Avant de me coucher, j'avais fait l'erreur de consulter Facebook une dernière fois. J'avais découvert une nouvelle publication sur la page de Soutien pour les Victimes de Regan Flay. Le commentaire m'avait fait l'effet d'une balle de lames de rasoir qui avait tout déchiré et déchiqueté sur son passage en rebondissant dans ma poitrine.

 Regan Flay devrait rendre service à tout le monde et se suicider.

Ce n'était pas tant le commentaire qui me blessait mais le fait qu'il avait déjà 76 likes. *Soixante-seize* personnes s'accordaient à dire que le monde serait un meilleur endroit si je n'existais pas.

Je jetai un coup d'œil au flacon de pilules posé sur ma table de chevet.

Elles étaient là. Tout ce que j'avais à faire, c'était tendre la main pour que tout le monde soit content. Si je disparaissais, je ne pourrais plus gâcher la vie des gens. Si je mourais, je n'aurais plus à subir leur haine.

Et ça serait facile. Tellement facile.

Une bouffée de panique me parcourut comme un courant électrique. Je m'emparai du flacon et le jetai violemment à travers la pièce. Bien sûr que ce serait facile, mais ce n'était pas ce que je voulais. Les cachets n'étaient qu'un moyen de prendre la fuite. Et moi, je voulais trouver un moyen de m'en sortir. Fuir serait certes une solution définitive, mais m'en sortir impliquait au moins des possibilités. Ces gens ne pourraient pas me haïr pour toujours – et même si c'était le cas, il ne me restait qu'une année de lycée. Si je faisais profil bas, les choses ne pourraient que s'arranger, non ?

Je repliai mes genoux contre ma poitrine et les serrai entre mes bras. Je n'avais pas la moindre idée de ce qui pourrait un jour me rendre heureuse. Ma mère pensait sûrement qu'*elle* détenait la réponse. Mais si elle se trompait ? Et si toutes les choses qui, selon elle, me rendraient heureuse – être admise dans une prestigieuse université, épouser un bon parti, avoir une grande carrière – me laissaient aussi creuse et vide que je me sentais maintenant ?

Lorsque j'étais petite, tout était tellement plus facile… Le bonheur, c'était sauter à la corde et manger des barbes à papa. Mais à présent, je ne me souvenais même pas de la dernière fois où je m'étais vraiment sentie heureuse. À quel moment avais-je perdu ce sentiment ? Et pourquoi était-ce devenu si difficile de le retrouver ?

Pire encore, qu'allais-je devenir si je ne le retrouvais jamais ?

CHAPITRE 7

Le matin suivant, assise dans ma voiture, je regardais les autres élèves slalomer entre les véhicules du parking pour aller en cours. Je serrais le volant si fort que mes jointures étaient toutes blanches. Je n'avais même pas encore sorti un pied de ma voiture, et déjà l'angoisse me comprimait la poitrine.

Je venais de prendre mon sac à main, à la recherche de mes pilules, quand un poing frappa à ma portière. Je sursautai et lâchai mon sac. De l'autre côté de la vitre, Nolan Letner me souriait de son air suffisant. Comme toujours, il pointait sur moi son portable.

Merde. Juste au moment où je pensais que ma journée ne pouvait pas commencer plus mal...

Je ne pris même pas la peine de descendre ma vitre. Je m'étais résolue à faire profil bas, et je ne voulais surtout pas encourager son attention. J'attrapai donc mon téléphone et fis semblant de lire des messages inexistants.

— Tu ferais bien de te grouiller. Tu vas être en retard en cours.

Je serrai les dents si fort que ma mâchoire me fit mal.

— Va crever en enfer, Nolan !

— Oui, on est au lycée, donc on n'en est pas loin, répliqua-t-il.

Comme je ne bougeais pas, il frappa de nouveau à la vitre.

— Tu viens ou quoi ?

Je tripotai les clés, toujours dans le contact. Ça serait si facile de démarrer et de m'enfuir. Malheureusement, si je séchais les cours, ma mère l'apprendrait. Et si elle pensait que j'avais des ennuis susceptibles de donner aux électeurs une mauvaise image de la famille, elle resserrerait sa prise sur la laisse qui m'étouffait déjà.

Je fusillai Nolan du regard. Il était venu dans l'unique but de m'embêter, mais si j'attendais qu'il se lasse, je serais en retard. J'étais prise au piège et il le savait.

— Je n'irai nulle part tant que tu n'auras pas baissé ton téléphone.

Il le fourra dans sa poche et sourit.

Abruti.

En soupirant, je sortis la clé du contact, ce qui déverrouilla automatiquement les portières. Avant que je puisse l'en empêcher, Nolan attrapa la poignée et m'ouvrit.

— Après toi.

Je n'avais pas la moindre envie d'aller quelque part avec lui, mais je ne pouvais pas me permettre de sécher le lycée. Je n'avais pas le choix. J'attrapai mon sac à dos et descendis de voiture. Dès que je commençai à marcher vers le bâtiment, il m'emboîta le pas.

— Dégage, Nolan.

— Pourquoi ? Si je m'en vais, je ne pourrai plus savourer la chaleur de ta lumineuse personnalité. Et tu *veux* vraiment que je parte ? Avant d'entrer *là-dedans* ? *Toute seule ?*

Je grimaçai.

— Tu t'imagines que j'ai besoin de ta protection, ou quoi ? Je peux me défendre toute seule.

Il éclata de rire.

— Ouais, bien sûr !

— Tu vas continuer à me suivre partout pour ne pas perdre une miette de ma chute ? C'est ça, ton plan ?

Il haussa les épaules.

— En partie.

Je contins un grognement. On s'était jamais bien entendus, mais j'aurais jamais cru qu'il puisse être aussi sadique. Pas étonnant que sa copine l'ait largué.

— Va te faire foutre ! crachai-je en enfonçant un doigt dans sa poitrine.

Sans lui laisser le temps de répondre, je remontai l'allée au pas de charge et entrai dans le lycée.

À peine quelques battements de cœur plus tard, il était revenu à ma hauteur.

— C'est aussi par là que je vais, tu sais. Les couloirs ne t'appartiennent pas, Princesse.

Oh, comme j'aurais voulu pouvoir rassembler toute la colère et la tristesse de ces dernières vingt-quatre heures pour les lâcher sur Nolan... Mais avec ma réputation en ruines, je n'avais vraiment pas besoin d'attirer encore plus l'attention. Pour lui échapper, je décidai de m'offrir un petit détour et passai la porte la plus proche.

Mme Weber, la secrétaire d'éducation, une femme d'une quarantaine d'années qui était une grande supportrice de ma mère depuis le début de sa carrière, me sourit de derrière son bureau surélevé.

— Regan.

Ses deux dents de devant étaient maculées de rouge à lèvres.

— Que puis-je faire pour vous, ma petite ?

Bonne question.

— Euh...

Au départ, tout ce que j'avais voulu, c'était échapper à Nolan. Je n'avais pas réfléchi plus loin. Puis une idée me vint. Un conseil tout droit tiré du manuel politique de ma mère : *Quand on est frappé par un scandale, la meilleure solution est de se retirer de la scène publique jusqu'à ce que les esprits se refroidissent.*

— Je voudrais retirer mon nom de la liste pour les élections au conseil des élèves.

Je n'avais pas besoin de rappeler à l'école entière à quel point ils me détestaient en affichant mon visage souriant dans toute l'école. J'imaginais déjà ce qui arriverait aux affiches : des moustaches, des cornes de diable, des pénis...

Le sourire de Mme Weber disparut.

— Vraiment ? Vous en êtes sûre ? Mais vous avez la politique dans le sang !

Je réprimai une envie de lever les yeux au ciel. J'étais habituée à ce que les gens s'attendent à me voir agir comme une version miniature de la députée. Au lieu de me prendre pour un individu à part entière, on aurait dit qu'ils me considéraient comme un clone fabriqué dans un labo. Et si ça n'avait pas été en contradiction avec les idées ultraconservatrices de ma mère, je l'aurais soupçonnée d'avoir envisagé cette solution.

Mais je n'étais pas ma mère. Bien sûr, elle allait être en rogne en découvrant que j'avais abandonné l'élection, mais un poids s'était envolé de mes épaules dès l'instant où j'avais prononcé les mots. Me faire oublier me semblait être la meilleure chose à faire pour le moment. Rester candidate n'aurait fait que m'exposer à davantage d'humiliation et de ridicule. Et puis, si je distribuais des badges « Votez pour Regan » dans les couloirs, les autres élèves s'en serviraient probablement pour me les jeter à la figure.

Je me penchai au-dessus du bureau de la secrétaire et déclarai sur le ton de la confidence :

— Je ne sais pas si vous êtes au courant, mais j'ai... subi beaucoup de stress dernièrement.

Bien sûr, ma mère ne voulait pas que les gens sachent que sa fille souffrait d'un trouble de l'anxiété : quelqu'un pourrait croire que quelque chose clochait dans la façon dont elle m'avait élevée. Elle m'avait donc ordonné de dire aux gens que je souffrais de stress – une réponse bien plus acceptable en société. Après tout, de nos jours, qui n'était pas stressé ?

— Oh, ma chère petite !

Mme Weber se pencha vers moi pour me tapoter la main. Sa peau avait la consistance du cuir froid.

— C'est parfaitement compréhensible. Avec votre mère qui se représente aux élections, bien sûr que vous êtes stressée !

Bien sûr, je ne pouvais pas avoir mes propres problèmes. Mon *stress* était forcément en rapport avec la carrière de ma mère.

— Ouais, fis-je en retirant ma main. Donc vous comprenez pourquoi je ne peux pas me présenter au conseil des élèves. J'ai besoin de me… recentrer.

— Regan…

Même s'il n'y avait que nous deux dans le bureau, Mme Weber baissa la voix :

— Est-ce que ça a quelque chose à voir avec ce graffiti sur votre casier ?

Je fis un pas en arrière, les joues en feu.

— Vous êtes au courant ?

Elle m'adressa un regard compatissant.

— Bien sûr. Mais ne vous en faites pas, la proviseure le sait aussi. Elle va lancer une enquête pour que le coupable soit démasqué.

Ma gorge se serra. Et si l'enquête les menait aux pages scotchées aux casiers avec mes messages privés et toutes les choses horribles que j'avais dites ?

— Une enquête n'est pas vraiment nécessaire, protestai-je. Je suis sûre que j'ai été frappée au hasard et que ça ne se reproduira pas.

Mme Weber fronça les sourcils.

— Ma chère petite, vous n'êtes pas sans savoir que nous avons une politique anti-harcèlement extrêmement stricte dans cette école.

Mon estomac se souleva, je crus que j'allais vomir.

— Nous allons trouver cette personne, poursuivit-elle. Et il ou elle va avoir beaucoup d'ennuis. Ne vous en faites pas. Vous êtes une gentille fille, Regan. Je suis sûre que le coupable n'est qu'un démocrate qui ne rêve que de semer la pagaille.

Elle grimaça, comme si le mot démocrate lui avait laissé un goût amer sur la langue.

Bien sûr. Parce qu'une fois encore, tout ce qui arrivait dans ma vie était forcément lié à ma mère. Je m'écartai du bureau et repartis vers la porte.

— Vous vous occuperez de me rayer de la liste, madame Weber ?

Elle poussa un soupir et tapota ses ongles manucurés sur son bureau.

— J'espère que vous reviendrez sur votre décision. Mais si c'est ce que vous voulez vraiment, je le ferai.

Je hochai la tête.

— Oui, c'est ce que je veux. Merci.

Elle retroussa les lèvres, comme si elle n'avait pas fini d'argumenter, mais je sortis de son bureau sans lui laisser le temps d'ajouter quoi que ce soit. J'étais si pressée de m'éloigner que je heurtai de plein fouet la personne qui se tenait devant la porte.

— Je suis vraiment désolée...

Avant de pouvoir finir de m'excuser, je levai les yeux pour découvrir Nolan qui me souriait.

— On dirait que le destin nous pousse l'un vers l'autre, déclara-t-il.

— Sérieusement ? répliquai-je, excédée, avant de le contourner. Est-ce que tu me suis partout juste pour me faire chier ?

— Pourquoi ? rétorqua-t-il avec un sourire suffisant. Ça marche ?

Je lui fis un doigt d'honneur.

Il éclata de rire.

— C'est comme ça qu'on traite un ami ?

Je m'arrêtai net.

— Tu n'es *pas* mon ami.

— C'est vrai.

Il regarda aux alentours, puis ajouta :

— Mais je ne vois personne à ce poste. On ne peut pas leur en vouloir. Tu es une vraie chieuse.

Je poussai un grognement exaspéré.

— Qu'est-ce que tu veux de moi, sérieusement ? Des excuses ? Si c'est ce qu'il faut que je fasse pour que tu me foutes la paix, *très bien* ! Je suis désolée d'avoir été méchante avec toi mardi dernier, Nolan. Maintenant, tu veux bien dégager, *s'il te plaît* ?

— Ce que je veux ?

Toute trace d'humour avait disparu de son visage.

— Je ne pourrai jamais retrouver ce que je veux.

Je croisai mes bras sur ma poitrine, comme pour me protéger de son regard glacial.

— Ça veut dire quoi, au juste ?

La première sonnerie retentit.

Au lieu de me répondre, Nolan remonta son sac à dos sur son épaule.

— Il faut que j'aille en cours.

Il passa devant moi et partit dans le couloir, me laissant seule et ébahie.

Et moi qui trouvais que mes règles me donnaient des sautes d'humeur… Je n'avais jamais vu ça : un mec capable de rire et de sourire — même si c'était à mes dépens — et d'avoir l'air prêt à commettre un meurtre la seconde d'après.

— Taré, murmurai-je.

Ce n'était pas pour rien que Payton, Amber et moi avions l'habitude de nous moquer de lui. Ce mec était un putain de psycho.

En allant en cours, je ne pus m'empêcher de me demander *pourquoi* lui et sa copine avaient rompu. Ils étaient faits l'un pour l'autre. Jordan était une fille de ma classe. Ses cheveux étaient teints en violet, ou en bleu, ou en d'autres couleurs aberrantes. Elle s'habillait en noir tous les jours et portait même un voile noir à l'occasion des anniversaires de mort de musiciens comme Kurt Cobain, Freddie Mercury ou Jimi Hendrix. Ce n'était pas la pom-pom girl typique, mais cela ne l'avait pas empêchée d'effectuer les essais pour entrer dans l'équipe l'an dernier. Elle n'avait pas effectué la moitié de sa chorégraphie quand Amber avait éclaté de rire. Sa réaction m'avait mise mal à l'aise, et plus encore quand j'avais fait semblant de rire avec elle. Jamais elle n'aurait pu s'intégrer dans notre groupe.

Sauf que maintenant, il n'y avait plus de groupe.

Regarde qui est rejeté, maintenant.

En seulement quelques minutes après la première sonnerie, les couloirs s'étaient vidés. Il ne restait plus qu'une fille devant son casier. En approchant, je remarquai que cette fille qui se dépêchait de récupérer ses livres n'était pas *n'importe qui*. C'était *Julie Sims*. Celle que j'avais accusée d'être trop grosse pour la manœuvre de Heimlich dans les messages privés qui avaient été postés.

Mon cœur se mit à tambouriner dans ma poitrine. Je me figeai. Je ne savais pas quoi faire. Sans me remarquer, Julie s'occupait toujours de ses affaires. Je pouvais facilement faire demi-tour, mais ma salle de cours n'était qu'à quelques portes de là. Si je prenais un autre chemin, j'allais être en retard.

Merde. Je n'avais pas besoin d'une nouvelle confrontation pour le moment, mais je ne pouvais pas me permettre d'être en retard. Si je me dépêchais, peut-être ne me remarquerait-elle pas. Je baissai la tête et accélérai le pas. Je m'apprêtais à la dépasser quand l'un des livres qu'elle feuilletait lui échappa et qu'une feuille pliée couverte d'énigmes géométriques s'envola. Elle atterrit à mes pieds.

Julie se retourna. Je m'arrêtai net, le souffle court.

Pendant une seconde, Julie sembla ne pas me remarquer. Elle se pencha pour attraper le papier. Mais avant de se relever, son regard se posa sur le haut de mes chaussures. Je la vis se raidir.

Ma gorge se serra et je déglutis avec peine. Je m'attendais à ce qu'elle se mette à me crier dessus, à m'injurier ou à claquer la porte de son casier avant de s'en aller. Elle n'en fit rien. Elle se contenta de me regarder fixement de ses grands yeux marron, sans bouger. J'observai son visage, à la recherche de la haine que j'étais sûre d'y déceler, mais une autre émotion se lisait dans son regard. De la *peur*.

Cette révélation me frappa comme un coup de poing dans le ventre. Julie n'allait pas m'attaquer. Le monstre ici, c'était moi. Julie avait peur de *moi*.

Elle déglutit.

— Je… je suis en retard en cours et je ne retrouve pas mes devoirs.

Je ne comprenais pas pourquoi elle me disait ça : c'était pas comme si elle me devait une explication…

— Tu as besoin d'aide ?

Dès que ces mots eurent franchi mes lèvres, je fis un pas en arrière, surprise. C'était la deuxième fois en un quart d'heure que je disais quelque chose d'inattendu, et je ne savais pas trop quoi faire Après tout, n'avais-je pas voulu m'éloigner d'elle aussi vite que possible ?

Julie me jeta un regard sceptique.

— Pourquoi tu voudrais m'aider ? Tu me détestes.

Ses mots me prirent au dépourvu, et je secouai la tête.

— Je ne te déteste pas.

Elle eut un petit rire amer.

— *Arrête.* J'ai lu ce que tu as écrit sur moi.

Je tripotai les bretelles de mon sac à dos. *Sans déconner, Regan, bien sûr qu'elle l'a lu !*

— Julie, je…

Je ne savais pas comment finir ma phrase. Les mots restèrent comme suspendus entre nous. *Pourquoi* avais-je écrit ces choses sur elle ? Je ne la détestais pas. Vraiment. En fait, je ne la connaissais pas assez bien pour avoir une opinion à son sujet. Alors pourquoi avais-je fait ça ? Probablement pour faire rire Amber. La honte me brûlait comme de l'acide, et je baissai les yeux.

— Alors pourquoi ? demanda-t-elle.

Je levai les yeux et vis sa lèvre inférieure trembler.

— Qu'est-ce que je t'ai fait ? insista-t-elle.

Ma bouche s'ouvrit, puis se referma. Les mots ne venaient pas. Aucun mot n'aurait pu expliquer pourquoi j'avais dit ces choses terribles.

La deuxième cloche sonna. Ni elle ni moi ne bougeâmes. Le silence restait suspendu entre nous, lourd et poisseux. Lorsque je ne pus en supporter davantage, je secouai la tête.

— Je n'ai pas de raison à te donner. J'imagine que je suis vraiment la personne horrible que tout le monde dit, c'est tout.

Pendant une seconde, elle sembla vouloir rétorquer quelque chose, puis elle secoua la tête et se retourna vers son casier. Elle se remit à feuilleter ses livres. Elle n'avait pas besoin de me dire d'aller me faire foutre, j'avais très bien saisi le message. Mais quelque chose me maintenait clouée sur place.

Au bout d'une seconde, Julie jeta un coup d'œil par-dessus son épaule, les sourcils froncés, l'air confus.

— Tu veux quelque chose ?

La gorge sèche, je dus avaler plusieurs fois ma salive avant de pouvoir répondre. En politique comme dans la vie, ma mère ne s'excusait jamais pour rien. Elle disait toujours que s'excuser vous rendait responsable, et qu'un politicien n'acceptait jamais d'être tenu responsable de quoi que ce soit. Toute ma vie, j'avais vécu selon ses règles. Après tout, c'était grâce à elles qu'elle était arrivée exactement là où elle avait voulu. Je commençais à comprendre que là où elle voulait être et là où *je* voulais être étaient peut-être deux endroits bien distincts.

— Julie, dis-je, même si tu ne me crois pas, je veux que tu saches que je suis vraiment désolée d'avoir dit ces choses. Elles étaient cruelles, et je ne les pensais pas. Je... j'étais juste une connasse.

Elle resta un instant à me regarder fixement, et je vis qu'elle doutait de ma sincérité. Mais moi, je ne doutais pas. J'avais pensé chaque mot que j'avais prononcé, et pas seulement parce qu'Amber avait affiché mes messages et que j'avais été humiliée. J'étais sincèrement désolée de l'avoir blessée. J'étais désolée parce que je détestais la façon dont elle me regardait, les yeux emplis d'une appréhension dont j'étais la seule responsable.

Les secondes passèrent, et Julie ne disait toujours rien.

Je n'étais pas stupide. Je savais que m'excuser n'annulerait pas les choses que j'avais dites sur elle, même si je n'avais jamais eu l'intention de les voir affichées aux yeux de tous. Je n'allais probablement jamais pouvoir me racheter pour la douleur que j'avais causée. Pourtant, les nœuds qui serraient ma poitrine se relâchèrent légèrement.

— Je ferais mieux d'y aller, dis-je en commençant à reculer. J'espère que tu vas retrouver tes devoirs.

— Ouais…

Elle me regarda m'éloigner. Son expression ne révélait rien de ce qu'elle pouvait penser de moi, de mes excuses, ou de quoi que ce soit. Puis elle ajouta :

— Merci.

Je hochai la tête, puis me dirigeai vers ma salle de cours. C'est alors que je le repérai, debout à côté des casiers, son portable à la main. Nos regards se croisèrent, et il abaissa lentement son téléphone. Je me préparai à un nouveau commentaire sarcastique, mais au lieu de ça, il déclara :

— Honnêtement, je ne savais pas que tu en avais un, Flay.

Je croisai les bras.

— Que j'avais *quoi* ?

Il sourit largement avant de tourner au coin du couloir et de disparaître à ma vue. Sa réponse, cependant, résonna longtemps après son départ :

— Un cœur.

CHAPITRE 8

Après l'appel, je me glissai dans les couloirs, la tête baissée, espérant ne pas être reconnue. J'étais à mi-chemin de ma deuxième salle de cours quand je repérai le copain d'Amber, Jeremy, qui s'avançait dans ma direction avec deux de ses potes du cours de lutte. Mon estomac se noua. J'accélérai le pas. J'avais la ferme conviction que la cavité de son crâne, là où le cerveau aurait dû se trouver, était entièrement remplie de testostérone. Il n'y avait qu'une chose qu'il aimait davantage que tabasser ses adversaires sur le ring, c'était se bastonner avec les autres élèves dans les couloirs.

Je n'avais même pas fait deux mètres que sa main se referma sur mon bras.

— Hey, Rey !

Jeremy se pencha sur moi. En sentant son souffle dans mon cou, je parvins tout juste à réprimer un haut-le-cœur. J'aurais dû me douter que ce n'était qu'une question de temps avant qu'il vienne se foutre de moi. Il adorait s'en prendre aux personnes les plus vulnérables de l'école, et en ce moment, j'étais en tête de liste.

— Ne me touche pas ! fis-je en me libérant d'un coup d'épaule.

Il éclata de rire et leva les mains.

— Hé oh ! Pas besoin de faire la gueule, j'essayais juste d'être amical. Il paraît que tu n'as pas trop d'amis en ce moment...

Sans prendre la peine de répondre, j'accélérai le pas.

Il fit de même, réglant son allure sur la mienne.

— Je sais que tu ne m'aimes pas, dit-il. Que tu ne m'as jamais apprécié. Mais ça, c'est seulement parce que tu ne me connais pas.

Il passa un bras autour de mon cou et m'attira contre lui. Son parfum fort et épicé me brûlait les narines. J'essayai de le repousser, mais il resserra sa prise, me coupant presque le souffle.

— Donne-moi une chance. Je parie que tu te rendras compte que je suis capable d'être très gentil. *Vraiment* très gentil.

Ses amis s'esclaffèrent derrière nous.

De la bile me brûlait le fond de la gorge. Je me débattis pour me libérer, mais il me tenait fermement. Je savais qu'il n'était pas assez stupide pour tenter quoi que ce soit au bahut, mais malgré tous mes efforts pour garder mon calme, il avait réussi à me taper sur les nerfs.

— Lâche-moi, bordel !

Il gloussa et ne bougea pas. Tout autour de nous, d'autres élèves allaient en cours mais personne ne semblait rien remarquer – ou bien personne ne s'en souciait.

Le syndrome du témoin. C'était un phénomène que j'avais étudié en cours de psychologie en seconde. En bref, il était rare qu'un groupe de personnes vienne en aide à quelqu'un qui avait des ennuis, puisque chacun supposait qu'un autre allait le faire. C'était exactement ce qui était en train de m'arriver.

Jeremy se pencha sur moi, ses lèvres à un centimètre de mon oreille.

— Allez, Rey ! Et si on passait un peu de temps ensemble, tous les deux ? Si tu arrêtes de jouer les garces, je parie qu'on pourra bien s'amuser.

Je serrais tant les dents qu'une sourde douleur me transperça la mâchoire. Je voulais crier, mais je ne pouvais pas me permettre de perdre mon calme : c'était exactement ce qu'il voulait.

— Lâche-moi. *Maintenant*, hurlai-je.

J'étais sur le point d'ajouter que passer du temps avec lui était la dernière chose dont j'avais envie, mais une main l'attrapa soudain par l'épaule et le tira en arrière. Brutalement libérée, je trébuchai et percutai plusieurs personnes avant de retrouver l'équilibre.

— Dites donc, c'est intime ici ! fit Nolan en passant devant moi, faisant face à Jeremy, les bras croisés. Comment ça se fait que j'ai pas été invité ?

Mon esprit tourbillonnait. J'essayais de comprendre ce qui se passait. Nolan n'était tout de même pas en train d'essayer de m'aider ?

Jeremy s'appuya contre un casier pour ne pas tomber en arrière. Ses deux amis se précipitèrent en avant, mais il les arrêta d'une main tendue. La mâchoire serrée, il fusilla Nolan du regard.

— Personne ne t'a invité parce que tu es taré. Maintenant, dégage avant que je te pète les dents.

Nolan souriait, mais son expression n'avait rien d'amical. Il faisait quelques centimètres de plus que Jeremy et dut baisser la tête pour le regarder dans les yeux.

— Ce n'est pas très gentil, surtout après ton petit discours... Je croyais que tu voulais t'amuser ? Ça tombait plutôt bien, parce que moi j'adore jouer, ajouta-t-il en se faisant craquer les doigts.

J'avais l'impression d'être dans un étrange cauchemar. Il devait y avoir une explication. Nolan avait-il tout organisé pour m'humilier ? Mais si c'était une comédie, elle était sacrément bien faite. La violence électrisait l'air, attirant des élèves curieux.

La nuque de Jeremy devint toute rouge et ses narines se gonflèrent.

— Tu as vraiment envie de te battre ? ricana-t-il. J'ai toujours su que tu étais un putain de loser, mais je ne savais pas que tu étais suicidaire. Et en plus, de quoi tu te mêles ? C'est pas comme si c'était ta copine !

Nolan plissa les yeux. Son sourire disparut de son visage.

— Regan t'a dit de la laisser tranquille et tu ne l'as pas écoutée, répondit-il simplement.

Je restai sous le choc. Ce n'était pas un coup monté. Nolan voulait vraiment m'aider... mais *pourquoi ?* À présent que j'étais libérée de Jeremy, je voulais juste courir me mettre en sécurité dans ma salle de cours, mais mes pieds refusaient de bouger. J'étais clouée sur place par un bizarre sentiment de loyauté envers Nolan. Bien sûr, c'était un abruti, mais un abruti qui m'avait défendue. Je ne pouvais pas l'abandonner.

— Depuis quand t'es flic ? demanda Jeremy.

Nolan se redressa, les épaules en arrière, les poings serrés.

— Depuis que les connards dans ton genre ne comprennent pas le mot « non ».

— « Non ? » répéta Jeremy avec un sourire goguenard. Comment une tarlouze comme toi pourrait savoir ce que veut une meuf ? Regan cherchait qu'à m'allumer. Tout le monde sait que c'est une pute.

J'en restai bouche bée. Je comprenais pourquoi tout le monde me traitait de garce, mais une pute ? Je n'étais même jamais sortie avec un garçon.

La mâchoire de Nolan se tendit. Lorsqu'il parla, sa voix était basse et menaçante.

— Présente-lui tes excuses.

Plusieurs voix excitées s'élevèrent derrière moi. Comme je ne comprenais pas ce qu'elles disaient, je me retournai et vis le gardien chargé de la sécurité du lycée se diriger vers nous. Mon cœur s'emballa. L'école avait une politique de tolérance zéro en ce qui concernait les bagarres. Je me foutais de ce qui arrivait à Jeremy, mais je ne pouvais pas laisser Nolan se faire virer pour m'avoir secourue.

Je me rapprochai de lui.

— Tu veux que je m'excuse ? s'esclaffa Jeremy. Va te faire foutre ! Et elle aussi !

— Tu vas le regretter, dit Nolan en prenant son élan pour frapper.

Je me ruai en avant.

— Non !

Le vigile se frayait un chemin dans la foule. Je sautai pour attraper le bras levé de Nolan, mais ce dernier était plus fort que je le croyais. Au lieu de rabaisser son poing, je me retrouvai presque suspendue en l'air, accrochée à son biceps.

Il tourna la tête. Vu l'expression de son visage, il était clair qu'il doutait de ma santé mentale. Puis il aperçut le gardien derrière nous et abaissa lentement son bras, me reposant sur mes pieds.

Le gardien fronça les sourcils, la main agrippée à sa ceinture.

— Qu'est-ce qui se passe ici ?

Les élèves qui nous entouraient s'éparpillèrent, comme des cafards qui se dispersent sous un rayon de lumière. Même les deux amis de Jeremy l'abandonnèrent sans un regard en arrière.

Jeremy ne sembla pas s'en rendre compte. Toute trace de colère disparut de son visage, qui s'illumina d'un large sourire. Apparemment, il avait l'habitude.

— Comment ça, qu'est-ce qui se passe ? fit-il. On traîne tranquillement. Aux dernières nouvelles, ce n'est pas un crime.

— Ouais, bien sûr.

Le gardien serra les lèvres et se tourna vers moi.

— Regan, est-ce qu'il se passe quelque chose dont je devrais être au courant ?

Je me recroquevillai. Bien sûr, il connaissait mon prénom. Et comme je ne voulais pas m'attirer d'ennuis, pas plus que je n'en voulais pour Nolan, je secouai la tête.

— On était juste... en train d'aller en cours.

Le sourire de Jeremy s'élargit encore un peu plus.

— Excusez-moi, intervint Nolan, mais ce n'est pas du tout ce qui se passait. Avant que vous nous interrompiez si grossièrement, je m'apprêtais à botter le cul de ce mec. Sérieusement, il le méritait.

Le sourire de Jeremy s'évanouit.

Le gardien soupira et tira sur sa ceinture.

— Vous trouvez ça drôle ? On va voir à quel point la proviseure vous trouvera amusant quand vous irez la voir dans son bureau.

Nolan inclina la tête, comme pour réfléchir à l'invitation. Mais avant qu'il puisse en dire plus, je lui donnai un coup de pied dans le tibia.

— Aïe !

Il se tourna vers moi.

— Vous avez vu ça ? fit-il au gardien. Je viens d'être agressé. Sortez la lacrymo, menottez-la ! Cette fille est une menace !

Une veine palpitait sur la tempe du gardien. Je voyais qu'il perdait patience à vitesse grand V.

— Je suis vraiment désolée, lui dis-je. Ce n'est qu'un gros malentendu. On va tous aller en cours, et je vous promets qu'il n'y aura plus de problèmes.

Avant que Nolan puisse ajouter quelque chose de stupide, je l'attrapai par le bras et le serrai aussi fort que possible.

— Bonne idée, répliqua le gardien en plissant les yeux. Maintenant, dégagez de mon couloir.

Jeremy baissa la tête et s'éloigna au petit trot

Nolan ouvrit la bouche, mais je le tirai par le bras, ne lui laissant pas d'autre choix que de me suivre. Je ne relâchai ma prise que lorsque nous fûmes hors de portée.

— Bon sang, murmura-t-il en frottant son bras endolori. Je savais que tu étais méchante, mais pas que tu étais aussi violente. Tu as déjà pensé à suivre des cours de yoga ?

Incroyable. Je me plantai devant lui pour le regarder dans les yeux.

— Tu te fous de moi ? Et toi ? On t'a déjà dit que tu ne savais pas la fermer ?

Il croisa les bras et sourit d'un air moqueur.

— C'est pas parce que je refuse d'être un lèche-bottes qu'il faut être aussi méchante. Après tout, l'honnêteté est *toujours* la meilleure tactique.

D'habitude, je faisais tous les efforts du monde pour éviter les confrontations, mais quelque chose chez Nolan me donnait envie d'enrouler mes doigts autour de son cou et de serrer très fort.

— T'es qu'un abruti.

— Oh bien, on en est revenu aux insultes. Je commençais à m'inquiéter, j'avais l'impression qu'on commençait à bien s'entendre.

— Comme si ça *pouvait* arriver !

Je pivotai sur mes talons et poursuivis ma route vers ma salle de classe. Nolan me rattrapa très vite.

— Oh mon Dieu, murmurai-je. Pourquoi tu ne peux pas t'empêcher de me suivre partout ?

Il secoua la tête.

— Je ne te suis pas. On a cours ensemble. Je *dois* aller par là.

Un début de migraine me vrillait les orbites. J'allais encore être bonne pour un nouveau voyage à l'infirmerie. Mais au moins, cette fois, ça serait seulement pour un Ibuprofen.

— Tu ne peux pas au moins marcher, je ne sais pas, là-bas ? fis-je en désignant d'un geste l'autre côté du couloir.

Il haussa un sourcil.

— Pourquoi ? Tu as peur que ton nouveau statut de paria ternisse mon extraordinaire réputation ?

— Pas toi ?

Il haussa les épaules.

— Je ne m'inquiète pas pour ce genre de chose. Contrairement à *toi*.

Je fis la moue. Je ne savais pas comment Payton avait pu vivre dans la même maison que lui pendant toutes ces années sans l'assassiner dans son sommeil.

— Sérieux, Nolan, je…

Il m'interrompit d'un grand soupir mélodramatique.

— *Très bien*. Si tu t'en fais pour ça, je vais clarifier les choses dès maintenant.

Il s'arrêta et mit ses mains en porte-voix au-dessus de sa bouche.

Un frisson de panique me parcourut. Je ne savais pas ce qu'il allait faire, mais ça ne sentait pas bon. Je baissai la tête et accélérai le pas.

Avant que je puisse aller bien loin, Nolan fila devant moi et me bloqua le passage.

— Oyez, bonnes gens ! Ceci est un message d'intérêt public ! Je suis seulement en train d'aller en cours en marchant à *proximité* de Regan Flay. Ça ne signifie pas que je suis de quelque manière associé ou apparenté à elle. Notre proximité lors du changement de salle n'est qu'une pure coïncidence !

Il rabaissa ses mains pour me regarder — comme tout le monde dans le couloir. La moitié riait, l'autre moitié levait les yeux au ciel et lançait à Nolan des regards agacés.

Mes joues étaient si brûlantes que j'avais l'impression que ma peau allait se mettre à fondre.

Nolan sourit.

— Satisfaite ?

Je le fusillai du regard.

— Tu es malade ? Si tu veux me satisfaire, fous-moi la paix.

Je le contournai et courus presque jusqu'à la salle de littérature contemporaine.

J'entrai en trombe, sous le regard suspicieux de Mme Lochte.

Aussi nonchalamment que possible, je ralentis l'allure et m'assis au premier rang, aussi loin que possible de la place habituelle de Nolan.

Lorsqu'il entra dans la salle, je baissai les yeux sur mon sac à dos et pris mon temps pour sortir mes livres et les empiler proprement sur mon bureau.

— Pssst, murmura une voix.

Ma gorge se serra. Je me figeai. *S'il vous plaît, mon Dieu, non.* Lentement, je me tournai pour découvrir Nolan qui me souriait, assis à la table d'à côté. Il me fit un signe de la main.

Je baissai la tête et passai mes doigts dans mes cheveux, espérant soulager la pression qui s'était installée dans mon crâne. Même si je croyais au karma, avais-je commis des actes assez terribles pour mériter le harcèlement sans fin de Nolan ?

— Pssst, fit-il encore plus fort cette fois.

Lorsque le cours aurait commencé, Mme Lochte ne tolérerait plus le moindre bavardage. Je savais que Nolan se fichait de s'attirer des ennuis, et j'étais prête à parier que si je ne lui répondais pas maintenant, il continuerait à m'appeler jusqu'à ce que je cède.

Je retroussai les lèvres en une grimace menaçante.

— *Quoi ?*

Il posa son menton dans son poing.

— Ce n'est qu'une intuition, mais j'ai l'impression que tu ne m'aimes pas.

Je me retournai vers le tableau, ouvris mon cahier et décapuchonnai mon stylo.

— Merci Sherlock, murmurai-je.

— Pourtant, je t'ai aidée tout à l'heure... Avec Jeremy.

C'était donc à ça qu'il jouait ? Il pensait avoir gagné un passe VIP pour me harceler, simplement parce qu'il m'avait aidée à me débarrasser de Jeremy ?

— Je ne t'ai jamais demandé de m'aider. Je me débrouillais très bien toute seule.

Il ricana.

— Mais bien sûr...

Je m'apprêtais à répliquer, mais la cloche m'interrompit. Mme Lochte se leva de son bureau et se plaça devant la classe. Elle effleura le tableau tactile, et un livre d'images avec un chiot sur la couverture apparut.

— Aujourd'hui, nous allons évoquer les livres d'images pour enfants et étudier leur structure tripartite.

Je me réjouis en silence. À présent, Nolan ne pourrait plus m'ennuyer sans attirer l'attention de la prof. Je me calai au fond de ma chaise et inscrivis *livres d'images* sur mon cahier. Mme Lochte commença à lire le livre à voix haute. Elle avait lu deux pages quand un morceau de papier plié atterrit sur mon bureau.

Je tapotai mon stylo sur mon cahier et poussai un profond soupir. J'avais pris mes désirs pour des réalités.

— *Psssst*, murmura Nolan.

Comme il ne se rendait compte de rien et ne contrôlait pas le volume de sa voix, son murmure attira l'attention de la prof qui leva les yeux, les sourcils froncés. Son regard passa sur nous tous, et je ne pus m'empêcher de me recroqueviller quand il tomba sur moi. Elle me fit endurer plusieurs secondes de son regard glacial, puis se retourna enfin pour reprendre sa lecture.

Les rubans d'angoisse qui me comprimaient la poitrine se détendirent. Je jetai un coup d'œil à Nolan, qui me souriait toujours. Il désigna le papier posé sur mon bureau et articula silencieusement les mots *Déplie-le*.

Je savais qu'il ne lâcherait pas l'affaire si je refusais, alors je dépliai précautionneusement le petit triangle de papier et le lissai jusqu'à ce qu'il tienne à plat sur mon bureau. Écrite d'une écriture brouillonne se trouvait la question : *Est-ce que tu m'aimes bien ?* En dessous, deux cases étaient dessinées avec les mots *oui* et *non*.

Oh mon Dieu, j'avais affaire à un élève de maternelle !

— Réponds, murmura-t-il.

Ma mâchoire était si serrée que mes dents me faisaient mal. Je pris mon stylo et cochai *non* avant de lui rendre le papier.

Nolan y griffonna quelque chose et me le rendit. À bout de patience, je baissai les yeux sur le papier pour y trouver une nouvelle question :

Pourquoi ?

Comme Mme Lochte lisait toujours, je notai : *Il n'y a pas assez de place sur ce papier pour y faire la liste de toutes mes raisons.* Et je posai le papier sur son bureau.

Il le lut, sourit, puis inscrivit une réponse qu'il me tendit.

En grandes lettres grasses étaient écrits les mots : *Parlons-en au déjeuner.*

Je faillis éclater de rire. Comme si j'allais passer toute l'heure de midi à l'écouter se moquer de moi et me faire des reproches. Et puis, si j'avais le moindre espoir de rebâtir ma popularité, la dernière chose dont j'avais besoin était de la ruiner encore davantage en traînant avec le mec le plus bizarre du lycée. Je répondis *non*, fis une boulette avec le papier et la jetai sur son bureau.

Il déplia la boulette et regarda fixement ma réponse. Une seconde plus tard, il se tourna vers moi, mais avant qu'il puisse dire quelque chose, Mme Lochte demanda si quelqu'un pouvait expliciter la métaphore entre la mère perdue du petit chiot et la société moderne.

Soulagée, je me détendis et fis de mon mieux pour être attentive au cours. Malheureusement, le souvenir du bras de Jeremy serré autour de mon cou ne cessait de me hanter. Rien qu'à cette pensée, mon cœur s'emballait et les mots de Mme Lochte se mêlaient pour ne plus former qu'un bourdonnement incohérent. Amber avait-elle envoyé Jeremy ? Ou avait-il décidé de me harceler parce qu'il pensait que personne ne l'en empêcherait ?

Mais quelqu'un l'avait arrêté.

Lorsque la cloche sonna, je me levai et rassemblai en hâte mes affaires. Je préférais encore affronter le couloir qu'être obligée de subir Nolan. Dès que j'eus refermé mon sac à dos, Mme Lochte apparut devant mon bureau. Elle haussa un fin sourcil roux.

— Mademoiselle Flay ? Monsieur Letner ? Restez assis, s'il vous plaît. Il faut que nous ayons une discussion.

Un lourd sac de sable s'abattit sur mon estomac. Je me laissai retomber sur ma chaise. C'était le deuxième jour de suite où elle me demandait de rester après le cours. Ce n'était pas bon.

À côté, Nolan sourit et haussa les épaules d'un air peu enthousiaste.

— Bien sûr. C'est toujours un plaisir de passer du temps avec vous.

Mme Lochte croisa les bras.

— Charmant, monsieur Letner.

Elle attendit que les derniers élèves soient sortis, puis s'assit sur le bord de son bureau.

— Je n'ai pas pu m'empêcher de remarquer à quel point vous aimiez écrire pendant mon cours, déclara-t-elle enfin.

Le poids qui lestait mon estomac s'alourdit à tel point que je crus passer à travers ma chaise. Comment avait-elle pu nous voir ? J'avais pourtant fait attention.

— Et puisque vous aimez tant écrire, poursuivit-elle, j'ai décidé de vous donner à tous les deux un devoir supplémentaire. Vous allez travailler ensemble sur un livre d'images pour lundi. Vous allez écrire l'histoire, mademoiselle Flay. Et comme M. Letner aime tellement l'art, ajouta-t-elle en désignant les petits dessins gribouillés sur son cahier, il s'occupera des illustrations.

— Non ! m'écriai-je.

Ma chaise bascula sur ses deux pieds arrière, je retrouvai l'équilibre de justesse.

— Vous ne comprenez pas ! Je ne peux pas travailler avec lui ! Il est... insupportable.

— Oh ? fit Mme Lochte en inclinant la tête. Pourtant vous sembliez bien vous entendre quand vous vous passiez des petits mots pendant mon cours.

Elle se laissa glisser de son bureau et nous montra la porte.

— Le projet est à rendre pour lundi. Si vous ne rendez rien, vous serez collés. Vous pouvez disposer.

— Mais... commençai-je.

— Vous pouvez disposer, répéta Mme Lochte.

Elle fit le tour de son bureau et s'assit, reportant son attention sur son ordinateur portable.

Je jetai un regard noir à Nolan, qui semblait sur le point d'éclater de rire. La colère qui montait en moi depuis le matin atteignait des proportions épiques.

— Tu...

Il y avait environ un million de noms d'oiseau que j'avais envie de lui donner, mais avec Mme Lochte assise à quelques pas de nous, je ne pus que répéter un seul mot :

— Tu...

Il continuait à sourire. Je me vis l'attraper par les cheveux et lui cogner la tête sur son bureau. Le fantasme me soulagea à peine.

— On va être obligés de se voir ce week-end pour travailler sur le livre, dit-il. Chez toi ou chez moi ?

Je grognai et sortis au pas de charge. Je n'avais même pas besoin de me retourner pour le voir : j'entendais son foutu sourire dans sa voix. Ce serait un miracle si nous parvenions à terminer le devoir. Je risquais plutôt de le massacrer avant même que nous ayons commencé.

CHAPITRE 9

— Regan ! appela une voix grave derrière moi.

Non, non ! Pas moyen que j'accepte encore de me laisser martyriser par Nolan ! Et comme il n'allait pas mettre longtemps à me rattraper avec ses longues jambes, je fonçai vers le seul endroit où il ne me suivrait pas.

— Regan. Attends !

J'étais hors d'haleine en arrivant devant les toilettes des filles. Ces mêmes toilettes qui nous servaient de quartier général avec Payton et Amber quand nous voulions dire du mal de tout le monde. Ces mêmes toilettes où je m'étais cachée la veille. Comme elles se trouvaient dans la partie la plus ancienne du bâtiment et avaient désespérément besoin d'une bonne rénovation, la plupart des filles préféraient les éviter. En poussant la lourde porte, je fus soulagée de n'y trouver personne. Je m'approchai lentement des lavabos et posai mon sac sur la porcelaine craquelée. J'allais avoir besoin d'aide si je voulais survivre à cette journée. Je fouillai dans mon sac, à la recherche de mon flacon de pilules.

— Ah, tu es là, fit une voix qui résonna sur les murs carrelés.

Je sursautai et retirai ma main de mon sac.

Nolan entra dans les toilettes et laissa la porte se refermer derrière lui. Il passa une main dans ses cheveux et regarda ostensiblement tout autour de lui avant de pousser un long sifflement.

— C'est vraiment... merdique. Pas du tout ce à quoi je m'attendais. Où sont les méridiennes en velours ? Et le mec en smoking qui vous donne une serviette quand vous avez fini de vous laver les mains ?

Je m'appuyai le dos contre le lavabo. Il n'y avait qu'une sortie, et Nolan la bloquait.

— Tu ne peux pas entrer ici. Tu vas te faire virer.

Il leva les mains.

— Oh, non ! Pitié, ne me chassez pas d'un endroit que je déteste !

Il s'appuya contre le lavabo voisin du mien et croisa les bras. Il fallait bien être Nolan pour avoir l'air aussi nonchalant dans les toilettes des filles...

— Je n'avais pas le choix, il fallait que je te parle. Il faut qu'on prépare ce projet.

— Tu sais, ce n'est pas pour rien que je t'évite. On ne peut pas se blairer.

Je passai la langue sur mes lèvres et regardai la porte. Tout ce qu'il me fallait, c'était que quelqu'un entre afin de distraire Nolan assez longtemps pour me permettre de m'échapper.

— *Ne pas se blairer*, c'est un peu fort. Je pense que « se détester » est plus approprié, non ?

Des voix dans le couloir m'empêchèrent de répondre. J'espérais que Nolan se fasse griller, mais lorsque les voix s'approchèrent, mon excitation laissa place à la terreur.

Amber.

Merde. La peur me noua l'estomac. Le seul moyen pour moi de survivre à ma chute de popularité était de me faire discrète jusqu'à ce que mon scandale devienne de l'histoire ancienne, et me faire surprendre dans les toilettes seule avec Nolan allait ruiner toutes mes chances de rester loin des projecteurs. Et comme toute fuite était impossible, nous devions nous cacher.

— Viens ! fis-je en lui attrapant le bras.

Il ouvrit de grands yeux.

— Qu'est-ce que tu…

— Chut ! soufflai-je.

Je l'entraînai dans les toilettes pour handicapés et verrouillai la porte derrière nous.

Il s'apprêta à protester, mais avant qu'il puisse dire quelque chose et trahir notre présence, je me jetai sur lui et plaquai ma main sur sa bouche juste au moment où la porte s'ouvrait en grinçant. Je le poussai contre le mur du fond et priai en silence pour que personne ne regarde sous la porte.

— Je n'arrive pas à croire qu'elle ait essayé de draguer ton mec ! s'écria une fille.

Je me penchai pour regarder par l'ouverture de la cabine. Je voulais voir si Payton était avec Amber. Non. La fille qui venait de parler n'était autre que Taylor Bradshaw, la fille qui avait pris ma place dans l'équipe. Apparemment, Amber s'était dégoté une nouvelle groupie.

— Ça montre seulement le genre de meuf que Regan est vraiment, répliqua Amber. Une sale pute.

Ma main tomba de la bouche de Nolan et ma peur d'être découverte s'estompa, laissant la place à un horrible sentiment de vide.

— Il paraît qu'elle s'est quasiment jetée sur Jeremy juste avant la troisième heure de cours, déclara Taylor.

Amber s'esclaffa.

— Pathétique, hein ? Elle a dû croire qu'elle pourrait regagner sa popularité ou se venger de moi en couchant avec lui. Comme s'il avait envie de toucher à son gros cul de pute !

Mon pouls battait violemment sur mes tempes. Comme si, de mon côté, j'avais envie d'approcher cet abruti ! Apparemment, soit Jeremy avait raconté à Amber une version *très* personnelle de notre rencontre, soit elle était trop conne pour voir la vérité en face au sujet de son pervers de copain.

Lorsque Nolan m'attrapa par le bras pour me tirer en arrière, je me rendis compte que j'avais tendu la main vers la poignée de la porte de la cabine. J'avais envie de me débattre, de me ruer à l'extérieur et de me jeter sur Amber, même si je savais que c'était synonyme de renvoi et que ma mère ne me le pardonnerait jamais. Je m'en foutais. En fait, je trouvais ça de plus en plus dur de m'inquiéter de quoi que ce soit.

J'entendis le bruit d'un tube de rouge à lèvres qu'on ouvre.

— Elle a de la chance que je ne l'aie pas croisée aujourd'hui, déclara Amber. Je lui aurais foutu la raclée de sa vie.

À ces mots, une vague de frissons m'assaillit. Ils montèrent en puissance jusqu'à ce que mes dents se mettent à claquer. Génial. Ce n'était pas le moment de faire une crise de panique, mais je ne pouvais rien faire pour l'empêcher. Nolan m'attrapa par les épaules et m'attira contre lui, m'enveloppant de ses bras et de sa chaleur. J'aurais dû reculer – ses bras étaient le dernier endroit où j'aurais dû avoir envie de me trouver –, mais je n'en avais pas la force. Et même si cette pensée me révulsait, son torse était tiède et ses bras étaient forts. Je me sentais en sécurité pour la première fois depuis longtemps.

Taylor gloussa.

— Je paierais cher pour voir ça.

— Oh, chérie, tu n'aurais pas à payer.

J'entendis le *clic* du tube de rouge qu'Amber rebouchait.

— Je le ferai gratos. Et je parie que je ne serai même pas suspendue. Vu comme toute l'école la déteste en ce moment, ils feraient sûrement une fête en mon honneur.

— Carrément !

— Je vais te dire une chose, reprit Amber.

Les bruits de leurs pas se dirigèrent vers la porte.

— Si elle pose encore ne serait-ce qu'une fois les yeux sur Jeremy, je les lui arrache !

La porte des toilettes grinça, et les bruits de leurs pas s'éloignèrent dans le couloir.

Malgré leur départ, je restai dans les bras de Nolan. J'avais envie de le repousser, de lui crier de me laisser tranquille, mais je savais que s'il me lâchait, j'allais m'effondrer comme une loque sur le carrelage craquelé. Ses bras étaient la seule chose qui me maintenait debout.

Les joues et les yeux me brûlaient. Un seul clignement de paupières, et j'allais fondre en larmes. Un seul clignement de paupières, et Nolan aurait tout ce qu'il voulait. Il aurait vu Regan Flay se briser sous ses yeux. Il saurait à quel point j'étais faible en réalité.

Mes yeux se troublèrent. Je savais que je ne pourrais pas les laisser ouverts pour toujours.

Je cillai.

Je dus invoquer mes dernières forces pour m'arracher à son étreinte. J'enfouis mon visage dans mes mains et me blottis dans le coin le plus éloigné de lui. Je ne pouvais pas le laisser me voir m'effondrer.

— Regan.

La façon dont il avait prononcé mon nom était différente. Plus douce. Plus hésitante.

Je secouai la tête.

— S'il te plaît, va-t'en.

Il ne bougea pas. Me voir tomber en morceaux devait être trop irrésistible. Après tout, n'était-ce pas ce qu'il avait voulu depuis le début ? Il m'avait dit que je ne tiendrais pas une semaine, et il avait eu raison.

Je refusais de le regarder. Il avait probablement sorti son putain de téléphone pour filmer ma débâcle.

— S'il te plaît, Nolan. *S'il te plaît*, va-t'en.

Un silence s'installa, puis il répondit :

— Je ne crois pas que tu doives rester seule.

Malgré les larmes qui coulaient sur mes joues, je m'esclaffai.

— Vraiment ?

J'essuyai mes joues trempées du revers de la main et me tournai vers lui.

— Tu vas vraiment faire comme si tu en avais quelque chose à foutre ?

Son visage était plus sérieux que jamais. Pas même l'ombre d'un sourire sur ses lèvres.

— C'est pas parce qu'on ne s'entend pas que j'ai envie de te voir blessée. Je ne suis pas un monstre.

Venant du mec qui n'arrêtait pas de me harceler…

— Peu importe. Va-t'en, c'est tout.

Il ne bougea pas pendant quelques secondes, puis hocha légèrement la tête.

— Si c'est ce que tu veux.

— C'est ce que je veux.

— OK.

Il ouvrit en grand la porte de la cabine et fit un pas à l'extérieur. Aussitôt, ses yeux se posèrent sur les miroirs et il pinça les lèvres. Il murmura quelque chose, mais ses mots ne furent qu'un grognement indistinct.

Curieuse de voir ce qui l'avait mis soudainement en colère, je sortis la tête de la cabine. Sur le miroir du milieu, écrit avec le rouge à lèvres signature d'Amber, s'étalaient les mots : REGAN FLAY EST UNE SALE PUTE.

Un poids suffocant s'abattit sur ma poitrine. Reprendre mon souffle me coûta mes dernières forces, et je m'effondrai contre la porte de la cabine.

— Ça commence à devenir incontrôlable, marmonna-t-il en attrapant une serviette en papier du distributeur automatique.

Il essuya les mots inscrits sur le miroir jusqu'à ce qu'il ne reste plus qu'une longue traînée rouge vif. Lorsqu'il eut terminé, il chiffonna le papier dans sa main et me regarda longuement, sa poitrine se soulevait au rythme de sa respiration saccadée.

Loin de la chaleur de Nolan, les frissons revenaient. Je serrais désespérément les bras contre ma poitrine, mais rien n'y faisait : je ne pouvais les chasser seule.

Je préférais ne pas penser à ce que cela signifiait.

Nolan enleva son blazer et le posa sur mes épaules. Il était chaud et avait son odeur, ce mélange de pin et d'agrumes que j'avais senti dans le couloir. La chaleur pénétra mon corps et, peu à peu, je cessai de trembler.

Merde.

Je ne comprenais pas. Nolan ne se comportait pas du tout comme d'habitude.

— Pourquoi ?

Il fourra ses mains dans ses poches.

— Tu avais l'air d'avoir froid.

Sans me laisser le temps de répondre, il me tourna le dos et s'en alla, me laissant seule dans les toilettes, pelotonnée dans sa chaleur.

CHAPITRE 10

Ce soir-là, quand ma mère apparut dans le vestibule à son retour de Washington, je dus me retenir à grand-peine de vomir sur ses bagages Vuitton.

Quand papa m'appela pour dîner, je combattis l'envie de m'enfouir sous mes couvertures. Je savais que me cacher n'allait servir qu'à l'inquiéter, et il était déjà assez méfiant comme ça. Je me traînai donc au rez-de-chaussée et me laissai tomber sur ma chaise dans la salle à manger. Ma mère, déjà en grande conversation avec papa au sujet du projet de loi sur la réforme des impôts, jeta à peine un regard dans ma direction.

Son indifférence aurait dû soulager mon angoisse, mais je savais que ce n'était qu'une question de temps avant qu'elle tourne vers moi son regard en rayon laser. Je ne voulais pas parler de ma journée, ni des pom-pom girls, ni de rien qui lancerait maman dans une tirade sur ma tendance à ruiner mon avenir et, par association, le *sien*.

— Regan, chérie, dit papa. Tu as à peine touché à ton assiette.

Maman me regarda d'un air approbateur.

— Peut-être qu'elle surveille son poids, chéri. C'est bien, Regan. Avec l'élection qui arrive, il y aura encore plus d'interviews, et les caméras ajoutent bien cinq kilos.

À ces mots, le fil barbelé enroulé autour de ma poitrine se resserra. Je repoussai mon assiette.

— Je peux quitter la table ?

— Je ne trouve pas que tu aies besoin de perdre du poids, déclara papa en prenant sa serviette sur ses genoux pour la poser sur la table. En fait, je te trouve même un peu maigre. Pourquoi tu ne manges pas ? Quelque chose ne va pas ?

Sans même quitter son portable des yeux, maman agita la main d'un geste dédaigneux, comme si la simple idée que sa fille puisse avoir des problèmes était ridicule.

— C'est une sportive, Steven. Les sportifs ont besoin de surveiller leur alimentation. Au fait, comment se passent les entraînements ? me demanda-t-elle en posant son téléphone.

— Euh…

Je mordis l'intérieur de ma joue et me concentrai sur mon souffle.

Inspire, expire. Inspire, expire. Toute excuse que j'aurais pu inventer pour expliquer pourquoi je n'étais pas dans l'équipe resta coincée au fond de ma gorge, bloquée par un nœud que je ne pouvais défaire.

Maman plissa les yeux et se pencha vers moi.

— Tu es bien entrée dans l'équipe, Regan ?

— Euh…

Un grondement sourd résonnait dans ma tête. Les murs de la salle à manger semblaient vouloir se refermer sur moi. L'air dans la pièce se raréfia, et les barbelés invisibles s'enfoncèrent encore un peu plus dans ma poitrine, m'empêchant de respirer.

— Regan ?

Papa se leva si vite que sa chaise recula d'une trentaine de centimètres. Il se rua à mes côtés.

— Ça va, mon cœur ? Tu as besoin de quelque chose ?

Il attrapa ma main. Elle était en feu.

Maman prit le temps de plier sa serviette en un carré parfait et de la poser au centre de son assiette avant de se lever. Elle quitta la pièce pour revenir quelques secondes plus tard avec un flacon de pilules. Elle l'ouvrit et posa un petit cachet rose sur la table devant moi.

— Prends ça.

J'attrapai la pilule, mais mes doigts tremblaient tant qu'elle m'échappa et retomba sur la table.

— Pour l'amour du ciel, Regan !

Maman s'empara de la pilule et la reposa dans ma main.

— Reprends-toi.

J'aimerais bien, songeai-je en posant la pilule sur ma langue avant de l'avaler à sec.

Papa sortit son portable de sa poche.

— J'appelle le docteur.

— Non, fit maman en lui arrachant le téléphone des mains. Si on appelle en soirée, il va insister pour qu'on emmène Regan à l'hôpital. C'est vraiment ce que tu veux,

Steven ? Ta fille enfermée dans le même service que les schizophrènes et les légumes qui passent leur temps à se baver dessus ? Et imagine comme la presse va s'en donner à cœur joie s'ils l'apprennent. La réputation de la pauvre Regan serait ruinée.

Je savais qu'elle s'inquiétait davantage pour sa propre réputation, mais pour une fois, j'étais d'accord avec elle.

— S'il te plaît, n'appelle pas, parvins-je à articuler entre deux claquements de dents.

Je serrai les doigts sur la nappe, espérant calmer les frissons qui me traversaient. Ça allait déjà assez mal comme ça au lycée. J'imaginais déjà ce qui m'arriverait si tout le monde découvrait que je souffrais de dépression.

— C'est qu'une petite crise de panique, ajoutai-je.

Je tentai de hausser les épaules, mais le mouvement était trop saccadé pour sembler naturel.

— On appellera le médecin demain et on prendra rendez-vous, repris-je.

L'air soucieux de papa s'accentua.

— C'est plus qu'une simple crise de panique.

— C'est à cause des pom-pom girls, c'est ça ? demanda maman. Tu n'es pas entrée dans l'équipe ?

Je ne pouvais plus nier. Je secouai la tête.

Maman pressa ses doigts sur ses tempes et ferma les yeux.

— Ce n'est rien, murmura-t-elle, même si je ne savais pas trop si elle s'adressait à elle-même ou à moi. Il reste toujours l'élection au conseil du lycée.

Je baissai les yeux sur mon assiette et ne pipai mot.

— Regan Barbara Flay, reprit ma mère d'une voix basse et menaçante. Dis-moi que tu concours toujours à l'élection.

Comme je ne répondais pas, elle m'attrapa le menton et releva mon visage vers le sien.

— Tu te drogues, c'est ça ? Tu te drogues !

Je faillis éclater de rire. Bien sûr que je me droguais. Elle venait juste de me donner une pilule.

Papa prit une grande inspiration.

— Tu ne te drogues *pas*, n'est-ce pas ?

Je tournai la tête vers lui, autant que me le permettaient les doigts de maman. Je n'étais pas du tout surprise qu'elle m'accuse d'une chose aussi ridicule, mais je n'arrivais pas à croire que papa puisse avoir une si piètre opinion de moi.

— À part les pilules contre l'anxiété, non.

Maman me relâcha.

— Vraiment ? Alors comment expliques-tu ton attitude ? Pourquoi ruiner ton avenir si ce n'est pas pour la drogue ? Tu avais des projets, Regan.

— Ah oui ?

Je me levai. Je tremblais toujours, mais je ne savais pas trop si c'était dû à la panique ou à la colère.

— Parce que je suis à peu près sûre que tous ces fameux projets sont les *tiens*, rétorquai-je.

Elle recula, bouche bée. Elle resta figée quelques secondes, puis referma la bouche et se redressa.

— Je vois.

Elle se leva, attrapa mon père par le poignet et l'entraîna vers l'escalier.

Mes muscles se tendirent. Pendant toutes ces années, jamais ma mère n'avait battu en retraite lors d'une confrontation. Alors, quoi qu'elle soit en train de faire, ce n'était pas bon. Je les suivis à l'étage pour découvrir que la porte de ma chambre avait été ouverte et la lumière allumée.

Je m'approchai lentement et jetai un coup d'œil dans la pièce. Mon souffle se bloqua dans ma gorge. Papa avait déjà arraché les draps de mon lit et était en train de soulever le matelas. Ma mère, quant à elle, était agenouillée devant les deux tiroirs vides de ma commode. Les chaussettes et les sous-vêtements qu'ils avaient contenus étaient éparpillés dans toute ma chambre.

J'étais figée sur place, incapable de faire autre chose que de regarder tandis qu'ils continuaient à mettre ma chambre à sac. Mes livres furent arrachés des étagères et jetés par terre, les couvertures pliées et les pages froissées. Le contenu de ma trousse à maquillage fut renversé sur ma coiffeuse, et les tiroirs de mon bureau retournés. Papa alla même jusqu'à monter sur ma chaise de bureau pour passer les doigts sur le bord mon abat-jour.

Je regardais en silence, avalant ma salive encore et encore, essayant de desserrer le nœud qui bloquait ma gorge.

Ma mère attrapa Carotte sur son étagère et, après un rapide examen, le jeta dans un coin. Il atterrit sur la tête, une oreille repliée sur l'œil. Le voir dans cet état me tira de ma torpeur. J'entrai dans la pièce en prenant garde à ne pas marcher sur mes affaires éparpillées, pris ma peluche dans mes bras et le serrai sur ma poitrine.

Le souvenir de Nolan me serrant contre lui me fit frissonner. Soudain, il me manqua. Cette révélation me secoua jusqu'au plus profond de moi. Je n'avais pas besoin de lui. Ce n'était pas possible.

Sauf que, après la façon dont il m'avait défendue et protégée, peut-être que si.

— Et ne fais pas cette tête ! dit maman en reposant ma boîte à bijoux vidée de son contenu avant de se relever. C'est pour ton bien. Pour te protéger.

Je repoussai le souvenir de Nolan.

— Me protéger de *quoi* ?

Elle me fusilla du regard.

— Ne fais pas l'idiote, Regan. Te protéger de la drogue. Où est-elle ?

L'épuisement s'abattit sur moi. La pilule commençait à faire son effet. Incapable de le combattre, je m'adossai au mur et me laissai glisser au sol.

— Je vous l'ai dit, je ne me drogue pas.

— Alors comment expliques-tu ton attitude ? Et ton manque d'ambition ? Je ne te laisserai pas saboter ton avenir et tout ce pour quoi tu as travaillé si dur. Dès demain matin, nous te ferons faire une prise de sang, ajouta-t-elle en agitant l'index sous mon nez.

Je serrai plus fort le lapin en peluche et haussai les épaules.

— Fais ce que tu as à faire.

Elle rabaissa la main. Ses lèvres étaient si serrées qu'elles avaient presque disparu.

— Tu ferais bien de prier pour que le test soit négatif. Toute ma campagne est basée sur les valeurs familiales. Qu'est-ce que le public penserait de moi si ma propre fille était une junkie ?

Je ne répondis pas. J'avais peur de ce que je risquais de dire. Bien sûr, elle avait réussi à retourner la situation pour en faire quelque chose qui la concernait, *elle*. Bien sûr que si je me droguais, elle s'inquiéterait plus pour son image publique que pour ma santé.

Des mèches de cheveux s'échappaient de son chignon bien serré. Elle les repoussa du bout des doigts.

— Je ne comprends pas, Regan. Si ce n'est pas la drogue, qu'est-ce qui se passe ? Comment peux-tu être aussi égoïste ? Tu ne comprends donc pas que tes actes affectent toute la famille ?

Je ne répondis pas. Non pas parce que je ne voulais pas, mais parce que je n'avais plus la force de me battre.

Elle se tourna vers papa.

— Il n'est peut-être pas trop tard. Je pourrais appeler l'école et parler à l'entraîneuse des pom-pom girls. Je pourrais lui dire que tu as eu une mauvaise journée et…

— Non ! m'écriai-je en relevant la tête.

Pas moyen que ma mère force mon entrée dans l'équipe – surtout dans une équipe dirigée par Amber.

— Ça ne m'aiderait pas, ajoutai-je.

— Et qu'est-ce qui va pouvoir t'aider, Regan ? s'écria maman en levant les bras au ciel. Parce que là, j'arrive à court d'idées. Dois-je appeler le conseil d'administration du lycée ? Engager un coach ? Qu'est-ce qu'il faut que je fasse pour te remettre dans le droit chemin ?

Je mâchouillai ma lèvre inférieure. Je n'avais pas la moindre envie de retourner dans une école qui ne voulait pas de moi ni de me battre pour des choses qui ne m'intéressaient pas.

— Et si tu engageais un tuteur pour me scolariser à la maison ? Ou est-ce que je pourrais au moins changer de lycée ?

— Quoi ?

Papa, qui était en train de remettre ma literie en place, s'arrêta pour me dévisager.

Maman, quant à elle, se contenta de secouer la tête.

— Ce n'est pas drôle, Regan.

— Je n'essaie pas d'être drôle. Je pensais juste... que j'aurais peut-être besoin d'un nouveau départ.

Maman baissa la tête et pinça l'arrête de son nez.

— Regan, tu es en première. C'est l'année que les universités prennent en compte pour les candidatures. Si tu quittes le lycée en cours d'année parce que tu ne supportes pas la pression, ils vont en conclure que tu n'es pas équipée pour la fac. Oui, c'est difficile. Personne n'aime cette période, mais on prend sur soi et on continue. Et c'est exactement ce que tu vas faire.

— C'est à cause de cette dispute avec Payton ? demanda papa. Parce que ce genre de chose s'apaise très vite, tu sais. Il suffit d'un peu de temps.

Maman ouvrit de grands yeux.

— Tout ça, c'est à cause d'une dispute avec une de tes amies ? Je pensais t'avoir appris à être plus forte que ça. Tu ne peux pas laisser une petite prise de bec ruiner ta vie !

Une prise de bec. Je me mordis la langue pour m'empêcher de rétorquer que le lycée avait changé depuis le temps où elle y était. Au lieu de ça, je répliquai :

— Il se fait tard et ma chambre est en bordel.

— Je vais t'aider à ranger, proposa papa.

— Pas la peine, répliquai-je.

Je me relevai en m'appuyant sur un coin de la table de chevet.

— Si ça ne vous embête pas, je suis épuisée. Je vais ranger juste ce qu'il faut pour aller me coucher, et je m'occuperai du reste demain.

Mon père hésita un instant avant de hocher la tête.

— Très bien. Ce que tu n'auras pas fait ce soir, je t'aiderai à le ranger demain.

— Je programme toujours la prise de sang pour demain matin, déclara maman en ramassant un tiroir. Si je découvre que tu m'as menti, tu vas en prendre pour ton grade. En attendant, nous allons devoir réviser ton plan d'action, puisque tu as dévié de l'ancien. Tu as peut-être envie de saboter ton avenir, mais je ne te laisserai pas faire.

Elle glissa le tiroir à sa place dans mon bureau et le ferma. Je priai en silence pour que ce soit terminé, mais elle tourna soudain la tête et plissa les yeux.

— Qu'est-ce que c'est que ça ?

Sans me laisser le temps de lui demander de quoi elle parlait, elle s'empara du blazer de Nolan, posé sur le dossier de ma chaise de bureau. Après les cours, je n'étais pas repassée à mon casier et j'avais couru droit au parking afin d'éviter les mauvaises rencontres. J'avais prévu de lui rendre sa veste le lendemain – une décision que je regrettais à présent.

Je posai Carotte sur l'étagère derrière moi et fis de mon mieux pour paraître nonchalante malgré mon cœur qui tambourinait dans ma poitrine.

— C'est un blazer, répondis-je en haussant les épaules.

Elle poussa un soupir.

— Merci de l'information. Mais tu pourrais peut-être m'expliquer ce qu'il fait là ?

Elle retourna le vêtement, l'examinant sur tous les angles.

— Il n'est sûrement pas à toi.

— Non, fis-je en attrapant le pendentif attaché à mon cou pour le faire glisser le long de la chaîne. Un autre élève me l'a prêté. Je... j'avais froid.

— Tu as ta propre veste, rétorqua maman d'une voix basse.

— Je ne l'avais pas avec moi.

Ses yeux revinrent à la veste.

— C'est le blazer d'un *garçon*, dit-elle en le jetant sur la chaise. Qui est ce garçon ? D'où le connais-tu ? Sortez-vous ensemble ? Pourquoi ne nous l'as-tu pas présenté ?

Oh mon Dieu, c'était exactement pour ça que je n'avais pas de petit ami. Pour ne pas lui donner encore un autre aspect de ma vie à contrôler.

— Maman, arrête, ce n'est pas ça ! Je ne sors avec *personne*. Ce n'est qu'une veste.

Je ramassai un coussin et le jetai sur mon lit.

Elle me regarda d'un air suspicieux.

— Bien. Mais je te préviens, il n'y aura pas de fille mère dans cette maison.

Les muscles de ma poitrine se serrèrent.

— On ne peut pas tomber enceinte en enfilant une veste, maman.

— Je ne te parle pas de cette veste, répliqua-t-elle d'une voix aiguë qui tenait presque du glapissement. Je parle de *sexe* – chose que tu ne feras pas tant que tu vis sous mon toit. C'est clair ?

— Très bien, fis-je en levant les yeux au ciel. Je vais faire l'amour avec ma veste dehors.

Elle émit une sorte de gargouillis étouffé, puis pointa un doigt sur la poitrine de papa.

— Tu vois ? Voilà pourquoi je pense qu'elle se drogue ! Elle ne nous aurait jamais parlé comme ça avant ! Dès demain matin, j'appelle le docteur.

Il hocha la tête mais ne répondit pas.

— Quant à toi, reprit-elle en tournant son doigt vers moi, va te coucher. Tu as intérêt à avoir changé d'attitude d'ici demain matin, sinon…

Avant que je puisse demander « sinon quoi ? », elle avait pivoté sur ses talons et était sortie au pas de charge.

Un silence s'étira entre papa et moi. Au bout de quelques secondes, il poussa un soupir et la suivit, en faisant attention à ne pas marcher sur les vêtements et les livres qui jonchaient le sol. Il s'arrêta à la porte et me jeta un regard par-dessus son épaule.

— On s'occupera de tout ce bordel demain, déclara-t-il.

Il sortit, me laissant seule à me demander à quel bordel il faisait allusion. Ma chambre ou ma vie ? Les deux étaient de vrais désastres.

Du pied, je repoussai un tas de livres et traversai la pièce pour retrouver la veste de Nolan. Je la pris sur le dossier de ma chaise et l'enfilai. Sa chaleur s'était envolée depuis longtemps, mais son odeur était toujours là. Je fermai les yeux et inspirai profondément. Oranges et aiguilles de pin. Qui aurait cru que cette odeur me plairait tant ? Je pouvais presque sentir ses bras se refermer sur moi et m'attirer contre lui.

Frissonnante, j'ouvris les yeux. Bon sang, qu'est-ce qui ne tournait pas rond chez moi ? Je secouai la tête, comme pour me libérer de ces souvenirs.

J'avais besoin d'une distraction.

À cause de Nolan, j'avais ce livre pour enfants à écrire. Plus tôt j'en aurais terminé, plus tôt j'en aurais fini avec lui – pour de bon, me promis-je. Je parcourus des yeux le foutoir de mes affaires jusqu'à trouver un calepin et un stylo, les ramassai et m'assis à mon bureau. Dès que je m'assis, toute la force du Xanax s'abattit sur moi comme une lourde couverture. Le sommeil m'appelait, mais je ne voulais pas m'arrêter dans mon élan. Je décapuchonnai mon stylo et ouvris le calepin.

Il me fallait un personnage principal. Je parcourus la pièce du regard, et mes yeux se posèrent sur Carotte. Je souris. C'était facile ; maintenant, tout ce qu'il me fallait, c'était un problème qu'il devrait résoudre. Je tapotai mon stylo sur mon menton. Quel genre de problème rencontraient les enfants de cinq ans ? Perdre une dent ? Avoir peur du noir ? On écrivait tout le temps des livres sur ces thèmes, et ils me semblaient si futiles…

Mes pensées revinrent à mes propres problèmes, aux murmures qui me suivaient partout, aux insultes, aux graffitis sur mon casier. Les enfants de quatre et cinq ans se faisaient-ils harceler ? Et si c'était le cas, comment étais-je censée imaginer une solution alors que je n'en avais pas trouvé pour moi-même ?

Je m'appuyai sur le dossier de ma chaise et poussai un soupir. Toute la semaine avait été un cauchemar, et avec Amber contre moi, je doutais que la situation s'améliore. La seule fois où je n'avais pas complètement détesté ma vie ces derniers jours, ça avait été quand je m'étais excusée auprès de Julie Sims. Bon, elle ne m'avait pas tout à fait pardonné, mais prononcer ces mots avait un peu desserré la bande qui me comprimait la poitrine.

Alors, juste comme ça, une histoire fit son apparition dans ma tête. Sans avoir écrit un seul mot, je la vis se dérouler en entier. Le début, le milieu, la fin. Tout était là. Il ne restait plus qu'à la coucher sur le papier.

Un frisson d'excitation me parcourut malgré la torpeur du médicament. Je me passai la langue sur les lèvres et posai le stylo sur le papier. Les mots se mirent à couler, presque plus vite que je pouvais les écrire.

Deux heures plus tard, j'avais terminé. Je jetai mon stylo sur le bureau et passai les doigts sur le titre :

Carotte le Lapin s'excuse

Un livre d'images de Regan Flay

Pour la première fois depuis des jours, je souris.

CHAPITRE 11

J'étais restée assise devant l'école pendant si longtemps que mon café avait refroidi. La matinée était nuageuse, allongeant les ombres qui entouraient le lycée, le baignant d'obscurité. Plus que jamais, la bâtisse de briques me faisait l'effet d'une prison.

Je n'avais pas su me résoudre à quitter la sécurité de ma voiture. Combien de temps étais-je restée assise ici ? Quelques minutes ? Une demi-heure ? Le temps semblait avancer différemment. Au début de l'année, j'en manquais tout le temps. À présent que j'étais seule, les minutes s'étiraient à l'infini.

Plus que jamais, j'avais besoin d'un plan. J'en avais marre de rester à attendre que quelque chose change. Je savais, grâce à la politique, que le temps et la patience étaient les seules manières de gérer une mauvaise image. Ça et un bon responsable des relations publiques. Et puisque j'étais seule, j'allais devoir moi-même créer ma bonne communication. Mais par où commencer ?

Je reposai mon *latte* et songeai au petit gobelet en plastique que l'infirmière m'avait donné ce matin avant de m'indiquer un cabinet de toilette glacial. Maman n'avait même pas pris la peine de s'excuser lorsque le test avait confirmé que j'avais dit la vérité. Il devenait bien trop clair que quoi que je fasse, je ne serais jamais à la hauteur de ses attentes.

Une Toyota noire s'arrêta à la place vide à côté de ma voiture. Celle de *Nolan*.

Mon pouls s'accéléra lorsque Payton ouvrit la portière côté passager et descendit. Elle s'arrêta, et ses yeux se posèrent sur la trace de clé sur ma voiture. Lentement, elle croisa mon regard.

Toujours blessée par la façon dont elle m'avait traitée, je voulus détourner les yeux, l'ignorer comme elle m'avait ignorée. Au lieu de ça, j'ouvris ma portière et sortis dans l'air frais de ce matin d'automne. On ne pouvait pas si aisément oublier une amitié de près de dix ans.

— Salut, dis-je.

Elle avait des cernes sous les yeux, et son uniforme était froissé. Je n'arrivais pas à déterminer si j'étais contente ou contrariée de voir qu'elle aussi souffrait.

— Salut. C'est nul, dit-elle en désignant d'un signe de tête ma portière éraflée.

— Beaucoup de choses sont nulles en ce moment, répliquai-je. Et ma voiture est bien la dernière sur la liste.

Elle mordilla sa lèvre inférieure.

— Ça n'a pas non plus été facile pour moi.

À ces mots, une vague d'irritation me submergea.

Comment pouvait-elle dire ça ? Son nom était flouté sur les textos alors que le mien était affiché dans toute l'école. Tout le monde ne se moquait pas d'elle dans les couloirs, et ses meilleures amies ne s'étaient pas retournées contre elle en public.

— Tu t'es vraiment foutue de moi, Pay. Avant tout ça, je croyais sincèrement que tu étais ma meilleure amie.

— Ce n'est pas juste, répliqua-t-elle. C'est toi qui as dit que je n'étais bonne qu'à répandre des ragots.

Je ricanai.

— Si tu crois ça, peut-être que ton frère avait raison et que nous n'avons jamais été de vraies amies.

Nolan claqua la portière côté conducteur et nous observa depuis l'autre côté de la voiture.

Payton nous regarda alternativement, un air perplexe sur le visage.

— Vous vous êtes parlé ?

Je croisai les bras. Pas question que je réponde à cette question.

— Alors, quoi ? C'est Amber que tu vas croire, et pas ta *meilleure amie* que tu connais depuis le primaire ? Vachement logique, Pay !

Elle ouvrit la bouche et la referma, les lèvres tremblantes, comme si elle était sur le point de fondre en larmes.

— Jure-le. Promets-moi que tu n'as jamais dit ça, bafouilla-t-elle.

Elle leva la main droite, le petit doigt tendu comme nous faisions quand nous avions huit ans.

— Si on était vraiment amies, dis-je, je ne devrais pas avoir besoin de faire ça.

— Je suis désolée, Regan. Moi aussi, je croyais qu'on était meilleures amies. Mais des fois, même les meilleures amies ont besoin de garanties. D'après ta logique, être amies voudrait dire que je n'ai pas le droit d'avoir des moments d'incertitude ? poursuivit-elle d'une voix qui grimpa d'une octave. J'imagine que je n'ai pas non plus le droit de me sentir confuse ni d'avoir des doutes ? Parce que c'est bien connu, le lycée c'est tellement facile, c'est tout le temps parfaitement logique... Je suis désolée, Regan, j'ai merdé... mais toi aussi.

Je la dévisageai. Je ne l'avais jamais vue aussi remontée. Elle me regardait fixement, les yeux grands ouverts. Quelques mèches de cheveux s'étaient échappées de son serre-tête. Peut-être n'étais-je pas la seule à souffrir, après tout.

— Bon sang, Pay, vu comme ça...

J'enroulai mon petit doigt autour du sien et tirai.

— Tu es ma meilleure amie. Je n'ai jamais dit de mal de toi. Je te le jure.

Ses yeux passèrent de nos doigts joints à mon visage. Lorsqu'elle parla, sa voix s'était radoucie.

— Écoute, je reconnais que j'ai eu tort de ne pas t'avoir écoutée, mais après l'épisode des messages, Amber n'arrêtait pas de dire tous ces trucs sur toi, et j'ai juste... paniqué. Je suis désolée.

Après m'avoir serré le doigt plusieurs fois, elle laissa retomber ma main et recala ses mèches éparses sous son serre-tête.

— Est-ce qu'on peut se reparler ? ajouta-t-elle avec un sourire plein d'espoir.

Même si la blessure de sa trahison était toujours vive, je devais admettre qu'elle avait raison. Nous avions toutes deux commis des erreurs. Comment pouvais-je m'attendre à ce qu'elle pardonne les miennes si je ne pardonnais pas les siennes ? Je lui rendis son sourire.

— On peut.

Nolan fit le tour de sa voiture et s'arrêta devant nous. J'essayai d'ignorer à quel point sa simple présence allégeait la pression qui pesait sur ma poitrine.

— Alors, on fait quoi maintenant ? demanda Payton. Pour…

Elle désigna le lycée d'un geste du menton.

— Franchement, je n'en sais rien. Mon seul plan, c'est de faire profil bas jusqu'à ce que ça passe.

Un silence s'étira entre nous. Puis Nolan se racla la gorge.

— Il y a une chose que je ne comprends pas, déclara-t-il. Qu'est-ce que ça peut te foutre, tout ça ? Tout ce qui se passe dans ce bâtiment, c'est des conneries. Ça n'aura aucune importance dans quelques années. Pourquoi perdre une seule seconde de ta vie à t'inquiéter de ce que pensent ces gens ? Des gens que tu ne reverras plus jamais après avoir eu ton diplôme ?

Payton ricana. De mon côté, j'appréciais que, pour une fois, il essaie d'arranger les choses.

— Mais c'est important *maintenant*. Et en parlant de ça, ajoutai-je en me tournant vers Payton, tu devrais y aller. Tu ne devrais pas te montrer au lycée avec moi.

Elle plissa les yeux.

— Je pensais…

— Ça me fait mal de l'admettre, mais Amber avait raison l'autre jour. Ça ne sert à rien de t'entraîner dans ma chute, expliquai-je avec un faible sourire. Ça va bientôt se tasser, non ?

Elle fronça les sourcils.

— Ouais, mais...

— *S'il te plaît.*

Nolan la poussa doucement.

— Vas-y. Je vais y aller avec elle.

Elle le regarda, bouche bée, mais il se contenta de sourire.

— Allez. Qu'est-ce qu'ils vont pouvoir me faire à *moi* ?

Payton sembla réfléchir un instant à ce qu'il venait de dire, puis se tourna vers moi :

— On se retrouve après, OK ?

Je hochai la tête, et une partie du poids qui pesait sur mes épaules s'envola. Je savais que notre amitié était toujours fragile, mais elle avait le mérite d'exister.

Payton se hâta vers le lycée et Nolan prit sa place, appuyé contre ma voiture.

Je cognai mon épaule contre la sienne. Ou plutôt contre son coude. Il était bien plus grand que dans mon souvenir.

— Tu n'es pas obligé de faire ça, tu sais.

Il me regarda, ses yeux noisette entièrement dépourvus de leur ironie habituelle.

— J'en ai envie.

Comme je ne savais pas quoi répondre à ça, je ne dis rien. Au bout d'un moment, le silence se fit pesant entre nous. Lorsque je ne pus le supporter davantage, j'ouvris mon sac à dos, en sortis son blazer et le lui tendis.

— Merci.

Je voulus ajouter *Et pas seulement pour la veste*, mais je n'étais pas encore prête à aller aussi loin.

Sans un mot, il reprit le vêtement. Je regardai le tissu de sa chemise se tendre sur son torse étonnamment musclé. Ce même torse contre lequel je m'étais blottie pas plus tard que la veille. Sérieusement. Depuis quand m'étais-je mise à reluquer le torse de Nolan Letner ? Bien sûr, je m'étais déjà dit qu'il était mignon, mais pas une fois je n'avais imaginé... Très vite, je repoussai cette pensée.

Il enfila sa veste et resta à côté de moi, sans me toucher, sans me regarder. C'était exactement ce dont j'avais besoin.

— Tu es prête ?

Je regardai un instant le bâtiment sombre et les élèves qui y entraient au compte-gouttes.

— Pas vraiment, mais j'imagine qu'il est trop tard pour s'enfuir et se faire engager dans un cirque.

— Ouais. Je crois qu'ils préfèrent entraîner leurs trapézistes dès leur plus jeune âge. Mais ce n'est peut-être pas trop tard si tu veux devenir femme à barbe. Je parie que je pourrais te trouver des stéroïdes et...

Je ne pus m'empêcher de sourire.

— Non merci.

Il inclina la tête, l'air de nouveau sérieux.

— Quoi ? demandai-je.

— Je crois que c'est la première fois que je te vois sourire pour de vrai. Ça te va bien, Flay.

Je me sentis rougir et détournai les yeux avant que Nolan s'en aperçoive. J'étais à peu près sûre que c'était trop tard, car il ricana.

— On va être en retard, dis-je.

Je m'écartai de ma voiture et me dirigeai vers l'entrée du lycée. En un instant, Nolan me rattrapa. Pour des raisons que je préférais ignorer, je me sentais mieux avec lui. Quelque chose s'était passé entre nous — nous nous étions rendu compte qu'après tout, nous n'étions peut-être pas si différents.

— J'ai fini d'écrire le livre, dis-je pour combler le silence.

— Cool. À quelle heure tu veux que je vienne ce week-end ?

Je m'arrêtai.

— Quoi ?

Il donna un coup de pied dans un caillou. Son malaise était assez... mignon.

— Tu es l'auteur, donc tu vas devoir me donner des directions artistiques, dit-il en gardant les yeux rivés au sol. Et puis, un album moyen fait environ trente-deux pages. Ça fait beaucoup à dessiner. Je vais avoir besoin d'aide pour colorier.

Comme je ne répondais pas, il me regarda et fronça les sourcils.

— Tu t'attendais à ce que je fasse tout tout seul ?

— Non.

Je savais que nous allions devoir travailler ensemble — je n'avais juste pas réfléchi à l'endroit. Ma maison était un choix aussi logique que la sienne. Après tout, ma mère n'allait pas pouvoir se plaindre que j'invite un garçon si nous travaillions sur un devoir commun.

Puis une nouvelle pensée me vint. Si Nolan venait à la maison, on irait probablement dans ma chambre. L'idée d'être seule avec lui fit vaciller quelque chose au fond de moi.

— Je... j'imagine que tu peux venir.

Il sourit.

— Bien.

Lorsqu'on arriva à l'entrée du lycée, plusieurs personnes saluèrent Nolan. Il répondit d'un signe de tête et sourit à tout le monde. C'était comme si lui et moi avions échangé nos statuts sociaux. Ou peut-être était-ce seulement que j'avais été si sûre qu'il était un taré asocial que je n'avais jamais remarqué qu'il avait des amis. En tout cas, en ce moment, il en avait plus que moi.

— Nolan ? fit Blake en s'extrayant d'un groupe pour s'approcher de nous. Qu'est-ce que tu fais ?

Il haussa un sourcil.

— Je vais en cours.

Elle me regarda, et sa bouche se tordit de dégoût. Le mouvement fit briller le piercing qu'elle portait à la lèvre.

— Avec *elle* ?

Je tressaillis. Le dédain dans sa voix était celui que les présentateurs des infos réservaient aux tueurs de chatons. Pourtant, pour autant que je sache, je ne lui avais jamais rien fait.

Nolan ouvrit la porte.

— Si tu te demandes si j'entre dans le lycée au moment précis où Regan Flay y entre également, alors oui.

Elle ouvrit la bouche pour répliquer, mais il l'interrompit.

— Je te parle après, dit-il en me poussant à l'intérieur.

J'espérais que le pire était derrière nous.

J'avais tort.

— Regardez qui voilà ! s'écria une voix perçante.

Amber traversa la foule, avec dans son sillage une Taylor aux yeux écarquillés et aux cheveux volant dans tous les sens. Jeremy et ses amis les suivaient de près.

Des vagues de nausée m'envahirent. J'espérais au moins atteindre la deuxième heure de cours avant que quelqu'un essaie de s'en prendre à moi. Esquiver Blake n'avait pas été très difficile, mais nous n'allions pas échapper à Amber si facilement.

Nolan se plaça à côté de moi, ses yeux noisette brillaient presque d'excitation. Il rejeta ses épaules en arrière et bomba le torse. Il semblait avoir hâte qu'il se passe… quelque chose.

Amber repoussa ses longs cheveux noirs derrière son épaule et posa une main sur sa hanche.

— Comme c'est mignon… Apparemment, les rejetés attirent les rejetés.

Nolan sourit.

— Apparemment, c'est la même chose pour les connards. Sauf que vous vous déplacez plutôt en troupeau.

Quelques témoins s'esclaffèrent. Amber les fusilla du regard. Jeremy fit un pas en avant pour se placer à côté d'elle, les poings déjà serrés.

Je me tendis. Soit Nolan ne se rendait pas compte qu'il avait amorcé une bagarre, soit il s'en foutait. Après tout le temps que j'avais passé avec lui ces deux derniers jours, j'étais prête à parier sur la deuxième option.

Amber fixa sur moi son regard furieux.

— Sérieusement, Regan ? *Nolan Letner ?* Finalement, ça ne m'étonne pas plus que ça vu qu'aucun mec normal ne voudrait t'approcher. Je sais que tu t'es jetée sur Jeremy hier. Tu es pathétique.

À ces mots, ce dernier me fit un clin d'œil et je dus prendre sur moi pour ne pas lui sauter à la gorge.

— Dans ses rêves, répliquai-je. Non seulement il est dégueulasse, mais c'est aussi un menteur.

— Pas aussi dégueulasse que toi, répliqua-t-elle. C'est toi la sale pute.

Amber tendit la main. Derrière elle, Taylor lui passa une bouteille de soda.

— Tu as fait croire à tout le monde que tu étais tellement innocente, reprit-elle. Mademoiselle Parfaite. Mais c'est fini. Maintenant, tu vas être aussi crade à l'extérieur que tu l'es à l'intérieur.

Elle commença à secouer la bouteille de soda.

Je savais exactement ce qu'elle comptait faire. L'an dernier, Amber avait arrosé une élève de troisième qui l'avait bousculée pendant qu'elle se remettait du rouge à lèvres. Pendant une demi-seconde, j'envisageai de filer par la porte de derrière, mais ça n'aurait fait qu'empirer les choses. J'aurais été la fille qui s'est enfuie. Je levai le menton et m'obligeai à afficher un masque impassible. Je ne voulais pas lui donner la satisfaction de voir que j'avais peur.

À côté de moi, au lieu de se préparer comme je l'avais fait, Nolan leva un doigt.

— Une seconde. C'est exactement le genre de scène qu'il me faut pour mon documentaire…

Il sortit son portable de son sac, pressa quelques boutons, puis se mit en place.

— OK, vas-y, dit-il en lui faisant signe de continuer. Essaie juste de ne pas éclabousser la lentille.

Amber hésita, le regard incertain.

— Qu'est-ce que tu attends ? siffla Taylor, qui trépignait presque d'impatience.

— Je ne peux pas faire ça s'il me filme ! Je me ferais virer et mes parents me tueraient, s'écria Amber en fourrant la bouteille entre les mains de Taylor. Vas-y, toi.

Taylor fit un pas en arrière.

— Je... Je ne veux pas m'attirer d'ennuis. Je serais virée de l'équipe. C'est la première fois que j'arrive à y rentrer.

C'était vrai. Taylor avait effectué les essais en troisième et en seconde, et elle avait échoué à chaque fois. Ayant assisté aux essais, je savais qu'elle était très bonne. Pour être honnête, je dirais même qu'elle était meilleure que moi. Mais comme j'étais l'amie d'Amber, j'avais bénéficié d'un traitement de faveur que, je m'en rendais compte à présent, je ne méritais pas.

Nolan claqua des doigts.

— Peu importe qui le fait, mais grouillez-vous de vous décider ! ordonna-t-il. La cloche va sonner, je n'ai pas envie d'être en retard.

Taylor se tourna vers Jeremy.

— Toi, fais-le.

Il leva les mains et recula.

— C'est ça, ouais... Je vais pas faire ton sale boulot. Je suis déjà limite avec le coach à cause de ces deux-là et d'un mec de la sécurité qui ne sait pas fermer sa grande gueule. Je ne veux pas me faire virer de l'équipe de lutte. Pas un de vous n'en vaut la peine.

Ses deux amis éclatèrent de rire avant de se lancer dans un chœur de « *Ooooh* ».

Amber resta bouche bée. Elle ne dut pas trouver de réplique suffisamment cassante, car elle se contenta de le foudroyer du regard.

Il haussa les épaules et repartit dans le couloir, suivi de près par ses amis.

— Quoi, tu veux dire que *personne* ne va nous arroser ? soupira Nolan, son portable toujours levé. Merde alors ! Ça aurait fait une super scène.

— Espèce de minable, ricana Amber.

Elle s'empara de la bouteille et la jeta par terre. Le bouchon sauta, et une fontaine de Mountain Dew arrosa ses chevilles et celles de Taylor.

Amber poussa un glapissement et recula. Lorsque la bouteille fut vide, elle leva la tête et me jeta un regard noir.

— C'est pas terminé !

Elle me fit un doigt d'honneur avant de tourner les talons et de partir au pas de charge. Taylor se précipita à sa suite.

Nolan pointa son téléphone sur moi.

— Regan Flay, avez-vous un commentaire sur ce qui vient de se passer ?

Je clignai des yeux, prise au dépourvu.

— L'enseignement à domicile est-il sous-estimé ? proposai-je.

Il s'esclaffa et, à ma grande surprise, éteignit son téléphone et le rangea dans son sac.

— C'est tout ? demandai-je. Pas de questions inquisitrices ? Tu ne veux pas me voir mal à l'aise ?

— Bof, fit-il en haussant les épaules. Je ne mentais pas quand je disais que la scène du soda aurait été très bonne pour mon documentaire.

Nous partîmes dans le couloir, en faisant bien attention à éviter la rivière de soda.

— Et de quoi parle ton documentaire ?
— Oh, rien, répondit-il en tirant sur les bretelles de son sac d'un air un peu gêné. J'ai envoyé un dossier à l'université de Floride, mais mon premier choix est Duke. Ils ont un super programme. Je dois réaliser un documentaire, ça fait partie de la procédure d'admission.

Cette information me surprit. Pour un mec rejeté, toujours au fond de la classe, Nolan était étonnamment ambitieux.

— Ce n'est pas « rien ». Duke est une grande université. Tu dois vraiment te faire arroser de soda pour être admis ?

Il éclata de rire.

— Non. Il me faut juste un documentaire exceptionnel.
— Et de quoi parle le tien ?
— Honnêtement, pour le moment, je n'en sais rien. Blake m'a aidé pour un truc, mais ça a... foiré. Du coup, il me faut une nouvelle idée, et vite.

Je voulais lui demander ce qui avait foiré, mais un gars s'arrêta devant nous, nous bloquant le passage. Il avait une longue tignasse roux foncé qu'il écarta de son visage d'un revers de la main.

— C'est toi Regan ? demanda-t-il.

Son visage me semblait familier. J'étais à peu près sûre d'avoir été en cours de bio avec lui l'an dernier.

— Qui la demande ? répliqua Nolan.

Le garçon soupira.

— Écoute, il y a une meuf qui m'a payé pour passer un mot à Regan. Alors c'est toi ou pas ?
— Qui t'a donné le mot ?

Il haussa les épaules.

— Je n'ai pas demandé son nom. Tu le veux ou pas ?

Mon estomac se serra. Les petits mots anonymes n'étaient jamais bons, mais ce n'était pas comme si un bout de papier pouvait me blesser. Même si la personne qui l'avait écrit me traitait de tous les noms, tout ce que j'avais à faire, c'était le jeter. Je tendis la main.

— Donne.

Le mec me tendit une page de cahier pliée en deux et s'en alla.

— Ne le lis pas.

La proximité de la voix de Nolan me fit sursauter. Je levai les yeux. Il était penché sur moi, son visage à quelques centimètres du mien. Je voulus protester, mais ma langue était en plomb et les mots ne voulaient pas sortir.

— Jette-le, dit-il. Quoi qu'il dise, ça va t'attirer des ennuis.

Les coins du petit papier me rentraient dans la peau. Il avait sûrement raison. Avais-je vraiment besoin de lire que j'étais une salope ? Je jetai un coup d'œil à la poubelle. Tout ce que j'avais à faire, c'était jeter le mot, et le venin qu'il contenait serait perdu avec lui.

Mais je n'arrivais pas à le lâcher.

— Regan ?

Je le regardai.

— Il faut que je le lise.

Il fronça les sourcils.

— Pourquoi ?

Un autre conseil de maman me vint en tête : *Ne jamais être pris au dépourvu.*

— J'en ai marre de me faire prendre en embuscade. Hier, c'était dans les toilettes ; aujourd'hui, à l'entrée du lycée avant les cours. Quoi que dise ce mot, je ne veux plus me faire avoir par surprise.

Son visage se durcit et il recula.

— Fais comme tu le sens…

La cloche sonna. Lentement, je dépliai le papier et lus le mot, rédigé d'une écriture inconnue et tout en boucles.

Si tu veux des saloperies sur Amber, viens à l'ancien vestiaire des filles après les cours. Cache-toi dans la cabine de douche la plus éloignée de la porte et ne fais pas de bruit.

Je retournai le papier, à la recherche d'une signature, mais n'en trouvai aucune. Dénicher des saloperies sur les gens, c'était le domaine de Payton, mais ce n'était pas son écriture. Alors qui avait écrit ce mot ?

Je tendis le papier à Nolan. Lorsqu'il eut fini de le lire, il me le rendit et se frotta le cou.

— N'y va pas. J'ai un mauvais pressentiment.

Je relus les mots. Trois ressortaient particulièrement : *saloperies sur Amber*. Avec Amber déterminée à faire de ma vie un enfer, tout ce dont je pourrais me servir pour qu'elle me lâche vaudrait le coup. Je savais que maman n'hésitait pas à faire tout ce qui était en son pouvoir pour descendre un adversaire. D'un autre côté, la personne qui m'avait écrit avait choisi de rester anonyme, ce qui était plus que louche.

— Tu crois que c'est un piège ?

— Bien sûr. Quel meilleur moyen pour te coincer que de te faire venir seule dans le vieux vestiaire des filles après les cours ? Soit Amber essaie de te piéger, soit tu vas être la vedette d'un film d'horreur. Tu n'as pas tué d'autostoppeurs récemment, j'espère ?

Je grimaçai.

— Sois sérieux. Je sais bien que c'est peut-être un piège, mais si c'était pas le cas ? Et si c'était ma seule chance pour qu'Amber me lâche ?

Amber et ma mère. Pour la première fois depuis que j'avais trouvé mes messages privés collés sur les casiers, une nouvelle idée se présentait à moi. Si ce petit mot disait vrai, peut-être aurais-je une autre option que de faire profil bas. Une lueur d'espoir — un sentiment devenu si étranger que je me reconnus à peine — s'alluma en moi. Si je pouvais retourner toute cette histoire contre Amber, j'allais pouvoir reprendre tout ce qu'elle m'avait volé.

— Ça pourrait être ma seule chance de retrouver ma vie d'avant.

— Attends, fit-il en levant les mains, les yeux écarquillés. Tu veux retrouver cette blague qui te servait de vie ?

Il pensait que j'étais une *blague* ? La colère se mit à bouillonner dans mes veines, balayant ce bref moment d'excitation. Je froissai le mot entre mes doigts.

— Je t'emmerde !

— *Vraiment* ? ricana-t-il. Ça te manque, d'être amie avec la fille qui cherche à ruiner ta vie ?

— C'est pas ce que je...

— Et de traîner avec des mecs comme Jeremy ?

Il haussait la voix, s'attirant les regards curieux des élèves qui nous dépassaient pour aller en cours.

— Tu veux remonter sur ton trône et recommencer à écrire que tu es tellement plus cool que tout le monde ? Tu as envie d'écraser encore quelques victimes ? C'est ça ?

Ses mots me frappèrent comme un coup de poing. Pour autant que je sache, je n'avais ruiné la vie de personne. Je reculai jusqu'à heurter la rangée de casiers derrière moi. Nolan me suivit, refermant la distance qui nous séparait.

— J'ai un scoop pour toi, dit-il. Que tu le voies ou non, *cette* Regan était une imposture. Elle n'était pas réelle. Ou peut-être que je me trompe ? Peut-être que tu n'es pas la fille que je croyais. La fille intelligente, capable d'empathie, celle qui s'excuse quand elle se rend compte qu'elle a blessé des gens.

La colère montait en moi, crispant mes muscles. Il me connaissait à peine. Qu'est-ce qui lui donnait le droit de former des opinions sur la personne que j'étais ? Qu'il aille se faire foutre, lui et tous les gens qui voulaient que je sois quelque chose que je n'étais pas, puis pétaient les plombs quand ils se rendaient compte que je n'étais pas à la hauteur de leurs attentes !

— N'essaie pas de faire comme si tu me connaissais. Tu ne sais *rien* de moi.

— Tu as parfaitement raison.

Je le regardai s'éloigner, en me demandant ce qui avait bien pu se passer. Quelques jours auparavant, l'opinion que Nolan Letner avait de moi était le dernier de mes soucis. Mais à présent, chaque mot qui sortait de sa bouche me coupait comme une lame de rasoir et chaque pas qu'il faisait pour s'éloigner de moi m'infligeait une nouvelle blessure qui me faisait saigner davantage.

Il s'arrêta au milieu du couloir, les épaules voûtées. Mon cœur fit un bond. Peut-être avait-il décidé de me donner une chance de m'expliquer ?

Mais il fouilla dans son sac pour sortir ce qui ressemblait à une petite caméra. Mon cœur plongea droit vers le sol. J'étais certaine qu'il allait la pointer vers moi. Au lieu de ça, il revint vers moi et me tendit l'appareil.

— Prends ça.

Je levai lentement la main pour m'emparer de l'objet, puis m'arrêtai net. Pour des raisons qui m'échappaient, j'avais peur.

— Je ne comprends pas.

— Prends-la, répéta-t-il.

Il me jeta la caméra, si bien que je n'eus pas d'autre choix que de l'attraper ou de la laisser tomber par terre.

— J'ai déjà une caméra sur mon téléphone, protestai-je.

— Ouais, bon, même si celle-ci commence à se faire vieille, ses qualités vidéo sont bien meilleures que celles de ton téléphone. Elle a plus d'images par seconde, et de meilleures couleurs en situation de faible éclairage. Ça pourrait t'être utile.

Comme je ne répondais pas, il soupira.

— La menace de la vidéo t'a protégée une fois. Ça te protégera peut-être encore.

Sur ces mots, il s'en alla, me laissant perplexe. Tout ce que j'avais voulu, c'était qu'Amber me lâche, mais tout ce que j'avais gagné, c'était que Nolan était en colère contre moi. À présent, seule avec sa caméra, je ne pus m'empêcher de me demander pourquoi, chaque fois que j'essayais d'arranger les choses, je n'arrivais qu'à tout gâcher encore davantage.

CHAPITRE 12

Pendant le cours suivant, Nolan fit comme si je n'existais pas. Il reprit même sa place habituelle au fond de la salle. À la fin du cours, il était déjà sorti avant même que j'aie terminé de ramasser mes livres. Puisqu'il refusait de me parler, je supposai que notre projet de livre d'images était annulé et, à la pause déjeuner, je glissai une copie de mon histoire dans son casier en espérant qu'il s'occupe des dessins tout seul. Puis je passai toute l'heure du déjeuner dans la cabine pour handicapés des toilettes du deuxième étage. Personne ne vint m'embêter, et je pus manger en paix ma barre de céréales.

En dehors des confrontations avec Blake et Amber, je n'avais eu droit qu'à quelques petites réflexions en passant dans les couloirs. Un groupe de filles de troisième avait murmuré et gloussé sur mon passage, mais rien d'assez violent pour me donner envie d'avaler un cachet. C'était déjà ça.

Pendant le reste de la journée, je m'efforçai d'éradiquer de mon esprit toute pensée se rapportant à Nolan et d'éviter de croiser Amber, Taylor et Jeremy dans les couloirs. Où était passée Payton ? Je ne l'avais pas vue depuis ce matin. Je me demandais si elle s'était disputée avec Amber.

Pendant la dernière heure de cours, je passai mon temps à regarder l'horloge, prise d'un malaise grandissant. J'essayais de me concentrer, mais je fus incapable de conjuguer un seul des verbes que la prof d'espagnol inscrivait au tableau. Je savais que je devrais prendre des notes, mais je ne parvenais qu'à penser au petit mot anonyme dissimulé au fond de ma poche.

Qui l'avait écrit ? Et pourquoi cette personne voudrait-elle m'aider, moi, la fille la plus détestée de l'école ? Et pourquoi me demander de me cacher ? De plus en plus, je commençais à me ranger à l'avis de Nolan. C'était forcément un piège.

Je ne me rendis compte que je tapotais mon cahier avec mon stylo à un rythme effréné que lorsque Señora Batey se retourna pour me fusiller du regard.

Je laissai tomber mon stylo et lui adressai un faible sourire d'excuse.

Elle fronça les sourcils avant de se retourner vers le tableau.

J'attrapai mon pendentif en diamant et le fis coulisser nerveusement le long de sa chaîne. S'il y avait ne serait-ce qu'une infime possibilité d'obtenir des infos sur Amber, je ne pouvais pas rater ma chance. Mais je n'allais pas non plus être assez bête pour tomber dans un piège. Je devais seulement trouver un moyen de me protéger – par chance, la caméra de Nolan était un bon point de départ. Si quelqu'un s'en prenait à moi, au moins, j'aurais une preuve à fournir.

La cloche sonna. Je sautai de ma chaise si vite que les pieds en métal crissèrent sur le sol. Señora Batey me jeta un regard noir. Je l'ignorai et fourrai mes affaires dans mon sac avant de courir vers la porte.

Je slalomai dans la foule des élèves qui se déversait dans les couloirs jusqu'au vestiaire des filles. Si je voulais m'en tirer, je devais arriver en premier. Je poussai les lourdes portes de bois et reculai presque de dégoût lorsque l'odeur de moisissure et de sueur me submergea. Tout comme les toilettes où j'avais passé l'heure du déjeuner, l'ancien vestiaire des filles se situait dans l'aile du bâtiment qui avait désespérément besoin d'être rénovée. Les casiers à la peinture écaillée étaient couverts de rouille, et les douches étaient presque entièrement bouchées par le calcaire qui s'y accumulait depuis des années.

Apparemment, la place était déserte. Je fis tout de même un tour rapide de la pièce éclairée au néon, en prenant soin de jeter un coup d'œil sous chaque porte de toilettes.

J'étais seule.

Un étrange courant électrique me chatouillait la peau. On m'avait indiqué d'attendre dans une cabine de douche, mais je n'allais pas me coincer moi-même dans l'une de ces immondes stalles en béton. Et puis, s'il s'agissait vraiment d'un piège, je n'allais pas les laisser me trouver si aisément.

Je ne pouvais pas non plus rester à découvert. Ça ne me laissait qu'une option : je m'approchai de la rangée de toilettes et poussai un soupir. Si je parvenais à trouver des infos compromettantes sur Amber, j'espérais que le temps de traîner dans les toilettes et de courir tête baissée dans les couloirs entre les cours serait bientôt révolu. Tout ce qu'il me fallait, c'était la *bonne* info. Si elle était assez accablante, tout le monde à l'école allait m'oublier pour se retourner contre elle.

Je choisis la cabine pour handicapés car c'était la plus éloignée de l'entrée du vestiaire, et m'y enfermai. Le moindre centimètre carré de la cabine rose saumon (pourquoi cette couleur avait-elle un jour été populaire ?) était couvert de graffitis déclarant un amour éternel ou révélant qui était une garce, une salope, ou une garce doublée d'une salope.

Je suivis du bout des doigts les mots DELANEY HICKLER EST UNE SALE PUTE. Les années, sinon les décennies, avaient délavé les couleurs, mais comme un fantôme, la colère émanant de chaque lettre refusait de mourir. Tant de fois, j'avais été aux toilettes, entourée de ces mots pleins de haine, et je n'y avais jamais prêté la moindre attention. Mais à présent que j'avais mon propre graffiti, je ne pus m'empêcher de me demander si Delaney Hickler s'était déjà assise dans cette cabine et avait lu ces mots. Avait-elle ressenti cette brûlure dans sa poitrine, comme moi ? Avait-elle pleuré, comme moi ? Et à présent qu'elle avait quitté cet endroit depuis des années, y repensait-elle encore parfois ? Le temps avait-il cicatrisé les plaies ? Nolan avait prétendu que rien de tout ça n'aurait plus d'importance dans quelques années. Peut-être avait-il raison.

À cet instant, la porte du vestiaire s'ouvrit en grinçant. Je plaquai ma main sur ma bouche, car je craignais de laisser échapper un bruit qui me trahirait. Avec des gestes lents et mille précautions, je m'accroupis et sortis de mon sac la caméra de Nolan, puis ouvris l'écran de visionnage et pressai le bouton d'enregistrement. Si je devais me faire agresser, je voulais au moins des preuves en vidéo.

Le pas étouffé de chaussures à semelles de caoutchouc s'approcha — définitivement pas le claquement caractéristique des talons hauts d'Amber. Je jetai un coup d'œil par l'ouverture sous la porte et aperçus Christy Holder qui s'avançait au milieu de la pièce.

La caméra tremblait entre mes mains. Christy était la dernière personne que je m'étais attendue à voir. Si elle avait des infos sur Amber, pourquoi me les donner ?

À la façon dont elle ne cessait de rajuster sa queue de cheval et son uniforme, je compris qu'elle était nerveuse. La voir stressée me détendit. La caméra au poing, je tendis la main vers la poignée. À quoi bon se cacher ? Christy était seule. Si elle voulait parler, le moins que je puisse faire était de l'écouter. Je commençai à pousser le verrou rouillé quand j'entendis de nouveau le grincement de la porte du vestiaire, suivi du claquement de talons qui résonnaient sur le ciment.

Je retins un halètement et reculai. Mon cœur battait vitesse grand V. Attentive à ne pas faire le moindre bruit, je me retirai tout au fond de la cabine et grimpai sur la cuvette. Même si je ne pouvais plus voir ce qui se passait dehors, la caméra filmait toujours.

— C'est quoi ce bordel, Christy ? demanda Amber, dont les pas se rapprochaient. J'ai appris par d'autres que tu étais revenue aujourd'hui au lycée. Pourquoi tu ne me l'as pas dit ?

Christy laissa échapper un petit rire nerveux.

— Pourquoi je te parlerais ? On m'a dit que c'était ta faute si on m'a fait repartir en désintox.

Je fronçai les sourcils. Je ne savais pas qu'elle avait été renvoyée en désintox. Mais une fois encore, j'avais été un peu occupée par mes propres problèmes.

— C'est Regan qui a fait ça, répliqua Amber. Elle flippait à l'idée de ne pas entrer dans l'équipe, alors elle a dit à Kiley Porter de dire au conseiller d'orientation qu'elle t'avait entendue vomir dans les toilettes.

De nouveau, je dus plaquer une main sur ma bouche pour contenir un cri. Je n'avais rien dit à Kiley Porter. C'était l'une des filles les plus gentilles que je connaissais, le genre à toujours vouloir aider ceux qui en avaient besoin – ce qui en avait fait une cible parfaite pour Amber.

— Mais je t'avais déjà donné la liste des admises ! protesta Christy. Tu aurais pu simplement lui *dire* qu'elle avait réussi, au lieu de la laisser ruiner ma vie ! Pourquoi tu ne l'as pas arrêtée ?

Pendant plusieurs secondes, Amber ne dit rien. Quand enfin elle prit la parole, sa voix était basse. Elle semblait presque désolée.

— Je ne l'ai pas arrêtée parce que je ne voulais pas d'elle dans l'équipe. J'avais peur qu'elle commence à comprendre.

La colère qui déferla dans mes veines faillit me faire tomber de mon perchoir. Ma soi-disant *amie* m'avait volontairement piégée.

— Tu sais, poursuivit Amber. Au sujet de toi et moi.

— Tu crois qu'elle est au courant ?

Il y eut un silence, puis Christy ajouta :

— Il aurait suffi que tu m'en parles, je ne l'aurais pas prise dans l'équipe. Tu n'as pas idée à quel point mes parents sont sur mon dos maintenant... Je ne peux même pas aller *pisser* sans que ma mère écoute à la porte.

Les talons d'Amber claquaient sur le sol. Apparemment, elle faisait les cent pas.

— Je ne pensais pas que tes parents te feraient retourner en désintox ! Je pensais juste que si on mettait un peu de distance entre nous, ça induirait les gens en erreur. Tu te rends compte de ce qui se passerait si quelqu'un découvrait la vérité ? On serait virées. Nos réputations seraient foutues.

— Ma réputation est *déjà* foutue.

Amber ricana.

— Ta réputation est solide, grâce à moi. Tu te rends compte à quel point tu vas être populaire maintenant que les autres savent que tu es allée en désintox ? J'ai fait de toi une star !

— C'est complètement con, Amber ! On ne devient pas populaire grâce à un trouble de l'alimentation !

— Je le sais. *Tu* le sais. Mais bienvenue dans notre monde de dingues. Au fait, comment tu t'en sors ? ajouta-t-elle après un silence.

— Tu le saurais si tu répondais à mes appels et à mes messages, répliqua Christy. Je vais bien, je crois. Chaque jour est un combat, et tes petites combines m'ont *pas vraiment* aidée.

— Je suis désolée, dit Amber d'un ton sincère que je ne lui connaissais pas.

— Mais pas assez pour larguer ce connard de Jeremy.

Amber poussa un soupir.

— Jeremy, c'est seulement pour les apparences. Tu sais bien que j'en ai rien à foutre de lui.

— Mais c'est pas ce qu'il croit, rétorqua Christy. Ce que tout le monde croit.

— On s'en carre, de ce que tout le monde croit ! On n'a plus qu'un an à vivre comme ça ! Après, on sera à la fac et on pourra faire tout ce qu'on a envie. *Un an !*

Mes doigts serraient la caméra si fort que mes jointures en devinrent blanches. *Oh mon Dieu !* Amber et Christy ? Un truc entre elles ? Elle avait raison, si notre école catholique découvrait ça, elles se feraient virer. Mais elle se trompait si elle pensait que j'étais au courant – enfin, jusqu'ici. Qui avait donc pu m'envoyer ce mot ? Cette personne était au courant et voulait que je le sois également. Mais pourquoi ?

Christy resta silencieuse un long moment.

— Écoute, dit Amber. On ne peut pas courir le risque d'être surprises ensemble comme ça – surtout pas à l'école. La prochaine fois que tu veux me parler, ne m'envoie pas de mot. Appelle-moi, OK ?

— Mais je t'ai rien envoyé ! s'écria Christy. C'est toi qui m'as laissé un mot dans mon casier.

— Non, je n'ai rien laissé, dit Amber en prenant une rapide inspiration. Merde. Je parie que c'était Regan. Elle est vraiment au courant. Merde. Merde. Merde.

— Peut-être qu'elle ne dira rien ?

Amber éclata de rire.

— Ouais, bien sûr. Vu ce qui s'est passé ces deux derniers jours, elle va me détruire à la première occasion.

— Mais pourquoi tu fais ça, Amber ? Pourquoi tu t'en prends aux gens comme ça ? C'est pas toi.

— Justement. Je n'ai pas le *droit* d'être qui je suis vraiment.

Malgré tout ce qu'elle avait fait, je me sentis mal pour elle. Je savais exactement ce que ça faisait, de vivre une vie qui ne nous correspondait pas. Comment les choses se seraient-elles passées entre nous si nous avions été honnêtes l'une envers l'autre ? Avec tant de choses en commun, nous aurions pu devenir de *vraies* amies.

— Écoute, dit Amber, il faut que j'y aille. Je n'ai pas beaucoup de temps avant que cette sangsue de Taylor me retombe dessus. Elle flippe grave dès que je m'éloigne d'elle plus de deux minutes !

Il y eut un silence, puis elle ajouta :

— On est bien, toutes les deux ?

— Ouais, répliqua platement Christy. On est bien.

— OK. Je t'appelle plus tard.

J'entendis des talons claquer vers la porte.

Le temps de quelques battements de cœur, je restai immobile. J'attendis encore une minute, tendant l'oreille pour entendre le moindre son qui aurait indiqué que je n'étais pas seule. Les vestiaires restèrent silencieux. Satisfaite, je descendis des toilettes, éteignis la caméra et la glissai dans mon sac à dos. Je n'arrivais toujours pas à croire que j'avais un véritable enregistrement qui pouvait faire virer Amber du lycée.

À cette pensée, mon cœur se mit à battre à coups redoublés. Je n'avais même plus besoin de retourner les autres contre elle. Si je pouvais me débarrasser définitivement d'Amber, je pourrais me concentrer sur la reconstruction de ma réputation. Mais en y songeant, je sentis ma gorge se nouer. *Honnêtement*, ruiner la vie de quelqu'un d'autre allait-il rendre la mienne meilleure ? Je déverrouillai la porte, songeuse... et m'arrêtai net.

Je n'étais pas seule.

Christy était assise sur un banc entre deux rangées de casiers, la tête enfouie entre ses mains. Elle leva les yeux quand la porte des toilettes cogna contre le mur et elle sauta sur ses pieds, l'air terrifiée.

— Qu'est-ce que tu fais ici ? Attends... Qu'est-ce que tu as *entendu* ?

— Euh...

Je me creusai la tête pour trouver une réponse — n'importe laquelle — mais je ne trouvai rien.

Christy couvrit de nouveau son visage de ses mains.

— Merde...

Je ne savais pas quoi dire. Sans bruit, je me glissai vers la porte. Mon mouvement dut attirer son attention, car elle releva brutalement la tête.

— S'il te plaît, Regan, fit-elle en joignant les mains devant elle. Je sais que j'ai dit des choses horribles l'autre matin, mais tu ne dois rien répéter à personne. Je t'en supplie. On se ferait virer. Elle ne me le pardonnerait jamais.

C'est pas mon problème, voulut répondre cette ancienne partie de moi qui ne pensait qu'à elle. Mais une autre partie préféra se taire à la vue des larmes qui montaient aux yeux de Christy — des larmes qui me firent comprendre que ça ne serait pas seulement Amber que je détruirais si je postais la vidéo.

Ce serait si facile de la poster en ligne et d'attendre simplement que le monde d'Amber tombe en miettes. Je n'aurais même pas à me salir les mains. Je n'aurais rien à faire pour récupérer mon ancienne vie.

Mais alors que ces pensées me traversaient l'esprit, les mots de Nolan résonnèrent dans ma tête :

Que tu le voies ou non, cette Regan était une imposture. Elle n'était pas réelle.

Mon estomac se serra. Je fermai les yeux. Nolan m'observait dans l'obscurité, un masque de déception sur le visage. Je serrai mes bras sur mon ventre.

Christy fit un pas en arrière. Peut-être pensait-elle que j'allais lui vomir dessus.

— Euh... ça va ? fit-elle.

Pas trop, non. Mais peut-être pourrais-je aller mieux si je parvenais à comprendre qui était la véritable moi.

— Je ne dirai rien, déclarai-je enfin.

Christy prit une grande inspiration.

— Tu es sérieuse ?

Apparemment, la vraie moi était prête à sacrifier son statut social pour l'opinion d'un garçon qu'elle détestait quelques jours auparavant, car je hochai la tête. Je n'avais cependant pas totalement perdu l'esprit :

— Mais j'ai une condition, ajoutai-je. Tu dis à Amber que j'ai promis de garder votre secret tant qu'elle et sa bande d'abrutis me foutent la paix. Ça veut dire plus de posts sur Facebook, plus de menaces dans les couloirs. En fait, je ne veux même pas qu'ils me *regardent*. Dis-lui bien ça.

Christy se mordit la lèvre.

— Elle va être tellement vénère quand elle va savoir que tu es au courant. Elle va dire que c'est ma faute.

Je ne savais pas quoi répondre à ça, alors je posai une question qui me taraudait depuis que j'avais compris de quoi elles parlaient.

— Pourquoi tu es avec elle ? Si les choses tournent mal entre vous, ou si Amber pense que quelqu'un risque de l'apprendre, elle va te détruire. Elle a déjà prouvé qu'elle n'a pas de remords à te blesser pour son propre compte.

— Elle ne me ferait jamais vraiment de mal. Elle m'aime.

L'incertitude dans son regard racontait une autre histoire. Je secouai la tête. Je n'essayais pas d'être cruelle, mais je devais dire la vérité même si elle ne voulait pas l'entendre.

— Amber n'aime qu'elle-même.

Je m'attendais à ce qu'elle proteste. Au lieu de ça, ses épaules s'affaissèrent et son menton retomba sur sa poitrine.

— Je continue à espérer... murmura-t-elle, défaite.

Elle n'eut pas besoin de finir sa phrase pour que je comprenne. N'espérais-je pas la même chose avec ma mère ? Être aimée pour qui j'étais, et non pas pour ce que je lui apportais ?

Sans réfléchir, je posai la main sur son épaule.

Elle tressaillit mais ne bougea pas.

— Je suis désolée d'avoir envisagé de te blesser, Christy. J'imagine ce que tu dois ressentir, à cacher qui tu es vraiment. Bien joué, d'ailleurs. Je n'aurais jamais deviné.

Elle sourit faiblement.

— Bref, conclus-je, ça ne veut pas dire que tu dois te contenter de moins que ce que tu mérites. Et tu mérites bien mieux qu'Amber.

Elle me regarda d'un air sceptique.

— C'est parce que tu n'es plus populaire maintenant, c'est ça ? C'est pour ça que tu es gentille avec moi ? Tu veux revenir dans l'équipe ?

— Non, répondis-je en laissant tomber ma main de son épaule. Je n'essaie même pas d'être gentille. J'essaie seulement d'être...

Je m'interrompis, à la recherche des mots appropriés.

— J'essaie seulement d'être qui je pense que je suis – ou du moins, qui je voulais être avant que tout devienne si compliqué. Tu vois ce que je veux dire ?

— Ouais, fit-elle avec un sourire triste. Putain de lycée de merde.

Je lui rendis son sourire.

— Putain de lycée, répétai-je.

— Bon, j'imagine qu'il faut qu'on y aille.

— Pars devant, lui dis-je. Il y a une dernière chose qu'il faut que je fasse.

Elle me jeta un regard interrogateur.

— OK, j'imagine qu'on se verra plus tard.

— Hé, Christy ?

Elle s'arrêta devant la porte.

— Oui ?

— Prends-le comme tu veux, mais j'avais déjà décidé de ne parler à personne de ta désintox quand mes messages ont été publiés. C'est pas moi qui en ai parlé à Kiley. Réfléchis à ce que ça implique, d'accord ?

Elle fronça les sourcils, puis hocha la tête. J'attendis qu'elle eut quitté la pièce avant de fouiller dans mon sac à la recherche d'un crayon. Lorsque j'en eus trouvé un, je revins dans les toilettes pour handicapés et gribouillai la phrase *Delaney Hickler est une sale pute* jusqu'à ce qu'il ne reste plus que des lignes noires. Lorsque j'eus terminé, j'inscrivis au-dessus un tout nouveau message :

Christy Holder est une fille formidable.

C'était une petite ligne d'amour au milieu d'un mur de haine. Une petite ligne insignifiante.

Mais c'était un début. Et c'était tout ce qui comptait.

CHAPITRE 13

En fermant les yeux, je parvins presque à me convaincre que le sable moelleux de la carrière était un nuage sous mes pieds – que le cheval que je menais en cercles était un Pégase venu m'emporter vers des aventures inédites.

Comme s'il lisait dans mes pensées, Rookie renâcla. Je souris et ouvris les yeux. Ma vie était loin d'être parfaite, mais il y avait des moments dont je n'avais pas besoin de m'échapper. Et celui-ci en faisait partie.

Je levai les yeux sur Tamara, la petite fille agrippée à la crinière de Rookie. Ses boucles noires s'étalaient sous son casque. Ses yeux brillaient d'excitation, mais elle serrait les lèvres tant elle se concentrait. Je ne connaissais pas son histoire, mais je ne voulais pas savoir si elle souffrait d'un quelconque handicap ou venait d'un foyer brisé. Tout ce qui importait lorsque j'offrais mon temps et celui de Rookie à ces enfants, c'était qu'ils avaient envie d'être là. Et je voyais à l'expression de Tamara qu'il n'y avait aucun autre endroit où elle aurait préféré se trouver.

On s'approchait d'un morceau de tuyau en PVC couché par terre.

— Debout dans les étriers ! criai-je.

Tamara obéit. Elle serra ses mains sur l'encolure de Rookie et se leva sur sa selle tandis que je faisais passer le cheval par-dessus le tuyau. Bientôt, elle n'aurait plus besoin de moi à l'autre bout de la longe – elle ferait de petits sauts toute seule. Je me demandai si elle fermerait les yeux et prétendrait être en train de voler comme je le faisais à son âge.

Cette pensée me surprit. Je ne me souvenais pas du moment où j'avais arrêté de le faire.

— Ça t'arrive d'imaginer que le cheval est une licorne ou a des ailes ? demandai-je en me retournant pour commencer un nouveau tour.

Tamara grimaça.

— Je ne suis pas un bébé. Ces trucs, ça n'existe pas. Je préfère les chevaux normaux. Ils sont réels.

Rookie souffla par les naseaux comme pour marquer son approbation.

Je ne pus m'empêcher de sourire.

— Tu as raison, dis-je en tirant doucement sur la longe pour arrêter Rookie. Bon, je crois qu'on en a terminé pour aujourd'hui, Tamara.

— Oh, gémit-elle, son petit visage tout chiffonné. Mais on vient juste de commencer !

— Il y a une heure, m'esclaffai-je. Tu sais quoi ? Tu vas descendre, je vais lui enlever sa selle, et après tu pourras le brosser un peu. D'accord ?

Son visage s'éclaira.

— D'accord !

Je lui tendis la main, et elle se laissa tomber dans mes bras. Je la déposai au sol. Soudain, elle regarda derrière moi et demanda :

— C'est qui ?

— Qui ça ?

Je me retournai et aperçus Nolan, debout derrière la barrière. Le choc fut si violent que je faillis trébucher. Il portait un jean délavé, taille basse, et un vieux T-shirt gris qui moulait ses bras et ses épaules juste aux bons endroits. Ses cheveux, jamais bien peignés, semblaient encore plus sauvages dans la brise qui les agitait à cet instant.

Soudain, j'eus l'étrange impulsion d'y passer les doigts.

Je me raclai la gorge, comme pour laver mon esprit de cette pensée dérangeante, et clignai des yeux pour m'assurer que je voyais clairement dans la poussière de la carrière. Il tenait une nouvelle caméra, plus grande que celle qu'il m'avait prêtée. Que faisait-il ici ? Je croyais qu'il ne voulait plus me parler.

La longe m'échappa et tomba par terre. Aussitôt, Rookie plongea son nez dans le sable, en quête de brins de paille. Je pris une brosse dans un seau posé à côté du mur et la tendis à Tamara.

— Tu peux le brosser jusqu'à ce que ta maman arrive. Je te surveille. N'oublie pas de ne pas t'approcher de ses jambes arrière.

Pendant toutes ces années où j'avais eu Rookie, il n'avait pas une seule fois essayé de me donner un coup de pied, mais il n'était jamais trop tôt pour apprendre aux enfants à faire attention.

— Pfff, fit Tamara en levant les yeux au ciel avant de s'emparer de la brosse.

— Je serai juste à côté si tu as besoin de moi, dis-je en désignant Nolan.

Elle m'ignora et se mit à brosser Rookie.

— Tu es un gentil poney, roucoula-t-elle.

Je m'essuyai les mains sur mon pantalon et traversai la carrière. Nolan suivit ma progression avec sa caméra. Je ralentis, soudain consciente de la crasse des écuries sous mes ongles et de mes cheveux tout aplatis par le port de la bombe.

— Qu'est-ce que tu fais là ? demandai-je.

Il garda la caméra pointée sur moi et sourit.

— Joli pantalon.

Je me sentis rougir et passai timidement les mains sur le tissu moulant.

— Tu es venu pour parler chiffon ?

— Non. Je voulais savoir ce que tu faisais ici.

Je fronçais les sourcils.

— C'est une écurie. Et ça, ajoutai-je en désignant Rookie d'un signe de tête, c'est mon cheval.

— C'est pas ce que je voulais dire. Qu'est-ce que tu fais ici *aujourd'hui* ?

— Je suis bénévole pour un programme de thérapie par l'équitation. Je viens tous les samedis.

Sa caméra ne bougea pas.

— Pourquoi ?

Je poussai un soupir. Apparemment, j'avais de nouveau affaire à l'ancien Nolan insupportable. Je jetai un coup d'œil à Tamara pour voir comment elle s'en sortait avec Rookie. Elle gloussait en lui caressant le nez. Je ne pus m'empêcher de sourire.

— Voilà pourquoi. Quand on a commencé le programme, elle était constamment en colère. Mais Rookie lui a fait son petit tour de magie chevaline, et maintenant elle rit. Au début, je n'aurais jamais cru que je la verrais sourire un jour, et encore moins rire.

Nolan baissa sa caméra.

— Qu'est-ce qui lui est arrivé ?

Je haussai les épaules.

— Je sais pas, et je veux pas le savoir. Certains enfants de ce programme ont des histoires assez terribles pour vous empêcher de dormir la nuit.

Il resta silencieux un moment, la mâchoire tendue.

— Sérieux.

— Ouais, répliquai-je en continuant d'observer Tamara et Rookie. C'est pour ça que ce programme est important.

Une autre pensée me traversa alors l'esprit. Je me tournai vers Nolan.

— Au fait, comment t'as su que j'étais ici ?

Il rangea la caméra dans la besace qu'il portait en bandoulière.

— C'est ton père qui me l'a dit.

Je sursautai.

— Tu es allé chez moi ?

— Ouais. Je croyais qu'on avait prévu de travailler sur ce livre d'images. Apparemment, tu as décidé de me poser un lapin pour aller aider des enfants. Tu peux être vraiment chiante des fois, ajouta-t-il avec un clin d'œil.

— Je croyais que tu ne voulais plus travailler avec moi.

Il s'appuya à la barrière et croisa les bras sur la barre métallique. L'amusement quitta ses yeux.

— Écoute, je suis désolée, j'ai été con. Tu es très frustrante, Regan Flay. J'arrive pas à te cerner.

— *Moi ?* m'esclaffai-je brutalement. Et toi alors ? Un coup tu me harcèles, un coup tu...

Me prends par les épaules et me serre contre toi. Ma gorge se serra. Je repoussai ces images au loin.

— Tu me prêtes ta veste, achevai-je.

Son regard se durcit.

— J'imagine que ni toi ni moi ne sommes comme l'autre le voyait.

Je m'humectai les lèvres, soudain incapable de parler. Pas étonnant, vu l'intensité avec laquelle il me regardait.

Ses doigts étaient posés sur la barrière, longs et minces. Pendant un bref instant, je crus presque les sentir sur mes bras. Je pris une vive inspiration et détournai les yeux.

— Comment ça s'est passé après les cours ? demanda-t-il. Dans les vestiaires ? T'es toujours en vie, donc j'imagine qu'Amber ne t'es pas tombée dessus ?

— Non.

— Tu as obtenu des munitions pour ton plan de vengeance ?

Je creusai un trou dans le sable avec le bout de ma botte.

— Oui et non.

Il fronça les sourcils.

— Comment ça ?

J'arrêtai de creuser et haussai les épaules.

— Je l'ai filmée en train d'admettre quelque chose... Quelque chose qui pourrait la faire renvoyer du lycée. Elle ne sait pas pour la vidéo. Personne ne sait, et personne ne saura tant qu'elle arrête de me harceler.

— Quoi ? fit Nolan en s'écartant de la barrière. Tu ne vas pas mettre ça sur YouTube ou un truc dans le genre ?

Je shootai dans un tas de sable.

— Si je poste la vidéo, quelqu'un d'autre sera touché.

— Tu m'impressionnes, Flay !

Une chaleur se répandit dans mon estomac, et je pris bien soin de ne pas quitter des yeux les pointes de mes bottes.

— Bref. Est-ce qu'on peut ne plus en parler ? Et puis c'est pas comme si j'étais une sainte. Je ne vais pas effacer la vidéo ni rien de stupide dans ce genre-là. Je la garde au cas où. J'allais l'enregistrer sur mon ordinateur hier soir, mais je n'ai pas le bon câble pour ça. Je me demandais si tu pourrais l'enregistrer et m'envoyer une copie ? Mais tu dois me promettre de ne la montrer à personne.

Je savais que c'était une grande décision de confier à Nolan la vidéo qui pourrait détruire les vies d'Amber et de Christy, mais je savais aussi qu'il avait été honnête envers moi depuis le début. Même si j'avais du mal à l'admettre, je lui faisais confiance.

Il leva trois doigts.

— Parole de scout.

Puis il ouvrit la barrière afin que plus rien n'existe entre nous.

— Ça veut dire que tes grands projets de vengeance et d'ascension sociale sont avortés ?

Je ne répondis pas tout de suite, car je ne savais pas comment. C'était le lycée, après tout. Ce n'était qu'une question de temps avant que quelqu'un d'autre fasse quelque chose d'au moins aussi terrible que moi, et pendant que toute l'école lui tomberait dessus, je pourrais disparaître. Loin des feux de la popularité, je ne serais plus qu'un autre nom à moitié effacé dans les toilettes. Oubliée. Mais était-ce vraiment ce que je voulais ? Qu'on se souvienne de moi comme la fille qui avait dit des choses horribles sur tout le monde ?

Non.

À cet instant, une voix de femme appela :

— Tamara ?

Derrière Nolan, la mère de Tamara s'approchait de la barrière. L'épuisement s'affichait en cercles noirs sous ses yeux, et des taches de ketchup et de moutarde ornaient le tablier toujours noué autour de sa taille.

— Allez viens, maintenant ! poursuivit-elle. Je n'ai qu'une heure pour t'emmener chez Gi-Gi avant de repartir bosser.

— Oh non !

La brosse échappa à Tamara et tomba dans le sable.

— Mais je ne veux pas aller chez Gi-Gi ! Je m'ennuie chez elle ! Elle n'a même pas la télé ! Je veux rester ici avec Rookie, ajouta-t-elle en enroulant ses doigts dans la crinière de mon cheval.

— Tamara, s'il te plaît ! soupira sa mère, les épaules voûtées. Je n'ai pas le temps pour ces bêtises. Dis au revoir au cheval et viens. Je dois travailler.

Tamara resta agrippée aux crins de Rookie, les yeux emplis de larmes.

— Mais tu dois toujours travailler !

Même si nos vies étaient différentes, je savais ce que c'était d'avoir une mère qui travaillait tout le temps. Mon cœur saignait à la fois pour la femme et pour l'enfant, et je me creusai la cervelle pour trouver une solution.

— Tu sais quoi, Tamara ? fis-je enfin. Si tu pars avec ta maman tout de suite, je te donne un cours de deux heures la semaine prochaine.

Sa mère m'adressa un regard reconnaissant.

— Pourquoi tu ne peux pas me laisser monter encore une heure maintenant ? gémit Tamara, la bouche tordue de chagrin.

— Parce que ta maman doit aller travailler.

— Tu ne peux pas avoir un autre cours maintenant, intervint Nolan, parce que Regan m'a promis une leçon à moi. Ce serait pas juste que tu me prennes mon temps de cheval.

— Attends, quoi ? demandai-je.

Tamara croisa les bras.

— Le programme est pour les enfants, rétorqua-t-elle.

— Justement ! Je suis un sale gosse, répliqua-t-il.

— Les enfants qui ont des problèmes, ajouta-t-elle.

— J'ai des problèmes.

— Comme quoi ? demanda-t-elle avec une grimace.

— Les filles sont très méchantes avec moi.

Tamara sourit.

— Et elle est où, ta bombe ?

— Euh...

Nolan parcourut l'écurie des yeux et désigna une bombe rose suspendue au mur.

— Là-bas ! s'écria-t-il.

Il courut chercher le casque et revint en le fixant sur sa tête.

— Je suis prêt ! De quoi j'ai l'air ?

Tamara gloussa.

— En effet, ce garçon a vraiment des problèmes ! s'esclaffa Mme Wells.

Je la connaissais depuis plusieurs années, et depuis tout ce temps, je ne l'avais jamais vue sourire. Sans parler de rire.

— Bon, on est tous d'accord : j'ai un look d'enfer, dit Nolan. Et après ?

Tamara lâcha la crinière de Rookie et désigna la selle.

— Tu dois monter sur le cheval.

— Oui. Le cheval.

Nolan se frotta les mains et commença à s'avancer vers Rookie, la bombe rose rebondissant sur son crâne à chaque pas.

Je plaquai ma main sur ma bouche pour étouffer un éclat de rire.

— Tu n'es pas obligé de faire ça, tu sais, dis-je.

Il s'arrêta.

— C'est mon premier cours et tu es déjà prête à me laisser tomber ? Quel genre de prof es-tu ?

Le genre qui va mourir de rire dans cinq secondes, songeai-je. Je lui fis signe de continuer.

— Tu as raison. Monte sur le cheval, vas-y.

Mme Wells, qui avait tellement hâte de partir quelques minutes auparavant, s'appuya sur la barrière.

— Ce garçon va finir par se blesser.

— Si seulement, répliquai-je.

Elle rit en réponse.

— OK ! s'écria Nolan en s'agrippant à la selle pendant que Rookie continuait à inspecter le sol à la recherche de quelque chose à se mettre sous la dent. Et c'est parti…

En se tenant de toutes ses forces à l'avant et à l'arrière de la selle, il se propulsa vers le haut mais glissa sur le cuir et atterrit dans le sable de l'autre côté.

Rookie releva la tête et renâcla tandis que Tamara, Mme Wells et moi éclations de rire.

— Ça a l'air beaucoup plus facile dans les films, marmonna Nolan en se relevant avant d'épousseter son jean. Est-ce que j'essaie encore une fois ?

— Non, répondis-je lorsque je pus reprendre mon souffle. Je crois que ça suffira pour la leçon d'aujourd'hui. On t'apprendra à monter sur le cheval la prochaine fois.

À ces mots, Rookie plaqua ses oreilles en arrière et partit vadrouiller de l'autre côté de la carrière, traînant la longe derrière lui.

— Hé ! s'écria Nolan en le montrant du doigt. Le cheval s'en va ! C'est mauvais signe, non ?

— C'en est pas un bon, c'est certain...

Tamara secoua la tête.

— Tu es vraiment, vraiment très mauvais.

Mme Wells gloussa.

— Bon sang, ça faisait des années que je n'avais pas ri comme ça ! Viens, Tamara. Je vais être en retard, mais ça valait le coup !

Elle croisa mon regard et baissa la voix pour ajouter :

— C'est un bon, celui-là. Il n'y en a plus beaucoup, des comme ça. Ne l'oublie pas.

Abasourdie, je rougis violemment.

Tamara s'arrêta juste après le portail.

— Tu seras là la semaine prochaine ? demanda-t-elle à Nolan.

— Je ne sais pas, répondit-il en tournant vers moi un regard interrogateur.

Je fis semblant de ne pas remarquer et détournai les yeux.

— J'espère, dit la petite fille.

— Moi aussi, répliqua-t-il.

Souriante, Tamara prit la main de sa mère, et elles s'en allèrent par la porte coulissante des écuries.

Dès que je me retrouvai seule avec Nolan, mon cœur se mit à battre à coups redoublés.

Il me rejoignit et s'arrêta si près de moi que je dus lever la tête très, très haut pour croiser son regard. Il portait toujours son casque, et je devais bien admettre que le rose lui allait bien au teint. La couleur rendait ses yeux noisette presque dorés. L'effet était étourdissant, et ce ne fut que quand il se mit à ricaner que je me rendis compte que je le regardais fixement.

— Tu es ridicule, dis-je pour reprendre contenance.

Il m'adressa un grand sourire en défaisant la sangle de sa bombe.

— Ouais, bon... C'est pas ma faute, je suis presque prêt à tout pour faire sourire une fille.

Lorsqu'il eut enlevé sa bombe, il secoua ses cheveux jusqu'à ce qu'ils retombent sur son visage en une masse ondulée qu'il dut rejeter en arrière.

Il me tendit le casque, et nos doigts se frôlèrent. Le contact provoqua sur ma peau une étincelle électrique qui me fit sursauter.

Si Nolan s'en était rendu compte, il ne le manifesta pas. Il se contenta de se rapprocher, et mon cœur eut un soubresaut. Malgré l'odeur de foin et de poussière qui emplissait l'air, son parfum à l'orange et aux aiguilles de pin m'enveloppait, tiède et léger, emplissant mes poumons comme une baudruche jusqu'à ce que je me sente sur le point de défaillir.

— Euh…

Je m'humectai les lèvres, cherchant désespérément à combler l'espace qui nous séparait, même si ce n'était que par des mots.

— De quoi on parlait ? demandai-je enfin.
— De vengeance.
— C'est ça. Je ne veux pas me venger.

Je tentai de me concentrer sur les balles de foin, sur les pigeons perchés dans le chevronnage… Tout sauf ces deux yeux noisette dans lesquels j'étais sur le point de me noyer. Et ce n'étaient pas seulement ses yeux qui me captivaient. Je ne pouvais m'empêcher de songer à la façon dont il s'était ridiculisé pour aider Mme Wells et faire rire Tamara. Mme Wells avait sans doute raison : Nolan faisait peut-être partie des bons.

— OK. Si tu ne veux pas te venger, qu'est-ce que tu veux ?

— Aucune idée, répondis-je.

C'était la chose la plus vraie que j'avais jamais prononcée.

— Au départ, poursuivis-je, je comptais faire profil bas jusqu'à ce que ça se tasse, mais ce n'est pas une solution. J'ai fait du mal aux gens. Je ne peux plus l'ignorer.

Il hocha la tête, le visage impénétrable.

— Et qu'est-ce que tu vas faire ?

Je n'en savais rien. Ni au sujet du lycée ni pour sauver ma réputation, et sûrement pas au sujet de ces sentiments bizarres que je ressentais pour Nolan. J'essayais de me concentrer sur les éléments les moins perturbants de la situation. Si ma mère était à ma place, elle aurait posté la vidéo des vestiaires sans hésiter. Elle prétendait défendre les valeurs familiales, mais je l'avais vue détruire des familles pour arriver à ses fins. J'avais essayé de jouer selon ses règles, mais je ne pouvais plus être cette personne. Pourtant, je ne savais pas non plus comment être quelqu'un d'autre.

— Tu ne trouves pas ça triste qu'on ne se souvienne de certaines personnes que grâce à des graffitis dans les toilettes ? demandai-je.

Nolan haussa les sourcils.

— Tu veux te débarrasser des graffitis dans les toilettes ?

— Pas des graffitis. De l'héritage qu'ils ont laissé.

Il semblait perplexe, mais je l'interrompis avant qu'il puisse m'interroger :

— Désolée, je dévie du sujet. Quand j'aurai remis Rookie dans son box, on pourra travailler sur le livre.

— Non, on peut oublier le livre, répliqua Nolan. On peut travailler sur ta nouvelle idée.

Je grimaçai.

— C'est pas une idée. Je pensais à voix haute, c'est tout. Et puis il faut qu'on termine ce livre. Il est pour lundi.

Nolan eut un sourire moqueur.

— C'est pas parce que tu m'as laissé tomber que je n'ai rien fait.

— De quoi tu parles ?

En silence, il reprit sa besace accrochée à un poteau et en sortit une pochette en papier kraft remplie de feuilles. Il me la tendit.

— Je jouais avec un nouveau logiciel d'illustration et... Essaie de ne pas être trop intimidée par mon génie.

Je levai les yeux au ciel et me préparai à répliquer par un commentaire bien senti. Mais dès que j'eus ouvert la pochette, toute insulte s'évanouit de mon esprit.

— Nolan... oh mon Dieu !

Il sourit et fourra les mains dans les poches arrière de son jean.

— Génial, non ?

J'éclatai de rire en feuilletant les dessins tracés à l'ordinateur. Il avait créé le lapin le plus adorable que j'avais jamais vu. Carotte était une petite boule toute ronde et toute poilue, avec de longues oreilles et un petit nez en triangle. J'avais envie de l'arracher de la page pour le serrer contre moi, comme le vrai Carotte qui m'attendait dans ma chambre.

— Il est parfait !

Les mains toujours dans les poches, il haussa les épaules.

— La perfection, c'est mon truc.

En souriant, je levai les yeux au ciel.

— Tu te la pètes un peu, non ? Mais je suis contente que t'aies pas attendu mon aide. J'aurais sûrement tout gâché.

— J'en doute. La seule raison pour laquelle je t'ai pas attendue, c'est que j'étais pas sûr que tu aies envie de travailler avec moi. Pas après ce qui s'est passé hier, en tout cas, ajouta-t-il en détournant les yeux.

J'arrivai à une page où Carotte rendait à un chiot aux yeux emplis de larmes la balle qu'il lui avait prise. Je passai les doigts sur les mots *Je suis désolé* inscrits en dessous. Sur la page suivante, le chiot et le lapin s'étreignaient.

— Si seulement c'était si facile, murmurai-je.

— Pourquoi il faudrait que ça soit difficile ?

Je songeai à toutes les choses terribles que j'avais dites dans mes messages et à la façon dont les gens m'avaient regardée après ça.

— C'est comme le graffiti dans les toilettes.

Je lui rendis la liasse de papier et poursuivis :

— Certaines personnes ne peuvent pas être pardonnées. On ne peut pas effacer le passé.

Il rangea le dossier dans sa besace.

— Je crois que tu sous-estimes les gens, Regan. Tu fais souvent ça.

Je croisai les bras.

— Je ne…

— Tu serais surprise de voir à quel point ils peuvent te pardonner facilement si tu es sincère. C'est important pour eux. Julie Sims a été touchée quand tu t'es excusée auprès d'elle dans le couloir. Je l'ai lu sur son visage. C'est ça que je ne comprends pas chez toi. Tu es très intelligente, mais tu n'as pas l'air de le comprendre.

Je fronçai les sourcils.

— Comprendre quoi ?

Il se pencha sur moi jusqu'à ce que son visage soit si proche du mien que je n'aurais eu qu'à me hisser sur la pointe des pieds pour que nos lèvres se touchent. Mon ventre se serra à cette pensée, et pourtant je m'obligeai à ne pas détourner le regard.

— Je crois que tu as mis le doigt sur un truc vraiment top avec cette idée, murmura-t-il.

— J'ai pas eu d'idée, murmurai-je en réponse.
— Si, sourit-il. Et elle est géniale. Mais la seule façon de convaincre les autres, c'est de leur prouver qu'ils peuvent avoir confiance en toi. Tu vas devoir leur montrer la *vraie* Regan, pas la fille que tu prétendais être.

Je ne comprenais toujours pas de quelle idée il parlait. Mais ma langue était si engourdie que je ne pus formuler les questions que je voulais lui poser. Il était si proche que son souffle me faisait frissonner.

— Tu sais ce que tu dois faire ?

Je fis « non » de la tête.

— Présenter tes excuses.

Je clignai des yeux, perplexe. Je ne comprenais toujours pas.

— Aux gens dont j'ai parlé dans mes messages ?
— Non.

Il se redressa, et soudain j'eus l'impression de pouvoir de nouveau penser clairement.

— À tout le monde. Tu sais, les dégâts que tu as causés ne se limitent pas aux gens que tu as insultés dans ces messages.

La honte m'enflamma la nuque et les joues, et se propagea sur tout mon visage jusqu'aux oreilles. Je jetai un coup d'œil derrière moi, soi-disant pour surveiller Rookie, mais en vérité, je ne pouvais plus le regarder sans ressentir dans mes entrailles un pincement de culpabilité.

— Tu veux dire que je devrais aller voir tout le monde dans les couloirs du lycée et leur dire que je suis désolée ? fis-je avec un petit ricanement. Non seulement c'est ridicule mais ça me prendrait une éternité.

— Oui, si tu t'y prends comme ça.

Nolan ressortit sa caméra de son sac.

— Qu'est-ce que tu dis de ça ? poursuivit-il.

Je le regardai d'un air sceptique.

— Tu filmes tes excuses. Réfléchis-y.

Il alluma la caméra.

Instinctivement, je fis un pas en arrière.

— Si tu t'exposes volontairement, dit Nolan en braquant la lentille sur mon visage, si tu déballes tout, personne — y compris Amber — ne pourra te faire de mal. Et puis tu auras la chance de faire une vraie différence. Pas seulement pour toi, mais pour tout le monde.

Je ne comprenais toujours pas. Comment de simples mots pourraient-ils changer quoi que ce soit ? Rien qu'à l'idée de me mettre à nu devant mes camarades, j'avais envie de vomir. Mais à la réflexion, n'était-ce pas exactement le genre de communication positive qu'il me fallait ? Et puis, reconnaître ses erreurs et s'excuser était une chose que ma mère ne ferait *jamais*. Rien que pour ça, j'avais envie d'essayer.

— Alors quoi ? fis-je en me rapprochant de la caméra pour poser la main sur l'objectif. Tu veux que je fasse ça maintenant ? Aux écuries, couverte de poussière et de sueur ? demandai-je en désignant d'un geste ma queue-de-cheval emmêlée et mes bottes couvertes de boue.

Nolan rit et éteignit la caméra.

— On s'en fout de ton apparence, même si, au passage, je te trouve superbe comme ça.

Une vague de chaleur me submergea. Je tentai vainement de me recoiffer.

— Cela dit, poursuivit-il, je pense qu'on peut quand même mieux mettre en scène la vidéo. Tu peux venir chez moi ce soir vers sept heures, si tu veux. J'aurai tout installé dans ma chambre, et on pourra tout de suite se mettre au travail.

— Chez toi ?

Ma voix était montée d'une octave. Ce n'était pas comme si je n'étais pas allée là-bas un million de fois pour voir Payton, mais je n'étais jamais entrée dans la chambre de Nolan. En fait, je n'étais même jamais entrée dans la chambre d'un garçon. Et surtout pas toute seule.

— Bah oui, répondit-il. À moins que tu aies un écran vert chez toi, bien sûr...

Je fis « non » de la tête.

Il sourit.

— Alors ça sera chez moi. Sept heures. On se voit là-bas.

Malgré la panique qui m'envahissait, je parvins à coasser :

— D'accord. Sept heures.

Son sourire s'élargit. Il me fit un clin d'œil, puis ouvrit le portail pour quitter la carrière. En traversant l'écurie, il s'arrêta le temps de tapoter le nez d'un cheval curieux.

Après son départ, je mis quelques minutes pour retrouver l'usage de mes membres. *Qu'est-ce que je venais d'accepter ?*

— Regan !

Mary, la propriétaire du centre, s'approchait en menant un cheval par les rênes.

— Oui ? soufflai-je.

— Je pensais partir en balade. Tu veux venir ?

À peine quelques jours auparavant, je m'étais imaginé ouvrir les barrières, sauter sur le dos de Rookie et partir là où il voudrait bien m'emporter. Mais à présent, tout était différent. Nolan avait un plan, et même si je ne le comprenais pas, je lui faisais pleinement confiance.

— Merci, mais je crois que j'en ai fini pour aujourd'hui, répondis-je.

Pour une fois, je savais exactement où j'étais censée être.

CHAPITRE 14

La chambre de Nolan n'était pas du tout ce à quoi je m'étais attendue. Bon, je n'étais encore jamais entrée dans la chambre d'un garçon, mais celles que j'avais vues à la télé étaient envahies de linge sale et décorées de posters de femmes à moitié nues.

S'il n'y avait pas eu le lit à deux places casé dans un coin, je n'aurais même pas deviné qu'il s'agissait d'une chambre. Un grand bureau occupait tout un mur. Dessus, deux écrans d'ordinateur affichaient divers clips vidéo et un troisième un logiciel d'édition. La caméra que Nolan avait apportée aux écuries était fixée sur un trépied au milieu de la pièce, face à un drap vert qui pendait du plafond. Un simple tabouret avait été posé devant.

J'hésitai sur le pas de la porte. Je savais exactement pour qui était ce tabouret. Je l'entendais presque murmurer mon nom, me mettre au défi de m'ouvrir la poitrine pour exposer mon cœur au monde entier. J'essuyai mes paumes soudainement en sueur sur mon jean. Soudain, je regrettai que Payton ne soit pas là. Lorsque son père avait ouvert la porte pour me dire qu'elle était sortie, j'avais été déçue. Je ne savais toujours pas exactement où nous en étions toutes les deux. Ça me contrariait.

— T'as l'air stressée.

Je fis volte-face pour découvrir Nolan qui se tenait derrière moi sur le pas de la porte. Il me bloquait la sortie. Même s'il ne s'était pas changé depuis que je l'avais vu aux écuries, c'était toujours bizarre de le voir porter autre chose que l'uniforme de l'école. Ses cheveux étaient différents : au lieu de pendouiller librement sur son front, ils étaient brossés avec soin et tirés derrière ses oreilles. Si je ne le connaissais pas mieux que ça, j'aurais cru qu'il avait essayé de bien se coiffer pour moi.

J'avais envie de les ébouriffer avec mes doigts, et cette pensée suffit à me serrer les entrailles.

— J'ai changé d'avis. Je peux pas faire ça.

— Bien sûr que si.

Il m'attrapa par les bras et serra. Comme les fois précédentes, son contact apaisa les vrilles d'anxiété qui se tordaient en moi.

— Je crois en toi, ajouta-t-il.

Ça en faisait au moins un ! Comme il bloquait la seule issue, je n'eus pas d'autre choix que de reculer dans sa chambre.

Il ferma la porte et passa devant moi pour rejoindre son ordinateur. Il se pencha sur le bureau, s'empara de la souris et ouvrit plusieurs fenêtres sur l'un des écrans.

— Tu veux boire quelque chose ? dem. lever les yeux.

— Non merci.

Je doutais qu'une quelconque boisson pu... desserre. le nœud de terreur qui se formait dans mon ventre. Même Nolan en était incapable. Et comme j'avais déjà la nausée, je ne voulais pas risquer de contrarier mon estomac encore un peu plus.

Il continua à cliquer pour ouvrir et fermer des fenêtres. Comme il était occupé, je décidai d'inspecter sa chambre. Ses murs étaient peints en gris argenté, et son lit était couvert d'une couette noire unie. Il n'y avait pas le moindre poster de sport, mais au-dessus de la tête de lit se trouvaient des affiches encadrées de documentaires dont je n'avais jamais entendu parler. Chacune était décorée de bandeaux annonçant des victoires à l'un ou l'autre festival du film.

— Tu aimes les documentaires, ça se voit, dis-je en examinant l'affiche d'un film sur un homme qui avait vécu pendant un an avec des chevaux sauvages.

Hormis les vidéos qu'on nous faisait voir à l'école, je ne me souvenais pas d'avoir visionné un seul documentaire.

— Ouais, répondit-il sans cesser de manier la souris. Tu savais qu'à l'origine du documentaire, on appelait ça en anglais des « life caught unawares » ? Des prises de vie en toute inconscience ? J'adore cette expression. Tellement que je voulais appeler mon propre documentaire *La vie en toute inconscience*. Rien n'est aussi prenant qu'un film bien réalisé et convaincant sur la vie. Si pour moi les docus sont tellement supérieurs aux films, c'est justement parce qu'ils sont *vrais*. C'est ça qui les rend si géniaux. Les films essaient de se rapprocher de la réalité, et s'en approchent parfois de très près, mais on ne peut pas fabriquer du *réel*.

Je n'y avais jamais pensé comme ça. Je posai mon sac à dos sur son lit, prenant garde à conserver une distance appréciable entre le tabouret et moi. À l'idée de me mettre à nu devant tout le lycée, l'angoisse bourdonnait dans ma tête avec l'intensité d'un bocal rempli de frelons furieux. *Du calme, Regan*, me dis-je. *C'est le plan que tu cherchais. Celui qui va enfin réparer les dégâts que tu as causés. Et franchement, ce n'est pas très différent des excuses publiques organisées pour des célébrités et des politiciens qui ont dérapé. Si ?*

Je déglutis avec peine. Je ne doutais pas du plan, ni même de Nolan, mais à chaque seconde qui était passée depuis qu'il m'avait quittée aux écuries, j'avais un peu plus perdu foi en *moi-même*. Pourrais-je tenir assez longtemps pour tourner la vidéo, ou allais-je repartir en laissant à Nolan la chose la plus incriminante qui soit : moi en train de piquer une violente crise de nerfs devant la caméra ? Rien qu'à cette pensée, j'avais eu envie d'un cachet plus de fois que j'aurais voulu l'admettre.

Mais en définitive, malgré mes peurs, je *devais* le faire. J'en avais assez de fuir mes problèmes – de fuir ma vie. Après tout ce temps passé seule dans des toilettes couvertes de graffitis, je m'étais rendu compte que certaines cicatrices ne disparaissaient pas avec le temps. Il ne s'agissait plus de me cacher ou de regagner ma popularité. Il s'agissait de réparer les dégâts que j'avais causés. Même si je devais garder les poings serrés pour m'empêcher d'atteindre mes petites pilules, j'allais faire cette vidéo.

Peut-être était-ce là que la vraie moi se cachait depuis tout ce temps : enfouie au fond d'un flacon de Xanax.

Nolan jeta un coup d'œil par-dessus son épaule. Il me vit approcher et sourit.

Quelque chose se mit à vibrer en moi, mais je fis de mon mieux pour l'ignorer.

— Comment se passe ton documentaire ? demandai-je.

— Bof...

Son sourire disparut et il se retourna vers ses écrans.

— J'ai cru avoir une super idée pour un documentaire sur la vie dans un lycée américain, mais...

Il haussa les épaules.

— Ça n'a pas marché.
— Pourquoi ?

Il se passa la langue sur les lèvres.

— Parfois, les choses deviennent *trop* réelles.
— C'est pour ça que tu me filmais dans les couloirs ?
— Ouais... J'essayais de capturer des plans bruts de la vie lycéenne, mais ça ne s'est pas passé comme prévu, répondit-il en se frottant la nuque. Mon amie Blake m'aidait. Je ne sais pas si tu es au courant, mais elle se fait beaucoup harceler.

Je le savais, et même de près puisque Amber en était en grande partie responsable. Elle passait son temps à embêter Blake et l'ex de Nolan, Jordan, en les traitant de gouines. Maintenant que je connaissais le secret d'Amber, je comprenais mieux : elle les harcelait pour tenter de brouiller les pistes.

— Bref, poursuivit-il. Blake et moi avons eu l'idée ensemble. Le sujet du film était la popularité au lycée.

J'essayais de capturer les deux côtés de la hiérarchie mais, comme je te l'ai dit, ça n'a pas marché. Je suis beaucoup plus excité par notre nouveau projet.

— *Notre* projet ?

— Ouais. Enfin, si tu es d'accord pour que je filme ça. Ça ferait un super documentaire. On pourrait appeler ça *Projet graffitis*. Enfin, ça ou ce que tu veux. C'est pour ça qu'on fait ça, ajouta-t-il en désignant son écran.

— Mais je ne vois toujours pas le rapport entre les graffitis et mes excuses.

Il sourit.

— Tu verras. Tu vas adorer.

Il retourna à son ordinateur et ouvrit un autre logiciel affichant divers graphiques et cadrans.

Très vite, mes yeux devinrent vitreux et je dus détourner le regard. C'est alors que je remarquai les cadres photo posés de chaque côté des écrans. Sur l'un d'eux, Nolan semblait avoir à peine treize ans. Ses cheveux lui retombaient sur les oreilles. Il était grand et dégingandé, tout en angles et en articulations. Il se tenait au milieu d'une rangée de garçons, et chacun avait le pied posé sur un skateboard. Sur une autre photo, il faisait à Payton une prise de catch. Son poing était appuyé contre le front de la petite fille visiblement ravie.

— Où est Payton ce soir ? demandai-je.

— Partie faire du shopping avec maman. Je crois qu'elles vont choisir sa robe pour le bal, répondit-il en levant les yeux au ciel. Comme si elle n'avait pas déjà un placard rempli de robes !

Le bal. J'avais complètement oublié que c'était dans quelques semaines à peine. Comme si j'avais la moindre chance d'y aller, à présent. Je posai les yeux sur le dernier cadre, une photo de Nolan et de son ex, Jordan. Ils étaient habillés tout en noir, et ses cheveux à elle étaient colorés en une jolie teinte de bleu. Nolan entourait ses épaules de ses bras et avait les lèvres pressées sur sa joue. Elle avait la bouche ouverte, figée pour toujours dans un éclat de rire.

Je ne me souvenais pas d'une seule fois où je l'avais vue rire, ou même sourire, au lycée. J'avais toujours supposé que c'était juste une émo qui irait la tronche. Mais maintenant que j'avais moi-même souffert des attaques d'Amber, je la comprenais beaucoup mieux.

Je relevai la tête et vis Nolan me regarder d'un drôle d'air.

— Qu'est-ce qui s'est passé entre vous deux ? demandai-je en désignant Jordan. Tu as l'air tellement heureux sur cette photo.

— C'est ça qui est marrant avec les photos, répliqua-t-il en posant le cadre face vers le bas sur son bureau. Elles ne montrent que ce qui se trouve à la surface.

Je comprenais. Chez moi, les murs étaient couverts de dizaines de photos de mes parents et de moi, souriants, comme une parfaite petite famille américaine. Mais dans la vraie vie, je ne me souvenais même pas de la dernière fois où nous nous étions souri sans qu'il y ait un appareil photo braqué sur nous.

Nolan reporta son attention sur son ordinateur. Il avait la mâchoire serrée, comme s'il se retenait de grincer des dents.

— C'était elle qui n'était pas heureuse, reprit-il. J'ai fait tout ce que je pouvais pour l'aider. Pour l'empêcher de tomber en miettes. Mais j'aurais aussi bien pu essayer de faire entrer tout l'océan dans une bouteille.

Avant que je puisse demander ce qu'il voulait dire par là, il désigna l'écran.

— Avec le fond vert, tu peux choisir parmi un tas de décors différents.

Il cliqua, marquant clairement sa volonté de changer de sujet.

Une série d'images apparut sur l'écran du milieu. La première ressemblait à l'intérieur du bureau de mon grand-père : une grande bibliothèque en acajou pleine de livres reliés cuir trônait à côté d'une cheminée en briques rouges. La deuxième ressemblait à un couloir de lycée : deux rangées de casiers argentés étaient alignées de chaque côté d'un sol au carrelage brillant. Une troisième montrait les gradins d'un stade de foot.

— Je pencherais pour celle-là, dit Nolan en désignant les casiers, mais si tu as autre chose en tête…

— Une guillotine, peut-être ? Ou un peloton d'exécution ? Parce que j'ai comme l'impression d'être dans le couloir de la mort…

Il rit et secoua la tête.

— On va partir sur les casiers…

Il cliqua, et l'image s'afficha en plein écran. Il cliqua de nouveau, et le tabouret derrière moi apparut devant comme par miracle.

— C'est génial ! m'écriai-je.

— La magie du cinéma.

Il me fit un clin d'œil et quitta son fauteuil de bureau pour rejoindre la caméra posée sur le trépied. Il ajusta l'angle jusqu'à ce que le tabouret se trouve juste entre les deux rangées de casiers. Lorsqu'il eut terminé, il tapota le siège.

— En scène !

Mon estomac se souleva. Je me mordis la lèvre et croisai les bras. Tout compte fait, ce n'était peut-être pas une bonne idée. Et si je ne faisais que m'exposer à encore plus d'humiliation et de ridicule ?

Le regard de Nolan s'adoucit.

— Ça va aller, Flay ? Je sais que je t'ai un peu précipitée là-dedans. T'es pas obligée de le faire si t'as pas envie.

Bien sûr que je le *voulais*, mais « vouloir » et « faire » étaient deux planètes différentes qui se trouvaient dans deux systèmes solaires différents, avec un abîme de vide entre les deux. De nouveau, je me mordis la lèvre. Qu'est-ce que papa disait toujours ? Un voyage de mille kilomètres doit commencer par un simple pas ? J'étais prête à faire ce pas. Même si Amber me laissait tranquille et que Payton et moi nous réconciliions, même si tout le lycée oubliait peu à peu ce que j'avais fait, moi, je n'oublierais jamais. Je déglutis avec peine et m'assis.

— Je dois le faire.

Nolan pressa un interrupteur et sa chambre fut plongée dans le noir, en dehors de la faible lumière des écrans d'ordinateur. Du pied, il alluma un bloc prise. Aussitôt, je fus presque aveuglée par deux puissants projecteurs installés de chaque côté de la caméra. Je plissai les yeux pendant quelques secondes, jusqu'à ce que ma vision soit débarrassée des petits points lumineux qui l'avaient envahie.

— Désolé.

Nolan descendit les projecteurs pour qu'ils ne soient plus braqués sur mon visage.

— Tu es plus petite que moi.

Intimidée, je ne savais pas quoi faire de mes mains. Je les posai sur mes genoux.

— Tu t'es filmé ?

Même si je ne voyais pas son visage dans le noir, je distinguais la silhouette sombre de son corps derrière la caméra. Il haussa une épaule et retourna à ses ajustements.

— Pour l'ancien documentaire. Celui que j'ai abandonné.

— Parce que ça ne marchait pas ?

— Exactement.

Une fois encore, je voulus lui demander pourquoi ça n'avait pas marché, surtout maintenant que je savais qu'il y était question de popularité, mais je n'en eus pas le temps. Il pressa un bouton sur la caméra, et une lumière rouge se mit à clignoter au-dessus de l'objectif. Je pris une grande inspiration.

Nolan eut un petit rire.

— Du calme, Flay. Fais comme si la caméra n'était pas là.

Plus facile à dire qu'à faire. La lumière rouge me faisait l'effet d'un laser qui me brûlait la peau. Je remuai sur mon tabouret.

— Qu'est-ce que je fais, maintenant ?

Il prit un autre tabouret dans un coin et se percha sur le bord, un pied sur le repose-pieds, les genoux écartés.

— Fais comme si tu me parlais à moi.

Ça ne m'aidait pas vraiment, mais je n'allais pas lui dire ça. Une énergie nerveuse me traversait tout le corps.

Je cachai mes mains dans mes manches et tordis le tissu autour.

— Je ne sais pas par où commencer.

Nolan se pencha en avant devant le projecteur, juste assez pour illuminer un côté de son visage.

— Et si je te posais des questions et que tu y répondais ? Tu n'auras qu'à répéter la question dans ta réponse, comme ça je n'aurai plus qu'à me débrouiller pour couper au montage. D'accord ?

Je hochai la tête. Mon cœur battait à tout rompre.

— D'accord.

Il plaqua ses mains l'une contre l'autre.

— Bon ! Parle-moi du jour où tu es arrivée au lycée pour trouver tes messages privés collés sur les casiers.

Je ricanai, non pas parce que je trouvais le sujet amusant mais parce que si je ne riais pas, je craignais de fondre en larmes – chose que je ne voulais définitivement pas faire devant une caméra. Ma gorge se serra, et je posai machinalement la main sur ma boîte à pilules au fond de ma poche. J'aimais savoir qu'elles étaient là, même si je faisais tous les efforts du monde pour ne pas en prendre. De toute façon, ça rendrait sûrement la vidéo de Nolan bien plus intéressante si je tombais raide morte. L'idée me fit glousser.

— Tu es nerveuse, dit Nolan.

— Ça se voit tant que ça ?

Je tapotai des doigts sur la boîte. Si j'avalais un cachet maintenant, je pourrais peut-être arrêter la crise de panique avant même qu'elle commence.

— Qu'est-ce qu'il y a dans ta poche ? demanda-t-il.

Je me figeai, la gorge serrée. Un instant, je pensai mentir. J'aurais pu lui dire que ce n'était qu'un tube de gloss. Quand j'avais répété mes excuses un peu plus tôt devant le miroir, pas une fois je n'avais envisagé de mentionner mon trouble de l'anxiété ou mes pilules. Pourtant, je me surpris à sortir la petite boîte argentée de ma poche et à l'ouvrir devant la caméra.

— C'est mon Xanax.

Le tremblement de mes mains faisait s'entrechoquer les petites pilules roses.

— Ça m'aide à m'éloigner du bord quand je commence à tomber.

— Comment ça ?

Je refermai la boîte avec un claquement sec et la remis dans ma poche.

— Je souffre de troubles de l'anxiété.

Après avoir passé ces dernières années à dissimuler mon secret auprès de tout le monde, le dévoiler devant Nolan et sa caméra me donna l'impression de reprendre mon souffle que j'avais retenu pendant une éternité. Je ne m'étais pas rendu compte à quel point ç'avait été épuisant de garder ça pour moi.

— Quand j'étais en troisième, je suis restée debout très tard un soir pour réviser, et j'ai commencé à avoir très mal dans la poitrine. Mes bras me picotaient et je n'arrivais plus à respirer. J'ai failli tomber dans les pommes. J'ai cru que je faisais une crise cardiaque, et mon père m'a emmenée aux urgences. En fait, c'était une crise de panique.

Je parlais de plus en plus vite. J'avais peur de me dégonfler et de ravaler les mots qui me coulaient de la bouche. À cet instant, je me foutais que Nolan pense que j'étais tarée si j'avais besoin de médocs pour fonctionner normalement. Ce que je faisais — me purger de tous ces secrets et de tous mes regrets — me semblait être la bonne chose à faire. De toute ma vie, c'était la première fois que je ressentais une telle évidence.

— Le lycée était un peu plus dur que ce à quoi je m'attendais. Tout le monde croit que ma vie est parfaite. Ce qu'ils ne savent pas, c'est que je tiens à peine le coup. En fait non, je ne tiens pas le coup. Pas *du tout*. C'est ça, le problème. Et puis il y a ma mère, qui est députée.

J'essayais de distinguer mes chaussures dans la pénombre pour ne pas avoir à regarder la caméra.

— Elle a planifié ma vie entière, placé en moi des attentes que je suis incapable de satisfaire.

Même si je ne voyais pas Nolan, j'entendais son souffle régulier dans le silence qui avait suivi mes mots. Enfin, il demanda :

— Quel genre d'attentes ?

— La perfection, soufflai-je.

Une petite voix dans ma tête, l'ancienne Regan, me hurlait de la fermer, que j'en avais trop dit. *Tu montres des faiblesses*, sifflait-elle. Peut-être. Mais je m'étais déjà trop ouverte pour reculer, j'avais dévoilé toutes mes cicatrices. Et puis, qui décidait de la limite entre force et vulnérabilité ? Parce qu'à cet instant, je ne voyais pas la différence. J'étais venue ici ce soir pour m'excuser auprès des innombrables personnes que j'avais blessées, mais il m'avait fallu attendre jusqu'à cet instant pour me rendre compte que la personne à qui j'avais fait le plus de mal, c'était moi-même.

Je tripotai de nouveau la boîte de pilules et haussai les épaules.

— Je devais être parfaite. Irréprochable. Tout le temps. Pas seulement à la maison, mais aussi à l'école, à l'église… Même pour aller faire mes *courses*, parce que tout le monde me regardait *tout le temps*. C'était comme si le monde entier était là, à attendre que je me plante. Et j'ai retenu mon souffle pendant des années, parce que je savais que ce n'était qu'une question de temps avant que je dérape et que tout parte en vrille.

Je fixais l'objectif de la caméra. L'obscurité semblait s'étendre comme une bouche noire qui s'ouvrait pour m'engloutir tout entière. Je sentais mes forces s'épuiser. Je m'agrippai au siège de mon tabouret. J'essayai de m'y ancrer alors que tout ce que je voulais, c'était me laisser tomber par terre. *Encore trente secondes*, me dis-je. *Trente secondes, et tu pourras prendre un cachet.*

Je n'allais pas mourir dans les trente prochaines secondes, même si le silence de la pièce me donnait la chair de poule et que le son de la respiration de Nolan me mettait mal à l'aise. J'ouvris la bouche et parlai, juste pour remplir le vide.

— Il y a des jours où j'ai l'impression que la seule chose qui me maintient en un seul morceau, ce sont ces pilules.

Je secouai la boîte et ris un peu.

— C'est tellement pathétique. Mais encore plus pathétique, il y a les choses horribles que j'ai dites sur les gens – les choses horribles que j'ai faites. Je n'essaie pas de me trouver des excuses, parce qu'il n'y en a pas. Je voulais seulement dire que je suis désolée pour tout. Vraiment tout. Le lycée est déjà assez dur sans que d'autres élèves en rajoutent, et je suis vraiment désolée d'avoir été une de ces autres.

L'épuisement s'abattait sur moi, et mes épaules s'affaissaient sous son poids. *J'y suis presque.*

— Je ne m'attends pas à ce qu'on me pardonne. Je voulais juste que tout le monde sache. Je ne veux plus être la personne que j'ai été. Je veux être moi-même, même si je ne sais pas encore vraiment qui je suis. Je vais bien finir par trouver, conclus-je en haussant les épaules.

Je m'arrêtai et cherchai du regard la silhouette noire de Nolan derrière la caméra.

— Je ne sais pas quoi dire de plus.

La lumière rouge de la caméra disparut. Une seconde plus tard, les deux projecteurs s'éteignirent également. Je mis quelques secondes à m'habituer à la pénombre. Lorsque j'y parvins, Nolan se tenait devant moi.

Je faillis tomber de mon tabouret.

— Putain !

Il ne s'excusa pas de m'avoir effrayée. En fait, il ne dit rien. Il se contenta de me regarder d'un air étrange.

— Oh, non ! J'ai été si nulle que ça ? demandai-je en me ratatinant sur mon siège.

— Non.

Avant que je puisse comprendre ce qui se passait, il glissa ses mains sur mes joues. Les bouts de ses doigts passèrent sur mes oreilles et se perdirent dans mes cheveux.

— J'avais pas idée que tu subissais tout ça. Je suis un enfoiré.

Je ne comprenais pas vraiment ce qui se passait. J'étais incapable de penser, incapable de respirer.

Ses yeux brillaient presque dans la faible lumière de ses écrans d'ordinateur. Une mèche rebelle était retombée sur son front, me rappelant à quel point tout chez lui était sauvage. Il était si près de moi que je sentais son souffle chatouiller mes lèvres. Chaque inspiration que je prenais me donnait l'impression de respirer une partie de lui. Je fermai les yeux et me sentis devenir toute molle. Son parfum envahissait mes sens.

— Regan, je n'ai pas la moindre idée de ce que je dois faire maintenant.

Sa voix était plus basse que d'habitude, presque rauque.

— Je sais seulement ce que j'ai envie de faire.

Je ne comprenais pas.

— Comment ça ?
— Je vais t'embrasser.
— Quoi ?

J'ouvris de grands yeux et faillis m'étouffer. Mon cœur semblait être remonté dans ma gorge.

— Pourquoi ?

Je me raidis à la seconde où la question m'échappa. Demander à un mec pourquoi il voulait vous embrasser, ce n'était pas vraiment l'encourager dans cette voie. Et ce n'était pas comme si je ne voulais pas qu'il m'embrasse... Si ? C'était évident que j'avais développé des sentiments pour lui ces derniers jours. Je ne pouvais ignorer la façon dont mon cœur s'était emballé quand il était arrivé aux écuries ce matin, ni la douce chaleur qui envahissait mes veines dès qu'il s'approchait de moi, ni...

— C'est dingue, hein ? fit Nolan en riant doucement.

Pour des raisons que je ne comprenais pas, son rire était triste.

— Je vais t'embrasser parce que tu es incroyable, tu es belle, et parce que j'en ai envie.

Il se pencha plus près de moi, et j'en eus tellement le tournis que je serais tombée de mon perchoir si ses mains n'avaient pas été là. Il était à moins de cinq centimètres quand il s'arrêta et me regarda, les paupières lourdes.

— Est-ce que tu as envie que je t'embrasse ?

La chaleur de ses mains me pénétrait la peau. C'était *Nolan*, le mec qui m'avait insultée dans les couloirs pendant des années. Mais c'était aussi le mec qui m'avait laissée me raccrocher à lui dans les toilettes au moment où je risquais de m'effondrer. Le mec qui avait posé sa veste sur mes épaules parce que je n'arrêtais pas de trembler. Nolan qui, étrangement, était resté avec moi alors que tout le monde me tournait le dos. Mais je n'avais jamais embrassé un garçon. Et si je m'y prenais mal ? Et si ça changeait les choses entre nous ?

— Regan ?

Sa façon essoufflée de prononcer mon nom me fit presque suffoquer.

— Oui ?

— En ce moment, tout est contre nous. Alors est-ce qu'on pourrait appuyer sur pause ? Oublier un instant toutes les conneries du monde extérieur ? Arrêter de réfléchir ?

Ses doigts s'emmêlèrent un peu plus dans mes cheveux.

— Rien que pour ce soir, si on faisait comme si on n'avait pas de passé ? Comme si le seul moment qui ait existé entre nous était celui-ci ? D'accord ? Et maintenant, donne-moi la première réponse qui te vient à l'esprit et j'en serai satisfait. Est-ce que tu as envie de m'embrasser ?

Un seul mot me vint à l'esprit – celui qui était là depuis le début.

— Oui.

CHAPITRE 15

Comme tout chez Nolan était mince et musclé, la douceur de sa bouche me prit au dépourvu. Ses lèvres effleurèrent doucement les miennes, puis il m'embrassa. Aussitôt, j'eus l'impression que nous étions deux pièces d'un puzzle qui s'imbriquaient parfaitement. Je me penchai sur lui, et il se rapprocha. Nos jambes s'entremêlèrent. Sa bouche explorait la mienne, mordillant tendrement ma lèvre inférieure.

Il enroula ses doigts dans mes cheveux et les tira doucement. Je lâchai un halètement, et à la seconde où j'ouvris les lèvres, Nolan m'embrassa plus profondément. Une vague tiède de ce qui ne pouvait être que du désir s'abattit sur moi. Une étrange chaleur se répandit dans tout mon corps, me brûlant les bouts des doigts et des orteils. Je m'agrippai aux épaules de Nolan pour éviter de me répandre sur le sol.

Il m'embrassa de plus en plus langoureusement, de plus en plus passionnément, jusqu'à ce que je vienne à sa rencontre pour m'imprégner à mon tour de sa saveur. Avec ses mains dans mes cheveux et ses lèvres sur les miennes, le monde extérieur s'éloigna jusqu'à ce que plus rien n'existe à part lui, moi et notre baiser. Je glissai une main dans son cou, puis la laissai descendre sur son torse ferme, juste pour m'assurer que nous étions toujours deux personnes bien distinctes. Parce que avec mes yeux fermés et ce feu qui brûlait dans mes veines, j'avais l'impression que nous nous étions fondus l'un en l'autre.

Il gémit sous la caresse et fit glisser ses mains sur mes cuisses, jusqu'à l'ourlet de ma jupe. Au premier contact peau contre peau, les dernières traces d'anxiété qui restaient en moi s'évaporèrent.

Brusquement, je reculai. J'avais les joues en feu, mais je ne savais pas pourquoi. Était-ce l'effet du baiser de Nolan ? De la panique que je ressentais à l'idée qu'il m'ait prise pour quelqu'un d'autre ? De la peur d'avoir fait quelque chose de mal ? Un mélange d'émotions indistinctes se mouvait en moi. J'étais muette, clouée au tabouret.

Nolan pressa son front contre le mien.

— C'était... Waouh ! Ça va, toi ?

— Je crois, parvins-je à articuler.

Mais j'avais du mal à rester calme alors qu'il me touchait. Qu'il me donnait envie de l'embrasser encore, malgré toutes mes erreurs et ma peur de mal faire.

Il posa la main sur ma joue et fronça les sourcils.

— Cette semaine a été un enfer pour toi, non ?

— Plutôt, oui, répondis-je en tentant un sourire. Mais il y a eu des bons moments.
— Ah oui ?
Il sourit, et mon souffle se bloqua dans ma gorge. J'étais sûre qu'il allait encore m'embrasser, et tout mon corps en vibrait d'avance.
Mais aussi vite qu'il était apparu, son sourire s'en alla. Il se pencha pour poser sa joue contre la mienne. Ce simple geste, la caresse de ses cheveux et sa peau douce, brisèrent quelque chose au fond de moi. Ses lèvres étaient si proches de mon oreille que je les sentis frôler mon lobe quand il reprit la parole :
— J'ai été horrible avec toi, Regan. Les choses que j'ai faites...
— Ça peut pas être pire que ce que je t'ai fait à toi, l'interrompis-je.
— J'en serais pas si sûre à ta place... soupira-t-il.
— Je croyais qu'on devait oublier le passé ce soir.
— Ouais, mais il y a des choses qu'il faut que tu saches.
— Non.
Je ne voulais pas faire planer d'autres vilains mots dans l'espace qui nous séparait. Cet instant était trop fragile, comme des fils de sucre si délicats que le moindre frôlement pouvait tout gâcher. Et à la façon dont il me regardait – comme s'il pouvait voir à travers tous les faux-semblants et trouver en moi celle qui comptait vraiment, cette personne vulnérable que j'avais si bien dissimulée pendant tant de temps –, je voulais faire durer ce moment aussi longtemps que possible.
— Je ne veux rien savoir. En tout cas, pas ce soir.

Il ouvrit la bouche, mais ce qu'il voulait dire resta coincé au fond de sa gorge. Après quelques instants, il déclara enfin :

— Reste avec moi, Regan. S'il te plaît.

Il semblait... vulnérable. Effrayé, même. Tout le contraire de ce que je pensais de lui. Mais c'était exactement ce que je ressentais moi-même quand il n'était pas là. Sans même me rendre compte de ce que je faisais, je hochai la tête.

Ses doigts glissèrent sur mes bras, puis sur mes mains. Puis, un à un, ses doigts se détachèrent des miens et il s'éloigna pour aller s'asseoir au bord du lit. L'idée d'être seule sur un lit avec un garçon avait quelque chose de dangereux. Pourtant, malgré mes jambes flageolantes, je parvins à me lever et à traverser la pièce pour m'arrêter devant lui. Mon pouls battait plus fort à chaque pas, jusqu'à n'être plus qu'un grondement assourdissant dans ma tête. Il leva les yeux vers moi et sourit, et ce sourire était différent de tous les autres sourires que j'avais vus sur ses lèvres jusqu'à présent.

Comment avais-je pu ignorer à quel point il était beau ? L'idée qu'un garçon comme Nolan puisse avoir un sourire secret rien que pour moi me fit un drôle d'effet dans la région du cœur. Je tendis la main car, à cet instant, j'avais désespérément besoin de réduire la distance qui nous séparait. Il m'attira à côté de lui sur le lit et plaça des coussins contre la tête de lit. Puis il balança ses jambes sur le matelas, se laissa aller en arrière et m'attira contre lui, la tête posée au creux de son cou.

J'avais l'impression de me noyer dans une mer de Nolan : son odeur, sa peau, son cœur. Je me laissai emporter par l'exaltation de la situation, le cerveau parcouru d'un étrange courant électrique. Je posai ma main sur son torse, et il frémit.

— Tu n'es pas celle que je croyais, murmura-t-il.

Une bouffée de plaisir m'envahit, mais elle disparut très vite quand il ajouta, avec une évidente note de regret :

— Je t'aime vraiment beaucoup.

Je fronçai les sourcils.

— Je suis désolée que ce soit un problème pour toi...

Nolan me caressa la joue.

— Ce n'est pas ce que je veux dire. C'est juste que...

Il poussa un soupir et reprit :

— Il y a des choses que tu ne sais pas sur moi... Des choses qui ne te plairaient pas. Avant...

Sa voix mourut dans sa gorge, mais je n'avais pas besoin qu'il poursuive pour savoir ce qu'il voulait dire. *Avant* que mes messages soient affichés sur les casiers, *avant* qu'on nous demande d'écrire en équipe ce livre pour enfants, *avant* qu'il me prenne dans ses bras dans les toilettes, nous avions tous deux pensé et dit des choses terribles l'un sur l'autre.

— Ne dis rien, dis-je en entrelaçant nos doigts. Je t'ai déjà dit qu'on n'avait pas besoin de parler de ça ce soir. Avant, tout était différent.

— Je sais. Je suis désolé d'avoir remis ça sur le tapis. C'est juste que...

Il secoua la tête, et le haut de sa mâchoire frôla les petits cheveux du sommet de ma tête.

— J'ai été stupide.

— On a *tous les deux* été stupides.

Il déglutit.

— Tu ne comprends pas. Et si j'étais arrivé trop tard ? Avec Jordan, je suis arrivé trop tard.

Je suivis du doigt le logo délavé de son T-shirt.

— Je croyais qu'elle avait déménagé. Comment ça pourrait être ta faute ?

Il ne répondit pas tout de suite. Plus les secondes passaient, plus j'étais sûre qu'il n'allait pas répondre du tout. Puis il soupira, et je sentis sa poitrine se dégonfler sous ma tête.

— Elle a vraiment déménagé, mais il n'y a pas que ça. Je l'ai laissée tomber. Je n'étais pas là quand elle... *Et merde.*

Il cala sa tête sur la tête de lit et regarda le plafond.

— Nolan...

— Les choses changent, dit-il. Il n'y a aucun moyen de savoir ce que l'avenir nous réserve. Je vais te dire ce qui s'est passé entre Jordan et moi. Je te le promets. Mais pour ce soir, est-ce qu'on peut faire comme si je n'avais rien dit ? Je veux profiter de ce moment aussi longtemps que possible.

Ma protestation mourut sur ma langue. Que répondre à ça ?

— D'accord. On n'en parlera pas ce soir.

Quels que soient ses secrets, ils seraient toujours là demain.

Peu à peu, son corps se détendit sous moi.

— Pas ce soir, répéta-t-il.

Il souleva une mèche de mes cheveux et l'enroula autour de son doigt. La lumière de la lune qui se répandait par la fenêtre projetait une faible lueur sur nos deux corps. L'atmosphère de sa chambre était lourde et silencieuse, et c'était presque comme si Nolan et moi étions seuls au monde.

Presque.

Mais ses mots continuaient à tourner dans ma tête. *Et si j'étais arrivé trop tard ?* La question repassait en boucle dans mon esprit jusqu'à me donner la migraine.

Trop tard pour quoi ?

CHAPITRE 16

Le dimanche arriva, puis passa, sans même un SMS de Nolan. Ça me contrariait, même si j'étais furieuse de me laisser atteindre par si peu. Ce n'était pas comme si j'étais sa copine... On n'était même jamais sortis ensemble. J'avais juste présumé que Nolan était le genre de mec à rappeler une fille qui lui avait révélé ses plus sombres secrets avant de passer plusieurs heures calée au creux de son bras — même après qu'il s'était endormi. Apparemment, je m'étais trompée.

Le pire, c'était que j'avais *aimé* le regarder dormir. Observer sa poitrine se soulever et retomber tout en écoutant les battements sourds de son cœur tout contre mon oreille. Je savais à présent que ses cils tremblaient quand il rêvait et qu'il pinçait les coins des lèvres d'un air renfrogné. Il murmurait, aussi. Des mots faibles et inintelligibles. Une partie de moi avait eu envie de le taquiner avec ça, mais une autre partie, qui avait pris le dessus, avait eu honte de lui avoir volé des moments qui ne m'étaient pas destinés.

Apparemment, j'avais raison.

Après m'être douchée pour m'assurer que je m'étais débarrassée de toute trace d'orange et d'aiguilles de pin, je vérifiai Facebook et fis défiler les statuts pour voir si personne n'avait rien posté sur moi dans le groupe. Il y avait quelques nouveaux « j'aime » (apparemment, je n'avais plus vraiment besoin de me suicider à présent – comme c'était rafraîchissant), mais pas de nouveaux commentaires. Les mises à jour de statuts étaient assez calmes également. Bien sûr, il y avait les statuts habituels au sujet des soirées et une poignée de selfies, et même quelques posts de Taylor annonçant qu'elle et Amber allaient au lac avec Jeremy et ses potes. Je levai les yeux au ciel en voyant une photo qui donnait l'impression qu'Amber *adorait* traîner avec Taylor.

Pauvre Taylor. Elle n'allait pas comprendre quand Amber décréterait qu'elle en avait marre d'elle. Je likai les photos pour qu'Amber comprenne bien que je la surveillais. Pas de mal à ça. Surtout sachant qu'avant de partir de chez Nolan, j'avais laissé la petite caméra sur son bureau avec un mot pour qu'il m'envoie la vidéo.

Pour finir, j'allai voir le profil de Nolan. Il avait posté un nouveau lien vers un documentaire traitant d'une émeute dans une ville du Sud, qui s'était produite avant notre naissance. C'était tout. Je tapotai le bord de mon téléphone en me demandant si je devais liker son post. D'un côté, j'aimais le fait qu'il poste des choses sérieuses. D'un autre côté, il m'ignorait. Après ce qui s'était passé samedi, aimer son post serait mesquin... Mais allez, quoi ! Il avait eu le temps de regarder des vidéos et de poster des liens, mais pas de m'appeler ?

Je cliquai sur « j'aime ».

Le lundi, j'étais dans le parking de l'école en train de fermer ma portière quand une ombre se posa sur mon épaule. Je me figeai, le pouce sur la chaîne de ma clé.

— Hé ! dit Nolan.

Mes muscles se contractèrent, et je dus m'efforcer de garder une attitude naturelle. La dernière chose dont j'avais envie, c'était que Nolan comprenne à quel point il m'avait blessée. Je me retournai pour lui faire face, une fois encore heureuse de porter mes lunettes noires. Pas moyen que je le laisse voir la douleur dans mon regard.

— Salut, fis-je d'une voix neutre.

— Alors... commença-t-il en se dandinant d'un air gêné.

Je n'avais pas l'habitude de voir Nolan mal à l'aise et, même si je détestais l'admettre, ça le rendait absolument adorable.

— Tu, euh... Tu es partie sans dire au revoir l'autre soir.

J'ouvris de grands yeux. Je n'aurais jamais cru l'avoir blessé en partant comme je l'avais fait.

— J'ai un couvre-feu à vingt-trois heures. Tu t'étais endormi, je ne voulais pas te réveiller.

— Tu aurais dû, répliqua-t-il. Je t'aurais ramenée chez toi.

Je haussai un sourcil.

— J'étais venue en voiture.

— Et alors ? rétorqua-t-il en croisant les bras. J'aurais pu te suivre jusqu'à chez toi en voiture, ou au moins te raccompagner jusqu'à la tienne, je ne sais pas... Mais tu es partie comme une voleuse.

Un air peiné passa dans son regard, et il serra la mâchoire.

Aïe. La déception dans sa voix était presque pire que de voir vingt pages de mes messages affichées dans tous les couloirs.

— Mais... euh... Tu voulais vraiment me raccompagner chez moi ?

Je me détestais pour la note d'espoir que je percevais dans ma voix.

Il soupira et me prit les mains.

— Écoute. Samedi, c'était... quelque chose. Je ne veux pas que ça devienne bizarre entre nous et je n'aime pas les petits jeux, alors je vais juste te le dire. Je t'aime bien.

Je me sentis rougir.

— Moi aussi, je t'aime bien.

Il sourit.

— Super.

Nous restâmes là un moment, sans mot dire. Nolan me tenait toujours les mains. Je le regardai entrelacer nos doigts et serrer ses paumes contre les miennes. Malgré ce que nous venions d'admettre, une gêne s'était installée entre nous. Je ne savais pas si c'était à cause des secrets que je lui avais révélés, à cause de ceux qu'il me cachait encore, ou bien à cause du fait que nous nous étions snobés mutuellement sans raison apparente. Quelle que soit la raison, ça me faisait l'effet de quelque chose d'épais et lourd coincé entre nous.

— C'est bizarre, non ? demanda-t-il.

Je m'esclaffai.

— Ouais, un peu.

— Ne t'en fais pas, fit-il en relâchant mes mains, l'air sérieux. Je peux arranger ça.

Je lui jetai un regard sceptique.

— Comment ?

— On va jouer à un jeu, répondit-il en m'entraînant vers l'entrée du lycée. On va faire comme si on vivait dans un monde où on n'est pas obligés d'aller dans un établissement rempli de connards qui nous jugent. On va faire comme si on pouvait faire tout ce qu'on voulait sans aucune répercussion sociale, et chaque fois qu'on y arrive, on marque un point. Ça te va ?

Je levai les yeux vers lui.

— Euh…

— Génial. Je suis content que tu sois d'accord. Je commence.

Il prit une grande inspiration.

— En ce moment, à cette seconde, je ne veux qu'une chose. Être avec toi.

Il avait parlé si vite que j'avais à peine pu suivre ce qu'il venait de dire, sans parler de le comprendre.

— Être avec moi ? répétai-je bêtement.

Nous gravîmes les marches du lycée.

— Je comprends ta confusion, répondit-il. En gros, voilà ce que j'essayais de dire : si tu vas quelque part, j'aimerais occuper le même espace, de préférence à proximité. Enfin, tant que ça te va. Je me suis dit qu'on pouvait commencer par les couloirs du lycée et voir pour la suite.

Je ne pus m'empêcher de sourire.

— Ça me va très bien. Mais je crois que je vais devoir ajouter une clause restrictive.

— Oh ? fit-il haussant un sourcil.

Je m'arrêtai devant les portes vitrées.

— J'aimerais poser une limite à la porte des toilettes. Occuper la même cabine, tout ça... C'était mignon la première fois, mais je pense qu'on risque de vite s'en lasser.

Il éclata de rire et m'ouvrit la porte avant de me suivre à l'intérieur.

— C'est noté : les toilettes sont hors limites.

Cette fois, Amber et Taylor n'étaient nulle part. Christy avait dû remplir sa part du contrat, et j'étais sûre qu'avoir liké la photo d'Amber sur Facebook avait renforcé la menace. Nolan posa son bras sur mes épaules, et nous partîmes vers nos casiers. Le nœud qui me serrait l'estomac commença à se défaire pour la première fois depuis des jours. Peut-être même des semaines.

— Alors, si on compte les points, pour le moment tu perds un à zéro, déclara Nolan. Et ça ne va pas tarder à empirer, parce qu'il y a une autre chose dont j'ai envie...

Nerveusement, je tirai sur les bretelles de mon sac à dos.

— Quoi ?

— Ça.

Il pivota pour se placer devant moi, si brutalement que je faillis trébucher. Et avant que je puisse comprendre ce qui se passait, ses lèvres étaient posées sur les miennes. Douces, tièdes, et tellement plus hésitantes que je l'aurais voulu...

J'étais à peine consciente des exclamations et des gloussements qui résonnaient dans le couloir. On avait vu des élèves s'embrasser au bahut des millions de fois, mais je ne pouvais qu'imaginer le genre de spectacle que je leur offrais avec Nolan : l'artiste un peu taré et la garce mise en quarantaine qui se roulaient des pelles entre le labo et la salle d'informatique. Mais, pour une fois, je me foutais de ce qu'ils pouvaient penser.

Puis Nolan recula, rougissant.

— Maintenant, on est à deux à zéro. Si tu veux te rattraper, tu dois faire quelque chose ici et maintenant. Dans un pur abandon.

— Quoi ? grimaçai-je. Je t'ai rendu ton baiser. Ça doit au moins compter pour un demi-point !

— Oui, mais c'était *mon* idée. Ça serait de la triche.

— De la triche, hein ? Et si je le fais comme ça ?

Je l'attrapai par les revers de son blazer et l'entraînai dans une alcôve entre deux rangées de casiers. À la seconde où je l'attirai contre moi, me servant de son corps pour plaquer le mien contre le mur, il ouvrit de grands yeux ébahis.

Alors, je l'embrassai. *Pour de vrai.*

Il gémit contre ma bouche.

— Bordel, Regan. Qu'est-ce que tu es en train de me faire ?

Je souris et mordillai sa lèvre inférieure.

— T'occupe. Mais ne t'arrête pas.

Il avala mon rire par un baiser brûlant qui me coupa le souffle et me mit les jambes en coton. S'il continuait comme ça, j'allais avoir besoin d'un Xanax pour me calmer quand on en aurait terminé – et j'allais sûrement devoir le prendre en salle de colle, car j'étais à peu près certaine que l'endroit où se trouvaient ses mains violait le règlement de l'école.

— Hé, Nolan ! Je voulais savoir si tu voulais travailler sur… *C'est quoi ce bordel ?*

On se sépara brutalement. Blake, l'amie de Nolan, se tenait à moins d'un mètre de nous, les yeux écarquillés, bouche bée, l'air horrifié. Elle avait les yeux fixés sur Nolan, comme si je n'existais pas.

— Pitié, dis-moi que j'hallucine !

Il se tourna vers elle en prenant soin de me coincer prudemment derrière lui.

— Je sais ce que tu penses, dit-il. Mais il faut que je t'explique…

— Bordel de merde ! jura-t-elle en passant une main dans ses courtes mèches blondes. Tu sais *qui* c'est ? C'est l'une d'entre *eux* ! Tu sais ce qu'ils ont fait à Jordan. Tu as tout oublié ou quoi ?

Je me glissai devant lui, les jambes toujours flageolantes, et le regardai dans les yeux.

— « L'une d'entre *eux* ? »

Les élèves qui passaient ralentissaient, attirés par les éclats de voix de Blake. Et voilà ! Juste quand les choses commençaient à se tasser, voilà que je donnais à tout le monde une nouvelle arme pour me tirer dessus.

Nolan posa une main dans mon dos. C'était un petit geste, mais il suffit à apaiser l'angoisse qui avait commencé à monter dans ma poitrine.

— Écoute, Blake, commença-t-il. Je t'ai dit que tout avait changé. On en a parlé. C'est pour ça qu'on a décidé…

— Que *tu* as décidé, le coupa-t-elle brutalement. N'oublie pas ! Tu ne m'as pas une seule fois demandé mon avis ! Putain, je n'arrive pas à croire que tu puisses trahir Jordan comme ça !

Je sentis Nolan se crisper. Lorsqu'il parla, sa voix était presque un grondement :

— J'ai fait tout ce que j'ai pu pour Jordan.

Le regard de Blake se durcit.

— Apparemment pas assez.

— Tu devrais y aller, répliqua-t-il en serrant des poings tremblants. Avant que l'un de nous deux dise quelque chose qu'il regrettera plus tard. Je t'appellerai quand on aura eu le temps de se calmer.

Blake posa ses mains sur ses hanches.

— C'est quoi le problème, Nolan ? La vérité est trop moche pour toi ? Je parie que la moitié du lycée sait ce qui s'est passé. Est-ce que *celle-ci* est au courant ? Putain, je ne sais même plus qui tu es ! s'écria-t-elle avec un petit rire méprisant.

Sur ces mots, sans lui donner l'occasion de répliquer, elle s'en alla.

— Merde, marmonna-t-il.

Les muscles de ses épaules se tendirent, et il se tourna lentement vers moi.

— Je suis vraiment désolé, mais je dois parler à Blake. On se voit plus tard ?

— Ouais, bien sûr.

Malgré toutes les questions que j'avais à lui poser, j'étais contente de pouvoir m'éloigner. La haine que Blake ressentait pour moi, ainsi que la tension entre elle et Nolan avaient tellement alourdi l'atmosphère que j'avais du mal à respirer.

Il déposa un rapide baiser sur ma joue, balança son sac sur son épaule et plongea dans la foule pour rattraper Blake.

Mon téléphone sonna. Un texto de Payton.

> On se retrouve à mon casier ?

Je pris une longue inspiration tremblante. Ç'avait été bizarre d'être chez elle l'autre soir et de ne pas lui parler. Lorsque j'étais sortie en douce de la chambre de Nolan, je n'avais pas eu envie de briser le joyeux brouillard dans lequel je flottais, et je ne m'étais pas arrêtée à sa chambre. Je ne savais pas trop si elle aurait été heureuse d'apprendre que j'étais sortie avec son frère ou si elle aurait réveillé tout le quartier par ses hurlements.

Apparemment, je n'allais pas tarder à être fixée.

Payton me repéra à la seconde où je tournai au coin du couloir. Elle courut vers moi, ses cheveux blonds attachés en une queue de cheval qui flottait comme un ruban derrière elle. À en juger par le grand sourire qui éclairait son visage, elle n'était pas encore au courant pour Nolan et moi.

— Salut ! fis-je avec un sourire assorti d'un petit coup d'épaule amical. Ça faisait longtemps.

— Ouais, répondit-elle en me rendant mon coup d'épaule. Alors, c'est quoi le problème avec Blake ?

Je poussai un profond soupir.

— Tu as tout vu ?

— Ouais, répondit-elle en secouant la tête d'un air navré. De tous les amis de Nolan, c'est Blake que je déteste le plus. Elle est toujours tellement... aigrie.

— C'est clair. On dirait qu'elle fait une fixette sur Jordan.

Je savais que j'aurais dû attendre qu'il m'en parle lui-même, mais je ne pus m'en empêcher :

— Tu ne saurais pas ce qui s'est passé entre Nolan et son ex, des fois ?

— Pas vraiment, non. Il a toujours été bizarre au sujet de leur rupture. Genre, il se foutait vraiment en rogne quand j'en parlais. Mais je sais qu'avant qu'ils se séparent, les parents de Jordan sont venus parler avec les nôtres. Ils m'ont virée du salon, mais j'ai réussi à entendre que Jordan était à l'hôpital.

Elle est peut-être tombée malade ?

Je me mordis la lèvre.

— Ce n'est pas logique. Nolan n'est pas le genre de mec à larguer une meuf parce qu'elle est malade.

— Oh ? fit Payton en haussant un sourcil. Et comment ça se fait que tu saches quel genre de mec est mon frère ?

— Euh...

Je baissai les yeux pour mieux cacher mon air coupable mais, à ma grande surprise, Payton éclata de rire.

— Je déconne ! s'esclaffa-t-elle. Je sais déjà que tu sors avec mon taré de frangin ! Je trouve ça dégueu, mais je m'en fous.

Je la regardai avec des yeux ronds.

— C'est vrai ?

— Bah, il a été assez supportable ces derniers jours, alors si c'est grâce à toi, je te soutiens à fond ! Mais ça ne veut pas dire que je ne trouve pas ça un peu crado. Il est... chelou, quand même. Tu étais d'accord avec moi là-dessus.

Je ne répondis pas. J'étais incapable de lui expliquer comment, ni même quand, mes sentiments pour lui avaient changé. Tout ce que je savais, c'était que quand mon univers s'était effondré sous mes pieds, Nolan n'avait jamais vacillé.

— Bref, reprit-elle. Est-ce qu'on pourrait ne plus parler de mon frère ? Beurk, quoi !

Un groupe de filles nous jeta des regards dégoûtés en passant. En les sentant me sonder du regard, je voûtai mes épaules par réflexe. Mes doigts me démangeaient de l'envie d'attraper mon flacon de pilules dans mon sac, mais je pensai à Nolan et me souvins que j'en avais fini avec cette habitude de me cacher derrière mes médicaments. Il était temps d'être vraiment moi-même.

Cependant, je n'avais pas l'intention d'entraîner Payton dans mon enfer.

— Je suis contente que tu sois là pour moi, Pay, mais je ne suis pas sûre que me parler soit une bonne idée en ce moment... Tu sais ce que les gens pensent. Être vue avec moi ne va pas arranger ta réputation...

— Tu sais quoi ? Je les emmerde, répliqua-t-elle avec un sourire méprisant. La semaine dernière, quand Amber m'a dit que tu faisais ta faux-cul avec moi, ça a été l'un des pires moments de ma vie, et je suis désolée de l'avoir crue. On a perdu assez de temps avec ces conneries. Ça fait presque dix ans qu'on partage tout : les vêtements, le maquillage et tous nos *secrets*. On peut aussi partager ça. Tu es ma meilleure amie. Alors oui, je sais que tu as dit des choses horribles, mais je sais aussi que ce n'est pas vraiment toi. Et puis tu me manques. Alors j'emmerde tout le monde et ce qu'ils pensent, conclut-elle en haussant les épaules.

Mon cœur se gonfla à ces mots.

— Je ne veux pas que tu fasses ta martyre pour moi, protestai-je. On pourra traîner ensemble quand cette histoire se sera tassée.

Elle me prit par le bras.

— Tu ne te débarrasseras pas de moi comme ça ! Et puis, d'après mon frère, ça n'est pas près de se tasser, justement. Il n'a pas arrêté de parler de cette vidéo que tu as tournée, et d'une espèce de documentaire sur les graffitis que vous auriez monté tous les deux.

— C'est vrai ?

Malgré moi, un grand sourire idiot s'afficha sur mon visage.

— Ouais, fit-elle en hochant la tête. Il m'a bien soûlée avec ça. Il paraît que ton projet va « révolutionner le lycée ».

— Est-ce qu'il t'a dit *comment* exactement ? Parce qu'il n'arrête pas de dire que c'est *mon* idée, mais je n'ai aucune idée de ce qu'il compte faire.

Elle s'esclaffa.

— Typique de Nolan. Non. Il ne m'a pas donné de détails. Ou s'il l'a fait, je n'écoutais pas parce que c'est… tu vois… Nolan.

Nous tournâmes au coin du couloir, et c'est alors que je la vis. Amber. Elle se tenait à côté de Jeremy et regardait le plafond d'un air vide pendant que Taylor jacassait dans son oreille.

— Merde, marmonna Payton en serrant son bras sur le mien. Qu'est-ce qu'on fait ? Demi-tour ?

J'aurais préféré, mais je savais que je ne pouvais pas passer un autre jour à prendre la fuite.

— Tu peux si tu veux, répondis-je, une boule dans la gorge. Je ne t'en voudrai pas. Mais moi, je dois y aller.

— D'accord. Alors je viens avec toi.

Taylor fut la première à nous remarquer. Ses lèvres se retroussèrent en un sourire mauvais, et elle murmura quelque chose à Amber. Cette dernière tourna brusquement la tête, et ses yeux se bloquèrent sur les miens. Normalement, à cet instant, un élastique invisible aurait dû se serrer autour de ma poitrine pour me couper le souffle. Mais pas ce jour-là. Je ne savais pas trop si c'était la présence de Payton, le fait que je connaissais le plus noir secret d'Amber ou simplement parce que je m'en foutais de ce que les gens pensaient, mais je m'arrêtai à sa hauteur.

— Salut, Amber.

Taylor en resta bouche bée.

— Tu t'imagines vraiment que tu peux lui *parler* ? cracha-t-elle.

Amber la foudroya du regard.

— La ferme, Taylor ! On y va, ajouta-t-elle en prenant le bras de Jeremy.

Sans lui laisser le temps de répondre, elle l'entraîna dans le couloir. Taylor se précipita à leur suite.

— Ouah ! s'exclama Payton en observant leur retraite. C'est moi ou c'est *vraiment* bizarre ?

Pas si bizarre que ça si elle connaissait le secret que je lui cachais.

— Viens.

J'entraînai Payton jusqu'à mon casier. Je ne pouvais m'empêcher de ressentir un petit tiraillement de regret. J'aurais vraiment voulu parler à Amber. Lui dire que je comprenais ce que ça faisait de faire semblant d'être quelqu'un d'autre. Même si je ne pensais pas qu'elle m'aurait crue ni même écoutée. Je ne savais même pas pourquoi c'était aussi important pour moi. Après tout, elle était celle qui avait voulu ruiner ma vie. Elle ne savait pas qu'en m'exposant, elle m'avait en fait libérée.

J'espérais juste qu'un jour, elle arrêterait de faire semblant et vivrait sa vie comme elle l'entendait. Chaque fois que je m'obligeais à entrer dans le moule que ma mère avait créé pour moi, j'avais l'impression de me briser encore un peu plus. Si Amber s'obstinait à jouer la comédie toute sa vie, les fragments de sa vraie personnalité finiraient par être trop petits, trop disséminés, pour être rassemblés. Je ne savais pas ce qui arrivait aux gens une fois qu'ils n'étaient plus réparables. J'espérais seulement que je n'aurais jamais à le découvrir.

CHAPITRE 17

J'entrai dans la cafétéria. Mon estomac se retournait en vagues nauséeuses qui n'avaient rien à voir avec l'odeur de gras et de fromage qui imprégnait la pièce. Je pris Payton par le bras.

— Je ne vais pas y arriver, gémis-je.

— Ça va aller, dit-elle. Tiens-toi droite, garde la tête haute et fais comme si tu étais chez toi.

Je secouai la tête. Une remontée acide me brûla le fond de la gorge. Les voix de près de cinq cents lycéens qui parlaient et riaient se mêlaient en un bourdonnement qui résonnait dans tout mon corps.

— Ils sont tellement nombreux... et ils me détestent tous.

J'étais tendue comme un arc, prête à prendre la fuite.

— Ils ont plus peur de toi que tu n'as peur d'eux.

Je grimaçai.

— Ça ne m'aide pas vraiment.
— Quoi ? J'étais censée t'aider ? s'esclaffa-t-elle. Détends-toi, Regan. Tu n'es pas toute seule. Nolan a dit qu'il allait nous retrouver là et... regarde.

Elle désigna une table dans un coin, où son frère s'était levé et nous faisait signe.

Elle m'entraîna à travers la cafétéria. Des tablées de filles baissèrent la tête pour échanger fiévreusement des commentaires sur notre passage. Je fis de mon mieux pour ignorer les regards hostiles et les murmures. Plusieurs fois, je sentis quelque chose me frapper le dos mais n'osai m'arrêter pour savoir de quoi il s'agissait.

Quand on arriva à la table de Nolan, il posa un bras sur mes épaules en guise d'embrassade et passa la main dans mon dos, balayant les je-ne-sais-quoi qu'on m'avait lancés.

— C'était quoi ? demandai-je.
— C'était quoi *quoi* ? répliqua-t-il en m'indiquant la chaise à côté de lui.

Je m'assis, et Payton se plaça en face de moi.

— Si un jour on m'avait dit que je serais à la même table que mon frère... soupira-t-elle bruyamment.
— Eh oui, Payton ! rétorqua-t-il. Nos rêves les plus fous deviennent parfois réalité.

Elle grogna et sortit de son sac plusieurs boîtes en plastique. Elle ouvrit la première et en sortit une tranche de pomme.

Nolan avait plusieurs parts de pizza empilées sur son plateau. Il en roula une en tube et en prit une bouchée.

— Mon Dieu, marmonna Payton en plissant le nez. Tu es vraiment ignoble. Tu ne peux même pas manger une foutue pizza normalement ?

Il la regarda en fronçant les sourcils, sans cesser de mâcher. Lorsqu'il eut avalé, il se tourna vers moi.

— Tu ne me vois pas comme un mec ignoble, toi ?

— Je te trouve mignon... mais je n'ai jamais dit que tu n'étais pas ignoble, rétorquai-je en cognant gentiment mon épaule contre la sienne.

Il m'adressa un sourire qui me fit tressaillir de l'intérieur.

— Je vais juste retenir que tu me trouves mignon, dit-il en poussant son plateau vers moi. Tu en veux un bout ?

Je secouai la tête.

— Je ne préfère pas. Le stress...

Payton me jeta un regard noir et poussa vers moi une petite boîte de houmous en me tendant un cracker.

— Mange !

— Oui, *maman*.

Je pris son cracker. Une petite bouchée ne pouvait pas me faire de mal. Mais à peine avais-je mordu dans le cracker trempé dans le houmous que Blake apparut et posa son plateau à côté de Nolan.

— Ah, Blake est là ! dit joyeusement Nolan.

— Salut, marmonna-t-elle.

Elle s'assit et me fusilla du regard derrière le dos de Nolan. Aussitôt, le cracker que j'étais en train d'avaler sembla se changer en plomb.

— Devinez quoi ? sourit Nolan. J'ai parlé à Blake de notre projet, et elle trouve que c'est une idée géniale.

Blake leva les yeux au ciel et reporta son attention sur sa salade. Elle poignarda si violemment un morceau de concombre que sa fourchette transperça la barquette en plastique.

Payton et moi échangeâmes des regards perplexes.

— Enfin bref, dit Nolan, dont le sourire commençait à vaciller. Une fois que j'aurai fini d'éditer la vidéo, notre prochaine étape sera de trouver le meilleur moyen de la diffuser. Après ça, on commencera la phase deux de l'Opération Graffiti.

— Qui consiste en quoi, au juste ? demanda Payton.

Son sourire s'élargit.

— Je ne veux pas gâcher la surprise. Tout ce que je peux vous dire, c'est que ça va être *topissime*. Ce qui m'amène à mon dernier point à l'ordre du jour, poursuivit-il en croisant les doigts sur la table. Regan, il faut que je parle à ta mère.

J'éclatai de rire, certaine que j'avais mal entendu.

— Tu déconnes ?

— Je suis plus que sérieux. J'aimerais beaucoup avoir l'appui d'une députée avant de parler de notre projet à la principale, répondit-il avant d'arracher une nouvelle bouchée à son rouleau de pizza.

Je n'avais déjà plus faim. Je reposai ce qui restait de mon cracker.

— C'est une très mauvaise idée. Maman n'est pas vraiment très douée pour *soutenir* les gens.

Nolan agita une main d'un air dédaigneux.

— Quand je lui aurai expliqué notre projet, je te garantis qu'elle en sera dingue.

Payton ricana.

— Oh, je suis sûre que le mot « dingue » sera prononcé.

Je l'ignorai.

— T'arrêtes pas de dire « notre projet », mais je ne vois pas trop en quoi il m'appartient aussi puisque j'ai pas la moindre idée de ce dont il s'agit.

— Tssss... C'était *ton* idée, répliqua Nolan en engloutissant un nouveau morceau de pizza.

J'ouvris la bouche pour protester, mais quelqu'un me donna un coup de pied sous la table. Une vive douleur explosa dans mon tibia. Je me jetai en arrière sur ma chaise et me tournai vers Payton.

— Aïe ! Pourquoi tu...

Je me tus en la voyant désigner quelque chose derrière mon épaule. Ses lèvres étaient serrées, et je ne lisais plus le moindre amusement dans son regard.

M'attendant au pire, je me retournai lentement.

Amber se tenait derrière moi, une bouteille d'eau à la main. Le peu de houmous que j'avais avalé se retourna dans mon estomac. Puis je me rendis compte qu'elle ne m'avait pas encore vue. Elle était trop occupée à scanner la cafétéria, à la recherche de... Je n'en savais rien. Peut-être d'une place où s'asseoir, ou de gens à éviter. Elle mâchouillait nerveusement sa lèvre inférieure, et je ne pus m'empêcher d'avoir de la peine pour elle. Je savais exactement ce que ça faisait d'être seul. Avant que je puisse m'en empêcher, je l'appelai :

— Hé, Amber ! Tu veux t'asseoir avec nous ?

Un nouvel éclair de douleur me transperça la jambe. Nolan, quant à lui, me regarda comme si je venais d'annoncer que je faisais partie d'une espèce extraterrestre et que j'attendais un vaisseau spatial pour rentrer sur ma planète natale. Blake retroussa les lèvres d'un air dégoûté et poignarda sa salade avec une férocité redoublée.

Je ne pouvais pas leur reprocher de ne pas vouloir d'elle à notre table. En fait, je ne savais même pas ce qui m'avait pris de lui demander – après tout, c'était à cause d'elle que ma vie s'était effondrée.

Elle tourna la tête vers moi. Puis son regard passa de moi à Payton.

— Alors vous êtes de mèche ? C'est ça ?

— De mèche dans quoi ? demanda Payton.

Amber ouvrit la bouche, puis la referma et secoua la tête.

— Vous savez quoi ? Foutez-moi la paix. Toutes les deux.

Avant qu'on puisse répondre, elle partit en trombe à l'autre bout de la cafétéria. Le claquement furieux de ses talons ponctuait chacun de ses pas.

Payton repoussa sa boîte de lamelles de pommes et se pencha vers moi.

— OK. Qu'est-ce qui se passe ?

Je me frottai la jambe.

— Je vais avoir deux gros bleus très moches, voilà ce qui se passe.

— C'est pas ce que je veux dire, répliqua-t-elle en plissant les yeux. Tu sais aussi bien que moi qu'Amber ne se refuse jamais une bagarre. En ce moment, tu es son ennemie numéro un et elle a juste... pris la fuite. T'as des infos compromettantes sur elle, ajouta-t-elle en pointant l'index sur mon visage. Ça expliquerait tout.

Je baissai les yeux. Je n'avais pas envie de cacher un secret à ma meilleure amie, mais ce n'était pas seulement le secret d'Amber. C'était aussi celui de Christy. Et j'avais promis à Christy de ne rien dire à personne tant qu'Amber me foutait la paix – et la nouvelle Regan tenait ses promesses.

— Oh mon Dieu ! J'avais raison, tu as quelque chose ! s'écria Payton en tapant des deux mains sur la table, faisant cliqueter les couverts sur le plateau de Blake. Dis-moi. Dis-moi maintenant !

— Bordel, Pay, calmos ! fit Nolan en posant sa part de pizza sur son plateau. Peut-être que Regan a une bonne raison de ne rien dire.

— Abruti ! s'exclama Payton en levant les yeux au ciel. Amber a quasiment détruit la vie de Regan. Bien sûr qu'elle va balancer. Tu attends juste le bon moment, c'est ça ? me demanda-t-elle.

Blake se pencha derrière le dos de Nolan pour me regarder, comme si elle aussi était intéressée par ma réponse.

— Je... euh...

J'avalai ma salive. Je voulais tellement le lui dire. La veille, Nolan m'avait envoyé la vidéo que j'avais prise dans les toilettes. Payton serait blessée si elle pensait que je lui faisais des cachotteries. Je ne voulais pas avoir de secrets pour elle. Et puis, ça serait tellement facile de lui envoyer la vidéo... Rien que quelques petites manipulations sur mon téléphone. L'ancienne moi l'aurait fait sans se poser de questions. Mais la nouvelle, ou du moins celle que j'essayais d'être, ne le pouvait pas. La vidéo détenait des secrets qu'il ne m'appartenait pas de dévoiler.

— Je suis désolée, Pay. Je ne peux pas.

Nolan sourit, et Blake fronça les sourcils.

— Quoi ? s'écria Payton en s'écartant de la table, les yeux écarquillés. Tu te fous de ma gueule ? Je croyais que tu étais ma meilleure amie.

— Je le suis. Mais je... je ne veux plus être cette personne. La fille qui gâche la vie des gens. Et ce secret risquerait d'en gâcher deux. Tu comprends ça, non ?

— J'imagine, marmonna-t-elle d'un air boudeur. C'est juste que je déteste ne pas savoir.

— Je sais pas, répliquai-je en haussant les épaules. Parfois, je crois que c'est pire de savoir.

— Seulement si on souffre en silence, ajouta Blake.

Payton et moi nous tournâmes vers elle. Je n'arrivais pas à croire qu'elle ait pu prononcer une phrase qui ne soit pas destinée à m'insulter.

— Comment ça ?

— J'ai soif, déclara Nolan en repoussant son plateau. Blake, tu veux venir prendre une boisson avec moi ?

Apparemment, Nolan était de mon avis. Peut-être était-ce pour cela qu'il voulait l'éloigner, avant qu'elle ait une chance de balancer une vacherie.

Au lieu de partir, elle agita la main d'un air nonchalant.

— Tout ce que je dis, c'est que quand on ne dit pas les choses, elles peuvent nous ronger de l'intérieur — c'est pour ça que je soutiens totalement l'idée de ta vidéo.

— Ah bon ? demandai-je en m'efforçant de ne pas laisser la surprise percer dans ma voix

— Oh, oui. J'admets que j'ai toujours cru que tu étais une garce.

Nolan toussota, mais elle l'ignora et reprit :

— Mais ça, c'était avant que Nolan me parle de ton projet. Je vous soutiendrai. En fait, je réfléchissais à des moyens de la diffuser. Bien sûr, il y a les médias les plus évidents, YouTube et Facebook. Mais tout le monde n'a pas de compte, et toute l'école ne pourrait pas la voir. Et c'est bien ce que tu veux, non ?

Même si l'idée que l'école tout entière me regarde confesser mes fautes et parler de mon trouble de l'anxiété me retournait l'estomac, je hochai la tête. Cette vidéo était, après tout, ma seule vraie chance de laisser le passé derrière moi.

— D'accord, poursuivit-elle. Alors j'ai eu une idée. Vous savez qu'en tant que membre du club radio, c'est moi qui fais les annonces matinales ?

Payton et moi secouâmes la tête. Je n'avais jamais vraiment prêté attention aux annonces matinales. Tout ce que je savais, c'était qu'elles étaient enregistrées dans la salle du club radio et diffusées tous les matins pendant l'appel — et qu'elles étaient barbantes. Comme je ne m'intéressais pas vraiment aux résultats du tournoi de golf ou autres événements sportifs, je profitais généralement de ce moment pour envoyer des SMS à Payton et Amber.

Blake poussa un soupir.

— Peu importe. D'habitude, M. Jensen assiste à l'enregistrement pour surveiller ce qu'on raconte. Demain, il a un rendez-vous chez le dentiste et m'a demandé de le remplacer. Du coup, je pourrai facilement passer ta vidéo après la lecture des annonces. Toute l'école la verra.

Toute l'école.

Les mots se mirent à bourdonner dans ma tête comme un essaim de guêpes en furie.

— Je sais pas, fit Nolan en se rasseyant. Je n'ai pas encore édité la vidéo. Je ne sais pas si elle sera prête à temps.

— Je pourrais t'aider, répliqua Blake avec un grand sourire. Tu sais que je suis douée pour ça.

— C'est vrai, dit-il en tapotant un doigt sur son menton. Regan, qu'est-ce que t'en penses ?

— Euh...

Toute l'école.

La cafétéria autour de moi se brouilla, et je dus cligner des yeux à plusieurs reprises pour y voir clair. C'était bien ce que je voulais, non ? Cracher le morceau devant tout le monde, tout reprendre à zéro, ne pas rester dans les mémoires comme cette horrible fille médisante qui répandait des sales rumeurs.

Nolan se pencha vers moi et mit ses lèvres à la hauteur de mon oreille.

— T'es pas obligée de faire ça, murmura-t-il. On peut tout oublier, si tu veux. Je peux supprimer la vidéo.

Je lisais la sincérité dans son regard. Je savais qu'il le ferait. Mais dans ce cas, rien n'allait changer.

— Non. Je veux le faire. Je *dois* le faire.

Blake sourit largement et planta sa fourchette dans un concombre.

— Tu as gagné. Je vais aider Nolan à éditer la vidéo après les cours. Notre seule occasion de la diffuser, ça sera demain. Il va falloir faire vite.

Un éclair d'inquiétude passa dans les yeux de Payton.

— Merde. Ça fait pas beaucoup de temps. Tu es sûre que tu es d'accord, Regan ?

Non. Mais je savais aussi que c'était le genre de chose pour laquelle personne ne pouvait vraiment se sentir prêt.

— Je ne veux plus faire semblant. Il est temps que les gens me voient telle que je suis. Même s'ils ne veulent pas me pardonner, je dois au moins *essayer* de réparer un peu des dégâts que j'ai causés. Et j'imagine que le plus tôt sera le mieux.

Blake leva sa bouteille d'eau, comme pour porter un toast.

— Le plus tôt sera le mieux, répéta-t-elle.

CHAPITRE 18

Je fourrai dans ma bouche le dernier morceau de mon troisième taco au poulet et mâchai pendant que maman ne cessait de blablater sur le nouveau projet de réforme des impôts. Mes yeux se perdirent dans le vague, et je me demandai s'il était possible de tomber dans le coma pour cause d'ennui – ou au moins de perdre connaissance.

Lorsque la sonnette de la porte d'entrée retentit, maman fronça les sourcils et reposa sa fourchette.

— Tu attendais quelqu'un, Steven ?

Papa posa sa serviette et se leva.

— Non. À moins que ce soit Frank qui me rapporte ma tondeuse, mais je croyais qu'il allait la garder toute la semaine.

Maman semblait inquiète. En tant que personnage politique, elle redoutait les visiteurs surprises. En plus d'être sur la liste rouge, nous avions dû plus d'une fois appeler la police pour chasser des fous de notre porche. Seulement, cette fois, j'avais l'insoutenable sensation de savoir exactement qui était le fou en question.

Je repoussai ma chaise si brutalement qu'elle crissa sur le parquet. Maman et papa se tournèrent vers moi, l'air inquiet.

— J'y vais ! m'écriai-je en sautant sur mes pieds.

— Sûrement pas ! répliqua maman. On ne sait pas qui c'est. Peut-être encore un malade.

Si tu savais...

— Je vais voir, dit papa en me faisant signe de reculer.

Maman se leva et le suivit dans l'entrée. Un nœud coulant se resserra sur ma poitrine. Si c'était bien Nolan, j'espérais que l'inquisition qu'il s'apprêtait à subir n'allait pas le faire fuir. Je voulais rejoindre mes parents dans l'entrée pour dire à Nolan de s'enfuir, mais la peur me clouait sur place.

Les bruits de pas de mes parents s'arrêtèrent devant la porte.

— Qui est-ce ? demanda maman à papa.

Elle avait parlé dans sa version personnelle du murmure, celle qui ressemblait plutôt à un fort sifflement puisque sa voix ne possédait qu'un seul volume : élevé.

Au bout de quelques secondes, papa répondit :

— C'est Payton et... est-ce que c'est son frère ?

— Fais-les entrer, Steven, dit maman d'un ton à la fois soulagé et contrarié. Regan, tes amis sont venus te voir.

J'espérais que c'était vrai. Nolan et Blake devaient travailler à l'édition de ma vidéo après le lycée, mais Nolan avait aussi parlé d'une discussion avec ma mère. Je n'arrivais pas à imaginer un seul scénario où une telle discussion pouvait être une bonne idée.

— J'arrive !

Toute crispée de terreur, je les rejoignis dans l'entrée.

La lourde porte de bois s'ouvrit.

— Payton, dit papa avec chaleur, c'est un plaisir de te voir. Est-ce que vous travaillez sur un projet pour le lycée ? ajouta-t-il avec un signe de tête à l'intention de Nolan.

Payton se glissa entre mes parents, tout sourires.

— Pas ce soir, monsieur Flay.

Elle rebondissait presque sur la pointe des pieds, tout excitée.

Nolan passa le seuil pour rejoindre sa sœur. Il portait toujours son uniforme du lycée mais, pour la première fois, sa chemise était rentrée dans son pantalon. Je me fichais de son apparence, mais à la façon dont ma mère regardait ses cheveux indisciplinés et ses baskets éraflées, je savais que le moindre effort ne pouvait que jouer en sa faveur.

Papa, heureusement, ne fut pas aussi grossier. Son regard était plus curieux que scrutateur.

— Vous êtes le frère de Payton, c'est bien cela ? demanda-t-il avant de réfléchir un moment. Nolan ? hasarda-t-il enfin.

Ce dernier hocha la tête.

— Oui, monsieur.

Papa sourit, clairement satisfait de voir enfin payer ses efforts pour améliorer sa mémoire grâce au sudoku.

— Alors, qu'est-ce que vous préparez tous les trois ?
— En fait, monsieur, répondit Nolan, j'espérais prendre quelques minutes du temps de votre femme. J'ai un projet dont j'aimerais discuter avec vous, ajouta-t-il en se tournant vers ma mère.

Instantanément, le visage de maman se lissa en un masque indéchiffrable, celui qu'elle avait perfectionné avec ses années dans la politique. Je connaissais cette expression. Elle n'avait aucune idée de ce qui se passait, et il n'y avait rien qu'elle détestait autant qu'être prise au dépourvu.

Papa, de son côté, fit signe à Payton et Nolan d'entrer dans la maison.

— Absolument, fit-il.

Par-dessus son épaule, il me jeta un regard interrogateur. Aussitôt, je baissai les yeux. Je ne voulais pas prendre part au massacre.

Mon père nous mena au salon et indiqua à Nolan et Payton le confortable canapé qui trônait au milieu de la pièce. Papa prit place sur la causeuse à sa droite, et maman se plaça à côté de lui.

Je les suivis jusqu'au pas de la porte, mais je ne pus me résoudre à entrer. Mon cœur battait à un rythme endiablé. Mes cachets se trouvaient dans ma chambre, juste en haut de l'escalier. Je me demandai si je pourrais atteindre la dernière marche sans tomber dans les pommes ou faire une chute mortelle — encore qu'étant donné la situation, ce n'était peut-être pas une si mauvaise alternative.

Nolan, comme s'il avait senti ma panique, m'adressa un sourire rassurant. Presque aussitôt, les battements de mon cœur se calmèrent.

Maman, qui ne l'avait pas quitté des yeux depuis qu'il avait passé la porte d'entrée, inclina alors la tête pour l'observer d'un air de faucon suspicieux. Les coins de sa bouche se crispèrent, seul signe que son masque impénétrable venait de se fissurer.

Payton étouffa un gloussement. Je lui jetai mon regard le plus meurtrier mais ne parvins qu'à la faire rire plus fort.

Papa, le seul à être assis, regarda maman et tapota le coussin à côté de lui.

— Tu ne veux pas t'asseoir, ma chérie ?

Elle croisa les bras et secoua la tête.

— Je préfère rester debout. Ce canapé n'est pas bon pour mon dos.

Intérieurement, je levai les yeux au ciel. Son dos allait très bien. Ce refus de s'asseoir faisait partie de ses habituels jeux de pouvoir. Comme elle n'avait aucun contrôle sur la situation, elle allait se servir de tous les stratagèmes à sa disposition pour tenter de dominer la conversation. C'était pour cette raison qu'elle avait toujours une petite estrade derrière son podium dès qu'elle devait prononcer un discours.

Elle tambourina des doigts sur le dossier de la causeuse et fit un geste en direction du canapé.

— Asseyez-vous donc, qu'on puisse commencer.

Payton s'avança vers le canapé, mais Nolan l'attrapa par le bras.

— En fait, madame Flay, j'espérais vous en parler en privé. Ce projet, même si c'est l'idée de votre fille, est une sorte de surprise.

Payton fit la moue, et maman haussa un sourcil.

— Très bien, fit papa en se levant. Venez, les filles. Il y a du cheesecake au frigo avec nos noms écrits dessus.

Aussitôt, le visage boudeur de Payton s'éclaira.

— Miam !

Elle bondit derrière papa, qui venait de quitter la pièce en direction de la cuisine. Puis, comme je ne bougeais pas, elle s'arrêta à l'entrée de la salle à manger et se tourna vers moi.

— Tu viens ?

— Ouais.

Je jetai un dernier regard dans le salon, où maman et Nolan m'observaient avec l'air d'attendre.

— Eh bien, vas-y, Regan ! fit maman en me faisant signe de déguerpir. Mais fais attention avec ce cheesecake. C'est une année électorale, et tu sais que la caméra ajoutera cinq kilos à ta silhouette.

Je lui jetai un regard noir et tournai les talons.

— Une minute ! cria-t-elle.

Je m'arrêtai.

Maman désigna d'un geste la double porte vitrée.

— Un peu d'intimité, s'il te plaît.

Avec un soupir, je fermai la porte. Puis je me tournai vers la cuisine, mais pas avant d'avoir entendu la voix étouffée de ma mère demander de quoi il s'agissait.

Dans le couloir, Payton me fit signe de me dépêcher. La dernière chose que j'entendis avant de la suivre dans la cuisine fut la réponse de Nolan :

— C'est au sujet de l'ancienne école primaire de la troisième rue, celle qui va être démolie. Je me demandais si vous pouviez me donner l'accès aux portes des toilettes avant la démolition.

Une heure plus tard, Payton et moi étions assises au bar de la cuisine, à lécher nos assiettes de cheesecake tandis que papa tentait de nous convaincre que l'accompagnement parfait pour ce dessert était une boule de crème glacée.

Payton gloussa.

— Désolée, monsieur Flay, mais je dois pouvoir entrer dans mon uniforme de pom-pom girl.

— Regan ? fit papa en haussant un sourcil d'un air suggestif.

— Non merci, papa.

Je n'avais pas d'uniforme à enfiler, mais après trois tacos et une part de cheesecake, je n'avais plus de place pour une seule bouchée supplémentaire.

— Comme vous voudrez, dit papa en ouvrant la porte du sous-sol, où le congélateur détenait son stock de crèmes glacées. Je reviens.

Lorsqu'il eut descendu l'escalier, je me tournai vers Payton pour lui poser la question qui me trottait dans la tête depuis une heure :

— Pourquoi Nolan veut récupérer un tas de vieilles portes de toilettes ?

Payton cessa de lécher sa fourchette et plissa le nez.

— Beurk ! C'est vraiment ça qu'il veut ?

Je haussai les épaules.

— Je l'ai entendu en parler à ma mère avant de partir.

— Beuh !

Elle posa sa fourchette sur son assiette vide et la poussa à l'autre bout du bar.

— Il est bizarre, ce mec. On ne sait pas vraiment comment marche son cerveau.

Nolan avait été vraiment intéressé quand je lui avais parlé des graffitis dans les toilettes, et il avait visiblement l'intention d'envoyer un message fort... mais comment et pourquoi ? Je mâchouillai l'ongle de mon pouce et jetai un coup d'œil à l'horloge.

— Pourquoi c'est aussi long ?

— Tu connais ta mère, répondit Payton avec un sourire en coin. Elle l'a probablement assassiné, et là elle est en train de nettoyer la scène du crime pour faire croire à un accident.

— C'est pas marrant.

En partie parce que j'aurais presque pu y croire.

— Tu crois qu'il faut que j'y aille ?

— Pour devenir la victime numéro deux ? Je ne crois pas, non.

Je tapotai des doigts sur le bar en débattant intérieurement. Mais avant de m'être décidée, j'entendis la porte vitrée s'ouvrir et le claquement des escarpins de ma mère résonner dans le couloir.

Je me levai d'un bond, tous les muscles de mon corps tendus à l'extrême, en la voyant entrer dans la cuisine en compagnie de Nolan. Tous deux souriaient.

— Tu viens, Payton, dit Nolan en lui montrant la porte. Il faut qu'on y aille. Il est tard.

— Attends ! m'écriai-je. Vous avez parlé une éternité. Personne ne va me dire ce qui se passe ?

— Ce qui se passe, déclara maman en se glissant vers moi, c'est que toi et ce jeune homme avez eu une idée formidable et que je serai plus qu'heureuse de vous aider. Le harcèlement scolaire est un sujet brûlant, et je suis bien sûr toujours prête à soutenir toute action visant à endiguer ce phénomène.

Elle me tapota l'épaule, ce qui me laissa bouche bée. Je ne me souvenais même pas de la dernière fois qu'elle m'avait encouragée, et encore moins touchée.

— Je suis fière de toi, ajouta-t-elle avec un dernier tapotement avant de se tourner vers Nolan. J'appellerai mon assistante dès demain pour lui faire régler les détails. Bien sûr, je veux que la presse soit prévenue.

— Ça va de soi, répliqua-t-il avec un grand sourire.

— Très bien, je vous recontacte. J'ai du pain sur la planche. Et vous aussi, ajouta-t-elle en lui adressant un petit signe de tête.

— On se reparle bientôt, répliqua-t-il.

Maman sourit et quitta la pièce.

Je m'appuyai contre le bar, ébahie, essayant de comprendre ce qui venait de se passer. Seule une explication me vint à l'esprit :

— T'as drogué ma mère.

Nolan éclata de rire.

— Je te promets que non.

— Elle souriait, dit Payton. Elle ne sourit jamais.

— C'est une preuve, déclarai-je.

Nolan fit une grimace avant de faire signe à Payton d'avancer vers la sortie.

— Je m'en veux d'interrompre ce très important sommet des reines du mélodrame, mais j'ai laissé Blake à la maison faire tout le boulot toute seule. Elle va sûrement se demander où je suis passé. Quand je suis parti, ajouta-t-il à mon intention, la vidéo avait l'air vraiment bien. Elle devrait être prête d'ici demain. Et toi, tu l'es ?

— Je… euh…

Dans moins de treize heures, je n'aurais plus le moindre secret pour personne. Cette idée me noua la gorge. La Regan que j'étais parvenue tant bien que mal à cacher aux yeux du monde allait pour de bon se révéler au grand jour. Tremblante, je pris une grande inspiration.

— Je suis prête.

Nolan m'entoura de ses bras et me serra fort contre lui. Son odeur de pin et d'agrumes m'enveloppa, et sa chaleur se diffusa en moi. Peu à peu, ma gorge se desserra.

— Tu es géniale, murmura-t-il contre le sommet de mon crâne.

Payton émit un bruit étranglé.

— Trouvez-vous une chambre, grogna-t-elle.

Nolan me relâcha, et je dus faire appel à toutes mes forces pour ne pas le reprendre aussitôt dans mes bras. Il se pencha pour appuyer son front contre le mien.

— On se voit demain avant les cours, d'accord ?

— OK.

Il glissa une main sur ma nuque, et j'inclinai la tête en arrière. Le baiser fut bref, grâce à Payton qui mima d'être en train de vomir, mais ce fut assez pour me réchauffer.

Nolan me relâcha et suivit Payton jusqu'à la porte de la cuisine. Il hésita sur le pas de la porte, puis pointa l'index vers moi.

— Demain, dit-il avec un clin d'œil.

Je m'obligeai à sourire.

— Demain, répétai-je.

Le mot se mit à tourbillonner dans ma tête.

Demain.

CHAPITRE 19

Le matin suivant, je me garai sur le parking du lycée quelques minutes avant la sonnerie. L'angoisse qui bourdonnait dans mon ventre comme un nid de frelons m'avait empêchée d'acheter mon traditionnel café du matin. D'une main tremblante, je sortis les clés du contact et jetai un coup d'œil à mon sac, où j'avais rangé mes cachets. *Peut-être que si j'en prenais juste un...*

Non. Ce jour était trop important pour se cacher derrière un cachet.

Quelqu'un frappa à ma vitre, et je criai de surprise. Je me retournai et vis Nolan, sa caméra ouverte et pointée vers moi.

— Comment va ma star aujourd'hui ?

— Je me sentirais déjà bien mieux si tu éteignais cette caméra...

Il sourit.

— Impossible. Ce shooting est indispensable pour le documentaire que je réalise sur notre projet.

— Le *Projet graffitis*.

— Lui-même.

— Celui sur lequel tu ne veux donner aucun détail.

Il ajusta la lentille.

— Pour gâcher la surprise ? Jamais. Maintenant, viens avec moi. On va devoir se grouiller pour être à l'heure. Tu ne veux quand même pas rater la première phase de notre plan ?

— En fait...

Je fis semblant de remettre les clés dans le contact.

— Très drôle. Allez, viens.

Je levai les yeux au ciel et sortis de la voiture. Il recula pour filmer le moindre de mes mouvements.

— Comment ça va ? demanda-t-il encore. Nerveuse ? Excitée ?

Je serrai les mains sur mon sac à dos.

— Tout ça.

— Qu'est-ce que tu espères accomplir avec cette vidéo ?

Je pris le temps de réfléchir à la question.

— Je voudrais vraiment que les gens comprennent que j'ai changé.

— Comment ça ?

— Eh bien...

Je m'humectai les lèvres et repris :

— Il y a ce jeu auquel il faut jouer si tu veux être populaire. Le score est calculé en SMS, statuts Facebook, graffitis dans les toilettes et larmes. Plus on inflige de douleur, plus on avance. Le tout, c'est d'avoir toujours un coup d'avance sur les adversaires. Mais il y a une chose que je n'ai pas comprise avant qu'il soit trop tard : on peut jouer à ce jeu pendant des mois, des années même, et ne jamais gagner. Parce que tous les joueurs sont automatiquement perdants. Je ne veux plus jouer. Et je suis désolée d'avoir entamé une partie.

Nolan abaissa sa caméra.

— C'était parfait. Je confirme ce que j'ai dit hier : tu es incroyable.

Je me sentis rougir.

— Avant que la couche de compliments devienne trop épaisse et que je ne puisse plus respirer, répliquai-je, on va voir si j'arrive à tenir debout jusqu'au lycée.

Je me tournai vers les portes, et ma gorge se serra rien qu'en pensant aux élèves à l'intérieur qui me détestaient toujours. Et qui me détesteraient peut-être à jamais.

— Bien sûr que tu vas y arriver, affirma-t-il en rangeant sa caméra dans son sac à dos avant de s'accroupir devant moi. Je serai ton chauffeur.

— Sérieux ?

— Allez, en selle !

En riant, je sautai sur son dos et m'accrochai à son cou. Il accrocha mes jambes avec ses bras, se leva et se dirigea vers l'entrée du lycée.

— Tu es fou ! m'écriai-je.

Il resta silencieux un moment. Lorsqu'il me répondit enfin, sa voix avait perdu toute trace d'humour.

— Fou de toi.

La cloche sonna. Il poussa la porte et fit un pas à l'intérieur.

Les frelons dans mon estomac se changèrent en colibris qui prirent aussitôt leur envol. Qui aurait cru qu'en plein milieu du pire moment de ma vie, quelque chose d'aussi bon aurait pu se produire ?

— On va où ? demanda-t-il.

Après lui avoir donné le numéro de ma salle de cours, je posai le menton sur son épaule pendant qu'il me portait dans les couloirs quasi déserts.

Devant ma salle, il s'accroupit et je me laissai glisser à terre.

— Tu vas être en retard, dis-je.

Il se pencha pour m'embrasser, un rapide contact sur les lèvres qui suffit à me donner la chair de poule. Puis il se redressa et sourit.

— Ça valait le coup.

Des mèches rebelles retombaient sur son front. Je les repoussai derrière son oreille.

— C'est marrant, non ? J'aurais jamais cru que toi et moi on allait...

Je laissai les mots en suspens entre nous, parce que je ne savais pas vraiment ce qu'était notre relation. Il valait peut-être mieux ne pas y coller une étiquette. Je haussai les épaules.

— Je crois que ce que j'essaie de dire, c'est que je suis contente qu'Amber ait essayé de foutre ma vie en l'air. Sans ça, il ne se serait jamais rien passé entre nous.

Son sourire disparut. Il déglutit.

— Moi aussi, je suis content de ce qui se passe entre nous. Mais...

La deuxième cloche sonna. Il jura entre ses dents et me prit les deux mains.

— Écoute, Regan, je t'aime vraiment beaucoup, c'est pour ça que... Avant que je te connaisse... que je te connaisse *vraiment*... j'ai fait un truc vraiment très con. Et je voulais t'en parler le soir où tu as filmé tes excuses, mais j'ai paniqué parce que je me suis dit que tu allais me détester. J'ai...

— Mademoiselle Flay.

Mme Murphy, ma professeure principale, venait d'apparaître sur le pas de la porte.

— Vous êtes en retard. Entrez et asseyez-vous. Vous parlerez avec votre petit ami plus tard.

Ses mots furent accueillis par des éclats de rire à l'intérieur de la salle.

Je rougis et lâchai doucement les mains de Nolan.

— Je suis désolée, madame Murphy. On se parle plus tard ? ajoutai-je à l'intention de Nolan.

Il hocha la tête et partit dans la direction opposée. Il s'arrêta une fois pour me regarder. Quelque chose passa dans son regard. De la peur ? Des remords ? Ce fut tellement fugace que je ne pus l'identifier.

Je voulus le rappeler, mais Mme Murphy posa une main dans mon dos et me poussa dans la salle. En rejoignant ma place, je songeai à ce qu'il avait dit. *J'ai fait un truc vraiment très con.* Je glissai mon sac entre les pieds de ma chaise et m'assis. Qu'est-ce qu'il avait bien pu faire ? Bien sûr, on avait tous les deux dit des choses affreuses l'un sur l'autre... Mais il ne pensait tout de même pas que je lui en voudrais pour ça ?

Mme Murphy fit l'appel, et je levai la main quand elle appela mon nom. Lorsqu'elle eut terminé, elle alluma la télévision accrochée au mur.

J'avais été si occupée à penser à Nolan que j'avais complètement oublié ma confession, qui allait être diffusée dans à peine quelques minutes. Je serrai les doigts sur le bord de ma table et regardai Nathalie et Dan, les terminales du club de journalisme, débiter des résultats sportifs assis derrière une table de jeu couverte de carton pour lui donner l'apparence d'un bureau.

Sur l'horloge, le tic-tac de l'aiguille des secondes couvrit tous les autres bruits en dehors des battements de mon cœur. Encore quelques minutes, et tout aurait changé.

Nathalie prit quelques fiches, qu'elle empila devant elle.

— Avec la blessure de Ian Riley, nous nous interrogeons sérieusement sur les chances de notre équipe de lutte de passer les sélections nationales cette année.

— Ce n'est pas bon, confirma Dan en fronçant les sourcils.

Il pivota sur son siège, et la caméra zooma sur son visage.

— C'est tout pour les annonces matinales, mais ne nous quittez pas. En lien avec la semaine de prévention contre le harcèlement scolaire, notre productrice et présidente du club multimédia, Blake Mitchell, a une présentation spéciale à vous faire.

On y était. La peur me comprimait tant les poumons que chaque inspiration était douloureuse. Mais entre les rubans de peur qui m'enserraient la poitrine se trouvait autre chose. Un léger malaise s'insinuait en moi. Je ne pouvais m'empêcher de m'interroger sur le timing de la situation. Quelles étaient les chances pour que tout cela arrive juste avant la semaine de prévention contre le harcèlement scolaire ?

La caméra recula, et Dan et Nathalie se levèrent pour sortir du champ. Une seconde plus tard, Blake apparut à l'écran et s'assit. Elle se passa la langue sur les lèvres et s'agita un peu dans son fauteuil avant de regarder la caméra.

— Bonjour, dit-elle d'une voix un peu tremblante. Pour ceux d'entre vous qui ne me connaissent pas, je m'appelle Blake Mitchell et je suis en terminale ici à Sainte-Mary. Ma meilleure amie, Jordan Harrison, aurait dû être ici avec moi, à passer la meilleure année de sa vie. Mais elle n'est pas là aujourd'hui. Elle n'est pas là à cause du harcèlement dont elle a été la victime ici, dans *ce* lycée.

Mon ventre se serra. Des vagues de nausée m'envahirent. Quelque chose ne tournait pas rond. Pourquoi parlait-elle de Jordan maintenant, juste avant de diffuser ma vidéo ?

Blake posa les mains sur le bureau et entrecroisa les doigts.

— La vidéo que je m'apprête à vous montrer est un documentaire que j'ai filmé en collaboration avec mon ami Nolan Letner. L'idée nous est venue après que Jordan a failli perdre la vie à la suite de harcèlement. Nous voulions montrer aux tortionnaires de Jordan ce que ça fait de passer une journée à sa place. Nous avons appelé le projet *La vie en toute inconscience.*

Que se passait-il ? Tout autour de moi, les autres élèves arrêtèrent de gribouiller sur leurs cahiers et se penchèrent en avant, visiblement curieux de voir ce qui allait se passer. Même Mme Murphy avait posé son iPad et fait le tour de son bureau pour mieux voir l'écran.

Celui-ci devint noir, et un piano se mit à jouer. Les mots *La vie en toute inconscience* apparurent à l'écran, comme tapés au clavier, et disparurent une lettre à la fois.

Une maison de trois étages à la façade de briques apparut alors à l'écran. Elle ressemblait à n'importe quelle maison de n'importe quel quartier de classe moyenne. Des buissons aux fleurs roses bordaient le porche, et l'herbe de la pelouse avait grand besoin d'être tondue. Une boîte à lettres en métal peinte avec des motifs vache était plantée dans un coin de la pelouse.

— Mois de mai, l'an dernier, fit la voix de Nolan.

Je sursautai sur ma chaise.

— Les choses étaient déjà difficiles avant, poursuivit-il, mais je n'ai jamais su à quel point elles avaient empiré jusqu'à ce jour. C'est un peu ma faute. J'étais son petit ami, j'aurais dû m'en rendre compte. J'aurais dû faire quelque chose.

Je retins mon souffle. Nolan avait-il voulu que cette vidéo soit diffusée ? Un frisson de terreur me parcourut l'échine.

La scène passa à une porte fermée. Celui qui tenait la caméra – Nolan, probablement – essaya de tourner la poignée, mais elle ne bougea pas.

— Allez, Jordan !

Nolan n'était plus la voix off : il faisait partie intégrante de la scène.

— Si on ne part pas maintenant, on va perdre la réservation. Tu étais tellement mal ces derniers jours, j'ai vraiment voulu faire quelque chose de spécial pour ton anniversaire. Je suis en train de filmer, donc tu n'as pas le choix : tu es obligée de sortir en souriant.

Il y eut un silence, suivi d'une réponse étouffée.

— Je ne sors pas.

Des sanglots ponctuaient ses mots.

— Jordan ? appela Nolan d'un ton inquiet. Qu'est-ce qui t'arrive ?

Il réessaya d'ouvrir, secouant plusieurs fois la poignée.

— Ça va ? Laisse-moi entrer.

— Va-t'en, gémit-elle.

— Je n'irai nulle part.

— Je m'en fous, répliqua-t-elle d'une voix à peine audible. Je m'en fous de tout, maintenant.

— Ça veut dire quoi, ça ?

Pas de réponse.

— C'est quoi ce b***el, Jordan ?

« Bordel » avait été bipé, mais il en restait assez pour comprendre. La peur était audible dans la voix de Nolan.

— C'est pas marrant ! Je te jure, si tu n'ouvres pas la porte, je la défonce.

Pas de réponse.

Mme Murphy se pencha en avant sur sa chaise. Elle attrapa la télécommande, la pointa vers la télévision, mais n'appuya pas sur le bouton pour l'éteindre. Visiblement, elle était tout aussi captivée que moi.

— M***de ! s'écria Nolan. M***de, m***de, m***de.

La caméra tressauta quand il la posa. Une seconde plus tard, Nolan apparut devant la porte. Il avait des mèches bleues – sa couleur de l'an dernier. Il appuya son épaule sur la porte, comme pour tester sa solidité. Ses yeux étaient grands ouverts, emplis de panique.

— C'est la dernière fois que je te le demande, Jordan ! Ouvre ou je défonce la porte !

Un silence lui répondit.

Il marmonna quelque chose entre ses dents, s'écarta de la porte et la cogna de son épaule. La porte émit un horrible craquement et se plia, mais ne s'ouvrit pas entièrement. Le cadre à côté de la poignée s'était cassé, si bien que la porte bâillait de plusieurs centimètres mais tenait toujours.

Nolan frappa une seconde fois et cassa complètement l'encadrement. La porte s'ouvrit en grand et frappa une botte de l'autre côté avec un bruit mat. Comme la chaussure ne bougea pas, je compris que quelqu'un la portait.

Nolan courut à l'intérieur, mais recula aussitôt.

— Oh mon Dieu, Jordan ! Qu'est-ce que t'as fait ? Est-ce que c'est... de l'eau de Javel ?

Il tomba à genoux à côté des jambes inertes de Jordan. Le reste de son corps restait caché derrière la porte. Nolan la prit dans ses bras pour le secouer. Je vis ses jambes remuer mollement.

— Tu as bu ça, Jordan ? Réponds-moi, bordel !

Elle articula quelque chose, mais trop bas pour que la caméra l'enregistre.

Il la relâcha et sortit son portable de sa poche arrière.

— J'appelle les secours !

L'écran se brouilla et redevint noir.

Les poumons me brûlaient. Je me rendis compte que j'avais oublié de respirer depuis le moment où Nolan avait défoncé la porte. Je relâchai bruyamment mon souffle, et plusieurs personnes autour de moi firent de même.

Une seconde plus tard, Nolan apparut à l'écran, assis dans sa chambre sur le tabouret que j'avais occupé quelques jours auparavant. Il s'était servi du fond vert pour avoir l'air d'être assis entre deux voies ferrées, au milieu d'un champ.

— Après un lavage d'estomac, et malgré de petits dégâts intestinaux, Jordan a survécu à sa tentative de suicide. Nous sortions ensemble depuis plus d'un an, mais elle a rompu avec moi à sa sortie de l'hôpital. Elle ne m'a jamais pardonné de lui avoir sauvé la vie. À cause de sa dépression, ses parents l'ont retirée du lycée pour qu'elle puisse obtenir toute l'aide dont elle a besoin.

Nolan disparut, remplacé par une image de l'hôpital de la ville.

Les voies ferrées revinrent, mais cette fois c'était Blake qui était assise sur le tabouret.

— Jordan était ma meilleure amie depuis l'école maternelle. Jusqu'au lycée, c'était une personne pétillante, emplie de joie de vivre. Elle n'aurait jamais essayé de mettre fin à ses jours si elle n'avait pas été torturée au quotidien.

Le sang monta aux joues de Blake, et ses yeux s'emplirent de larmes.

— Je ne savais pas à quel point elle allait mal, poursuivit-elle d'une voix brisée. J'imagine que ça fait de moi une très mauvaise amie, parce que les choses ont vraiment dû être terribles pour elle pour qu'elle pense que la *seule* façon de s'en sortir était de mourir.

Des larmes se mirent à couler sur ses joues, et elle se hâta de les essuyer d'un revers de la main. Elle regardait au-delà de la caméra.

— J'ai besoin d'une pause.

Une fois encore, l'écran s'obscurcit.

Quelques secondes plus tard, Blake réapparut à l'écran. Son visage n'était plus rouge, et les larmes avaient disparu.

— Jordan Harrison a essayé de se tuer à cause du harcèlement qu'elle endurait au lycée. Elle a failli mourir et aurait pu conserver des séquelles physiques permanentes, sans parler des cicatrices psychologiques qui lui resteront toute sa vie. Ses bourreaux, cependant, n'ont jamais été punis pour leurs actes. Ils ont poursuivi leur vie comme ils l'ont toujours fait, en blessant les autres, en les faisant *souffrir*, sans penser aux conséquences de la douleur qu'ils infligent.

Blake secoua la tête.

— Je ne pouvais pas laisser faire ça. Je ne pouvais pas laisser d'autres personnes souffrir à cause d'eux. Et y a-t-il meilleur moyen de leur faire prendre conscience des conséquences de leurs actes que de leur faire subir le harcèlement auquel ils soumettaient les autres ? C'est là qu'est née l'idée de *La vie en toute inconscience.* Pour que l'expérience fonctionne, il fallait que les bourreaux deviennent les victimes. Nous savions que ça ne serait pas difficile. Après tout, nous sommes au lycée. Tout le monde a des secrets.

Je n'arrivais plus à respirer. J'avais l'impression que des mains invisibles me serraient la gorge et m'étranglaient à petit feu. Je n'eus qu'un instant pour me demander ce que Blake avait voulu dire avant que la scène change de nouveau pour laisser place à une chambre verte que je ne connaissais que trop bien – celle de Payton. Sauf que Payton n'était pas là. Nolan était assis à son bureau et ouvrait son ordinateur portable.

— Tu te sens mal de faire ça ? demanda Blake derrière la caméra.

Nolan haussa un sourcil.

— Je me sentirais mal de ne *pas* le faire. Si ce documentaire sauve ne serait-ce qu'une vie, ça en vaudra totalement la peine.

Il passa quelques minutes à taper au clavier et à manier la souris, puis il leva le poing en signe de victoire.

— Bingo, murmura-t-il.

Il cliqua encore une fois, et l'imprimante se mit en marche. Plusieurs pages en sortirent. Nolan les attrapa et sortit ses clés de voiture de sa poche.

— Maintenant, on va dans une boutique de photocopies. Il va nous en falloir *des tas*.

— Des photocopies de quoi ?

Nolan montra les pages à la caméra. La vidéo avait été éditée pour que les noms imprimés apparaissent brouillés, mais je pus en distinguer suffisamment pour savoir qu'il s'agissait d'une impression d'écran de messages personnels.

De *mes* messages personnels.

CHAPITRE 20

Oh mon Dieu. Oh mon Dieu. Oh mon Dieu.

Je me frottai les yeux, espérant que mon esprit me joue des tours. Mais non. Les papiers que Nolan tenait à la main étaient bien ceux qui avaient été collés sur mon casier. Pendant tout ce temps, j'avais cru qu'Amber avait été derrière tout ça, que j'avais fait quelque chose pour l'énerver et qu'il s'agissait de ses représailles. À présent, je comprenais qu'il n'en était rien. C'était Blake et Nolan qui avaient tout manigancé depuis le début.

Nolan – qui m'avait tenue dans ses bras, qui m'avait embrassée, qui m'avait... menti pendant tout ce temps.

Le sol se déroba sous moi. J'attrapai les deux côtés de ma table, comme pour me raccrocher à quelque chose de tangible. Je pensais être en train de craquer pour Nolan, mais en fait j'étais juste en train de craquer tout court. Il m'avait dit qu'il tenait à moi, il m'avait serrée dans ses bras dans les toilettes quand je ne tenais plus debout, il m'avait embrassée... Tout cela avait donc été un rôle pour obtenir des séquences pour son documentaire ?

Mon estomac se serra douloureusement. Les joues me brûlaient, et des larmes me piquaient les yeux. Je les refoulai en hâte.

L'écran devint noir, et des mots se mirent à défiler : *Nous avons récupéré des messages compromettants écrits par l'un des agresseurs et les avons collés sur tous les casiers de l'école. Les bourreaux sortiraient-ils plus empathiques de leur chute sociale ?*

Une fille apparut à l'écran. Son visage était flouté, mais à la seconde où je la vis, mon pouls accéléra. Je me rendis compte avec horreur que c'était moi. C'était la vidéo de mon arrivée le jour où les messages avaient été affichés. Une fille aux cheveux asymétriques me bloqua alors que j'essayais de passer. Notre conversation fut inaudible dans le brouhaha des élèves qui passaient. Une seconde plus tard, elle fit tomber mon gobelet de café.

Même maintenant, assise à mon bureau, je suffoquais d'humiliation comme je l'avais fait ce matin-là. Les habituels rubans d'angoisse se resserraient sur mon estomac. *S'il vous plaît, faites que la vidéo soit bientôt terminée.* Je jetai un coup d'œil à Mme Murphy, qui regardait l'écran avec une étrange expression de fascination et d'horreur mêlées — de toute évidence, elle n'avait pas l'intention d'éteindre le poste.

Les élèves autour de moi étaient tendus, les yeux grands ouverts, plus éveillés que je les avais jamais vus à huit heures du matin.

La scène changea de nouveau, et cette fois je me vis devant le casier de Julie Sims, qui me dévisageait, ses cahiers serrés contre sa poitrine.

— Même si tu ne me crois pas, je veux que tu saches que je suis vraiment désolée d'avoir dit ces choses, m'entendis-je déclarer. Elles étaient cruelles, et je ne les pensais pas.

Je disparus de l'écran, et une autre fille apparut. Même si son visage était flouté comme le mien, je n'avais aucun doute sur l'identité de cette fille à la jupe raccourcie et aux talons hauts. *Amber*. Des mots défilèrent en haut de l'écran : *Allaient-ils devenir les victimes de ces mêmes maltraitances qu'ils infligeaient aux autres ?* Amber arracha les pages d'un casier et, après les avoir lues, les déchira en petits morceaux et les balança dans le couloir. Elle longea une rangée de casiers et arracha les pages avant de les fourrer dans une poubelle.

Allaient-ils se tourner les uns contre les autres ? demandaient les mots qui défilaient. Cette fois, Amber, Payton et moi apparûmes à l'écran. Amber avait les épaules tendues et les poings serrés.

— Tu peux arrêter de jouer les innocentes, maintenant ! cracha-t-elle. J'ai répété à Payton tout ce que tu m'as dit : que tu la trouves chiante à mourir et que tu étais seulement amie avec elle parce qu'elle est douée pour trouver des ragots.

À l'écran, je fis un pas en arrière.

— Quoi ? Mais ce n'est pas vrai !

Un nouvel écran noir s'afficha alors, avec les mots : *L'expérience allait-elle les forcer à changer ? Allaient-elles devoir affronter leurs propres démons ?*

Puis je réapparus, le visage toujours flouté. Cette fois, j'étais assise sur le tabouret de Nolan, devant le fond vert changé en rangée de casiers.

— Je devais être parfaite. Irréprochable. Tout le temps. Pas seulement à la maison, mais aussi à l'école, à l'église… Même pour aller faire mes *courses*, parce que tout le monde me regardait *tout le temps*. C'était comme si le monde entier était là, à attendre que je me plante. Et j'ai retenu mon souffle pendant des années, parce que je savais que ce n'était qu'une question de temps avant que je dérape et que tout parte en vrille.

L'angle de la caméra s'élargit, me faisant paraître si petite, si fragile, au milieu de cette rangée de casiers apparemment sans fin.

— C'est tellement pathétique. Mais encore plus pathétique, il y a les choses horribles que j'ai dites sur les gens – les choses horribles que j'ai faites. Je n'essaie pas de me trouver des excuses, parce qu'il n'y en a pas. Je voulais seulement dire que je suis désolée pour tout. Vraiment tout. Le lycée est déjà assez dur sans que d'autres élèves en rajoutent, et je suis vraiment désolée d'avoir été une de ces autres.

Je disparus, remplacée par les mots : *Allaient-ils apprendre ? Ou allaient-ils avoir tellement peur d'affronter la vérité sur eux-mêmes qu'ils allaient continuer à blesser tout le monde autour d'eux ?*

Ces mots furent remplacés par d'autres – flous, noirs et écrits à la main. Peu à peu, la caméra fit sa mise au point jusqu'à ce que les mots deviennent lisibles : *Delaney Hickler est une sale pute.*

Je mis un moment à comprendre où j'avais déjà vu cette phrase. Dans les toilettes pour handicapés du vestiaire des filles. Ces toilettes où j'avais filmé... *Oh mon Dieu.*

— Non !

Je me levai, mais personne ne sembla me remarquer. Tous les yeux restèrent fixés sur l'écran. Nolan avait récupéré la séquence que j'avais bêtement laissée sur sa caméra et s'apprêtait à ruiner deux vies avec. Je me levai et tentai de m'adresser à la classe :

— S'il vous plaît, arrêtez !

Je me tournai vers Mme Murphy :

— Coupez ça ! Vite !

Elle fronça les sourcils et jeta un bref regard à la télécommande qu'elle tenait à la main, l'air perplexe.

— Mademoiselle Flay, qu'est-ce qui vous... ?

Même si Amber n'apparaissait pas à l'écran, sa voix était reconnaissable entre mille.

— Je suis désolée, dit-elle.

Mon cœur entama un plongeon vers le sol, et je compris qu'il était trop tard. Même si je parvenais à empêcher la vidéo de passer dans ma salle, je ne pouvais pas empêcher toutes les autres classes du lycée de la regarder.

— Mais pas assez pour larguer cet abruti de Jer***, répliqua la voix de Christy.

Le nom de Jeremy avait été bipé, comme les jurons et les gros mots.

Amber poussa un soupir.

— Jer***, c'est seulement pour les apparences. Tu sais que je n'en ai rien à foutre de lui.

— Mais c'est pas ce qu'il croit. Ce que tout le monde croit.

— On s'en carre, de ce que tout le monde croit ! On n'a plus qu'un an à vivre comme ça ! Après, on sera à la fac et on pourra faire tout ce qu'on a envie. *Un an !* Écoute. On ne peut pas courir le risque d'être surprises ensemble comme ça — surtout pas à l'école. La prochaine fois que tu veux me parler, ne m'envoie pas de mot. Appelle-moi, OK ?

L'écran devint noir et j'attendis la suite, le souffle court. Comme elle n'arrivait pas, je me retournai pour voir Mme Murphy, la télécommande à la main, le pouce pressé sur le bouton on/off. Elle avait pâli affreusement.

— Je ne suis pas sûre que cette vidéo soit convenable à regarder, dit-elle doucement.

Je ne savais pas si elle nous parlait à nous ou à elle-même.

Le haut-parleur émit un « bip », nous faisant tous sursauter.

« Je voudrais Blake Mitchell et Nolan Letner dans mon bureau *immédiatement* », annonça la principale McDill.

Même dans le micro, sa colère était palpable.

« Je voudrais également présenter personnellement mes excuses à tout le monde pour la vidéo qui vient de vous être présentée. Elle n'a été en aucun cas autorisée par moi ni par aucun membre du corps enseignant. Les responsables seront sanctionnés. En attendant, reprenez les cours comme d'habitude. »

Mme Murphy reposa la télécommande sur son bureau.

— Bon ! J'imagine que vous devriez sortir vos livres.

Personne ne bougea. Elle se tourna vers moi.

— Mademoiselle Flay, vous pouvez vous rasseoir.

Mon cœur tambourinait contre mes côtes. Jamais, de toute ma vie, je n'avais désobéi à un professeur. Mais mes jambes étaient comme rivées au sol. Cette vidéo n'avait pas été une attaque contre moi, mais contre *Amber*. Impossible qu'elle ne l'ait pas vue. Et je savais ce que ça faisait d'avoir ses secrets exposés devant toute l'école.

— Mademoiselle Flay. Qu'est-ce que vous croyez faire, au juste ? demanda Mme Murphy. Retournez immédiatement vous asseoir.

Confuse, je clignai des yeux. J'étais arrivée devant la porte de la salle sans même me rendre compte que j'avais bougé. Apparemment, mon corps savait déjà inconsciemment ce que je devais faire. Je jetai un coup d'œil par-dessus mon épaule et vis toute la classe qui me regardait avec des yeux ronds.

— Je suis désolée, madame Murphy. Je dois y aller.

Je savais que je m'exposais à des sanctions, mais je devais trouver Amber. Même si elle avait joué un rôle important dans la tentative de Nolan pour ruiner mon existence, je devais la trouver. Lui expliquer qu'elle n'était pas seule. Après tout, comment pouvais-je m'attendre à ce que tout le lycée me pardonne mes fautes si je n'étais pas prête à faire de même ?

J'ouvris la porte, ignorant Mme Murphy, et partis en trombe dans le couloir désert. Si j'étais Amber, où irais-je ? Je ne pouvais pas imaginer qu'elle serait restée dans sa salle de classe, pas alors que son plus grand secret avait été révélé au grand jour.

Je courais dans les couloirs, sans vraiment savoir où j'allais. Tout ce que je savais, c'était que je *devais* trouver Amber.

— Regan !

La voix de Nolan eut sur mon corps l'effet d'une corde de marionnettiste. Je m'arrêtai net, mais refusai de me retourner. Je ne supporterais pas de regarder en face la personne qui m'avait menti et manipulée.

— Regan, *s'il te plaît.*

Il y avait une note de désespoir dans sa voix. Les bruits de ses pas se rapprochèrent, puis s'arrêtèrent juste derrière moi.

— Je ne savais pas que Blake allait intervertir les vidéos. Elle était seulement censée diffuser ta séquence. Celle qu'on a tournée tous les deux.

Une main se posa sur mon épaule.

— Blake m'a menti. Elle s'est servie de moi.

— Tout comme toi, tu t'es servi de moi ?

Je me libérai d'un mouvement brusque. Mes mains tremblaient de rage. Mon cerveau n'arrivait pas à décider si je devais commencer par crier ou par pleurer.

— Comme tu t'es servi de moi pendant tout ce temps ? Tu m'as piégée pour le jour de la grande révélation ?

— Non !

Il ouvrit de grands yeux et fit un pas en arrière.

— C'est pas ça. Je veux dire... Oui, ça a peut-être commencé comme ça. Après ce qui est arrivé à Jordan, j'étais tellement dégoûté... Je voulais la venger. Mais ça, c'était avant que je comprenne que ce que je faisais avec Blake, c'était exactement pareil que ce que vous aviez fait à Jordan. Je lui ai dit que je voulais abandonner le projet. Je croyais qu'elle était d'accord. Elle a dû récupérer la séquence avec Amber le soir où je suis venu chez toi et où elle est restée éditer la vidéo. Bon sang, je suis tellement stupide ! ajouta-t-il en se frottant le visage à deux mains.

Ça, au moins, c'était vrai. Mais pour le reste, comment savoir ? Ce n'était pas comme si je pouvais croire un seul mot qui sortait de sa bouche.

— Je m'en fous, Nolan. Je n'ai pas de temps à perdre avec tes conneries pour le moment, OK ?

Il parut blessé et recula encore d'un pas, comme si je l'avais frappé au visage.

— Je te dis la vérité. Blake m'a menti. On n'a jamais convenu de diffuser la vidéo originale.

Je serrai les poings et secouai la tête.

— Tu comprends pas ? Je me fous qu'elle t'ait menti. Tu m'as menti à moi ! Pendant tout ce temps, tu n'as pas dit un mot alors que j'accusais Amber d'avoir affiché les messages. Je me fous que tu aies changé d'avis sur ton stupide documentaire ! Ce que je retiens, c'est que tu as délibérément entrepris de ruiner mon existence !

Il passa ses doigts dans ses cheveux.

— Je sais. Regan, je suis désolé. Quand on a commencé à filmer, j'étais en colère et blessé... Je me rends compte maintenant que ce n'est pas une excuse. Je n'ai jamais voulu que ça aille aussi loin. J'ai arrêté le projet quand j'ai compris à quel point tout était en train de déraper. Il faut que tu me croies. Au début, je pensais sincèrement aider les gens. Je pensais même t'aider, toi. J'ai jamais voulu que tout ça arrive. Je te jure. Tu es la dernière personne que j'aurais envie de blesser.

— Ouais, tu es un vrai petit saint.

— D'accord, je le mérite. Tu es en colère, tu en as tout à fait le droit. On vivait quelque chose de vraiment formidable tous les deux, et je ne me le pardonnerai jamais si j'ai tout gâché. S'il te plaît, Regan, est-ce qu'on peut en parler ? Est-ce que tu peux me donner une deuxième chance ?

— Je n'ai pas le temps de parler, répliquai-je en passant devant lui. Je dois trouver Amber.

— Je vais t'aider, déclara-t-il en m'emboîtant le pas.

Sans le regarder, je secouai la tête.

— Tu ne dois pas aller chez la proviseure ?

— Il y a beaucoup de choses que je dois faire. Pour le moment, ma priorité, c'est toi.

Je levai les yeux au ciel et poursuivis ma route. Il pouvait dire tout ce qu'il voulait, ça n'allait pas changer le fait que je connaissais à présent le vrai Nolan. Quel que soit le rôle qu'il jouait, je ne me laisserais plus avoir.

Je tournai au coin du couloir et faillis renverser Christy. Ses joues étaient rouges et couvertes de larmes. Elle nous regarda alternativement, Nolan et moi, et pointa sur nous un doigt tremblant.

— *Vous.* Vous avez fait ça ensemble !

— Non. Tu te trompes, protesta Nolan. Tout est ma faute. Regan n'a rien à voir avec ça.

Christy attrapa le devant de son T-shirt et, pendant quelques longues secondes, j'eus la terrible certitude qu'elle allait le frapper.

— Est-ce que tu as la moindre idée de ce que tu as fait ? cracha-t-elle entre ses dents.

Elle le repoussa en relâchant son T-shirt.

— Écoute, Christy, s'il te plaît. Je n'ai rien voulu de tout ça...

— Je vous emmerde, toi et tes intentions ! Il faut que je trouve Amber !

Elle passa à côté de lui en lui cognant l'épaule.

— Tu sais où elle est partie ? criai-je derrière elle.

Christy s'arrêta et secoua la tête. De nouvelles larmes se répandirent sur ses joues.

— Non. On était dans la même salle, et après la vidéo…

Elle déglutit avec peine.

— Amber a pété les plombs. Je… je ne l'avais jamais vue comme ça. J'ai peur.

— OK…

Je me mordillai la lèvre inférieure, me creusant la cervelle pour trouver des endroits où Amber aurait pu se trouver.

— Et si tu allais voir au parking, si sa voiture est encore là ? Si elle n'y est pas, c'est qu'elle a dû rentrer chez elle. De mon côté, je vais continuer à chercher par ici.

— D'accord, opina Christy avant de partir en courant.

Si Amber n'était pas sortie du lycée, elle était allée dans un endroit où elle pourrait être seule, où personne ne viendrait l'embêter. Un endroit comme… les toilettes du deuxième étage. Je tournai à droite et montai l'escalier, Nolan sur mes talons. Je priais pour ne pas la trouver. Je priais pour qu'elle soit au Starbucks, occupée à noyer son chagrin dans un *latte*, ou chez Macy, en train d'oublier ses problèmes en s'offrant un nouveau rouge à lèvres.

Le haut-parleur se mit à crachouiller lorsque j'arrivai au deuxième étage.

« Nolan Letner *et* Regan Flay, vous êtes priés de vous présenter à mon bureau immédiatement », ordonna la principale McDill.

Apparemment, Mme Murphy l'avait prévenue de mon évasion. Exactement ce qu'il me fallait, encore plus de problèmes. Mon souffle se bloqua dans ma gorge, et je tendis la main vers mon flacon de pilules caché dans mon sac à main avant de me rendre compte que j'avais oublié toutes mes affaires dans ma salle de cours.

— Merde, murmurai-je.
— Quoi ? demanda Nolan.
— J'ai oublié mes cachets dans ma salle.

Il fronça les sourcils.

— Tu veux que j'aille les chercher ?
— Mais bien sûr... Je suis sûre que si tu déboules dans ma salle de cours, ça va vachement bien se passer !
— Je m'en fous. J'y vais.
— Non. Je ne veux plus que tu fasses rien pour moi. Jamais. Tu en as fait assez.

Sans lui laisser le temps de répondre, je me retournai et partis en courant vers les toilettes des filles. Devant la porte, j'hésitai. Mon cœur était comme remonté dans ma gorge, m'empêchant de respirer. *S'il te plaît, Amber. Ne sois pas là.*

J'ouvris la porte en grand et entrai. Avant que la porte se referme, Nolan se glissa derrière moi.

Les toilettes étaient silencieuses, hormis le goutte-à-goutte régulier d'un robinet rouillé. Amber n'était pas là. Soulagée, je me détendis.

— Elle n'est pas là, murmurai-je.
— Alors qu'est-ce qu'on fait maintenant ?

Brutalement, je me tournai vers lui.

— Tu ne comprends rien ou quoi ? *On* ne fait rien. *Tu* peux aller te faire foutre.

Un petit rire retentit derrière la porte fermée d'une des cabines.

— Ouais, fit la voix d'Amber, qui résonnait contre le mur carrelé.

Il y avait quelque chose d'inhabituel dans sa voix, mais je ne pus mettre le doigt dessus.

— Allez vous faire foutre. Tous les deux.

Sur ces mots, elle éclata de rire.

Je me figeai. La peur me saisit de ses doigts glacés. Quelque chose n'allait pas. Lentement, je me tournai vers les portes des cabines.

— Amber ?

Pas de réponse. Je me penchai pour regarder sous les portes. Les longues jambes d'Amber étaient étendues par terre, dans les toilettes pour handicapés.

— Amber, je sais que tu es là. Tu ne veux pas sortir, qu'on discute ?

— Pourquoi je voudrais faire ça ? Toi et ton mec, vous ne m'avez pas encore assez filmée pour me détruire complètement ?

Nolan me contourna pour s'approcher de la cabine fermée et posa une main sur la porte pour voir si elle était verrouillée. Elle ne bougea pas.

— Regan n'a rien à voir avec cette vidéo. Si tu veux t'en prendre à quelqu'un, prends-t'en à moi, mais au moins sors pour qu'on puisse parler.

— Je t'em-emmerde, bafouilla-t-elle. On n'a rien à se dire. De toute façon, vous aurez bientôt ce que vous vouliez.

Un frisson me parcourut l'échine.

— S'il te plaît, Amber. Sors. Tu me fais flipper.

Un choc sourd me répondit. Une seconde plus tard, la poignée en métal de la porte se mit à cliqueter. Nolan fit un bond en arrière, et toute la porte se mit à trembler.

— Qu'est-ce qui...

Je m'avançai, et Nolan s'accroupit pour regarder à l'intérieur.

— Merde. Pas encore !

Il se redressa et me regarda, les yeux grands ouverts.

— Elle a des convulsions.

— Elle quoi ?

Je ne comprenais pas. La porte continuait de trembler. Ma première pensée fut qu'il y avait un tremblement de terre — mais ça n'avait aucun sens, puisque rien d'autre ne bougeait.

Nolan me fit signe de reculer.

— Bouge !

Je trébuchai en arrière.

Il passa les bras dans la cabine et attrapa les chevilles d'Amber. Il la fit glisser sous la porte, faisant remonter sa jupe autour de sa taille, exposant sa culotte en dentelle noire. Elle ne sembla pas s'en rendre compte. Ses yeux étaient fermés, ses lèvres retroussées. Tout son corps était rigide et tremblant, comme une corde de guitare.

Nolan lâcha ses jambes et se glissa à côté de sa tête. Il la gifla doucement.

— Amber ? Tu m'entends ? Tu as avalé quelque chose ? Il faut que je sache ce que tu as pris.

Oh mon Dieu. Oh mon Dieu. Oh mon Dieu. Les mots tournaient en boucle dans ma tête. Je voulais aller vers elle, mais la peur me clouait sur place. Je parvenais presque à me convaincre que tant je ne la *touchais* pas, tout cela n'arrivait pas vraiment et n'était qu'un cauchemar.

Nolan se tourna vers moi.

— Elle ne réagit pas. Appelle les secours !

Il aurait aussi bien pu parler latin. Lorsque les fragments de sa phrase se mirent enfin en place dans ma tête, je fouillai mes poches avant de me souvenir que j'avais laissé mon portable dans mon sac.

— J'ai pas mon téléphone !

Il fourra ses mains dans ses poches et en sortit son iPhone. Il composa le numéro, les mains légèrement tremblantes, et leva le téléphone à son oreille.

— Je suis dans les toilettes du deuxième étage du lycée Sainte-Mary. Je suis avec une élève qui a dû faire une overdose de quelque chose. Elle a des convulsions.

Il s'interrompit pour écouter la réponse.

— Aucune idée. Regan, regarde si tu peux trouver un flacon de pilules, qu'on puisse savoir ce qu'elle a pris.

Je hochai mollement la tête et m'approchai du corps tremblant d'Amber.

— Non, elle n'a pas changé de couleur, fit Nolan au téléphone. Elle respire encore, mais ses lèvres sont un peu bleues.

Il toucha le cou d'Amber et fronça les sourcils.

— Son cœur bat vraiment très vite. Vous feriez bien de vous dépêcher.

Je remis en place la jupe d'Amber et glissai les doigts dans ses poches. Elles étaient vides. Son corps se tordait sous mes mains. Je reculai. Elle émit un bruit étouffé, et je fermai les yeux. Même si j'allais dans un lycée catholique et que j'avais une mère ultraconservatrice, je n'avais jamais été très branchée religion. Pourtant, je pris le temps de murmurer une rapide prière pour Amber. Pour qu'elle s'en sorte.

— Tu as trouvé quelque chose ? demanda Nolan.

J'ouvris les yeux et secouai la tête.

Il soupira.

— Rien, répéta-t-il au téléphone. Très bien. Dites-leur de monter au deuxième étage. Dans les toilettes des filles.

Les cheveux trempés de sueur d'Amber lui collaient au front. Nolan les repoussa en arrière.

— Continue à chercher, me dit-il.

Je hochai la tête et me mis à genoux pour regarder sous la porte des toilettes. À part la moisissure noire qui tachait le joint à la base des toilettes, je ne voyais rien.

— Elle n'a peut-être rien pris, dis-je avec espoir. Elle est peut-être épileptique ou quelque chose comme ça ?

— Je ne crois pas. Amber ? appela-t-il en se penchant sur elle. Tu m'entends ? On a appelé les secours. Tu vas t'en sortir, mais on a vraiment besoin de savoir ce que tu as avalé, et en quelle quantité.

Elle émit un petit gargouillis étranglé et posa son bras tremblant sur sa poitrine, la main sous le menton. C'est alors que je le vis. Le bouchon blanc d'un flacon de pilules, qui dépassait de son poing fermé.

Je rampai à côté d'elle et attrapai sa main, mais elle resta fermée sous son menton. Avec les spasmes qui la secouaient toujours, j'étais incapable de faire bouger son bras.

Un à un, je détachai ses doigts du petit flacon jusqu'à pouvoir le lui arracher. Il était vide. J'espérais seulement qu'il n'était pas plein à la base. Je lus l'étiquette.

— Bupropion, dis-je à Nolan. C'est ce qu'elle a pris.
Il répéta l'information au téléphone.
Un frisson me parcourut. Je m'appuyai contre la porte des toilettes, vidée de toute énergie.
— *Pourquoi*, Amber ? murmurai-je en fermant mon poing sur le flacon.
Un souvenir refit surface, comme pour m'apporter une réponse : je me revis, dans mon lit, un peu plus d'une semaine auparavant, en train de regarder mon propre flacon de pilules et de penser à quel point ce serait facile d'arrêter la douleur. De tout arrêter.
J'attrapai la main d'Amber et la serrai. Un sanglot me remonta dans la gorge.
— S'il te plaît, Amber, ne meurs pas. *S'il te plaît*. Si tu t'en sors, tout sera différent. Tu verras. Tout va s'arranger.
Lorsque je levai les yeux, des hommes en uniforme bleu nous entouraient. Ils m'arrachèrent mon ancienne amie et la déposèrent sur une civière. Dès l'instant où elle fut évacuée, le temps se mit à avancer à de drôles d'intervalles, comme si quelqu'un n'arrêtait pas de jouer avec les boutons « play » et « accéléré » de la télécommande de ma vie.
La principale apparut devant moi. Elle parlait, mais je ne comprenais pas un mot de ce qu'elle disait. Je fermai les yeux, et quand je les rouvris, ma mère était là, elle aussi en pleine discussion. Tout le monde parlait : Nolan, un policier, plusieurs professeurs et, plus tard, un médecin, même si je ne me souvenais pas d'être allée à l'hôpital.
De temps en temps, j'entendais quelques mots au milieu des murmures qui m'entouraient. *Choc. Traumatisme.*

Repos. Ces mots furent prononcés à plusieurs reprises, jusqu'à flotter dans ma tête et m'emporter dans une mer d'inconscience.

Dans mes rêves, je vis un corps déposé sur une civière. Une main pendait sur le côté, et un flacon de pilules glissa des doigts pour rebondir au sol. Des douzaines de cachets roses et ovales se répandirent. Le bruit qu'ils firent en frappant le carrelage résonna comme autant de coups de tonnerre.

— C'est terminé, dit quelqu'un.

Un drap blanc fut posé sur son corps. Avant que son visage soit recouvert, je me vis approcher la civière pour la voir une dernière fois. Même si ses yeux étaient privés de vie, je voyais bien qu'il ne s'agissait pas des iris marron foncé d'Amber. Ceux-là étaient bleu pâle, comme les miens.

Un hurlement se bloqua dans ma gorge.

Ça aurait pu être moi.

CHAPITRE 21

Je me redressai dans un sursaut, et mon rêve partit en lambeaux. Je me frottai les yeux jusqu'à être certaine que j'étais bien réveillée et que je n'allais pas succomber à un autre cauchemar. Lorsqu'enfin j'ouvris les yeux, je me retrouvai dans un lit d'hôpital, avec une couverture rigide posée sur moi. Je l'arrachai pour découvrir que je portais toujours mon uniforme du lycée. La lumière du soleil filtrait à travers les stores poussiéreux d'une fenêtre à ma droite, projetant des lignes sur le sol comme des barreaux de prison.

— Tout va bien, ma chérie, dit papa.

Je me retournai. Il était assis sur une chaise à côté de mon lit. Il portait sa blouse de chirurgien-dentiste et tenait une tasse de café en équilibre sur ses genoux. Il la posa sur la table de chevet et se leva.

— Reste assise. Tu étais en état de choc, et le médecin t'a donné quelque chose pour te détendre. Tu dors depuis plusieurs heures.

Choc.

Hôpital.

Mon cœur se mit à battre la chamade. Allaient-ils m'interner ? M'obliger à porter un peignoir et me boucler dans un service où on confisquait les lacets des chaussures et les stylos ?

— Je... je ne veux pas rester. Je veux rentrer à la maison.

Papa leva les mains en signe d'apaisement.

— Tu n'as pas à rester ici. On va te ramener à la maison dès que le docteur aura vu que tu es réveillée et nous aura donné son feu vert.

Je hochai la tête et passai mes doigts dans mes cheveux emmêlés, m'efforçant de comprendre ce qui s'était passé. Il y avait eu une vidéo... j'étais partie chercher Amber... Nolan m'avait suivie et... *oh mon Dieu !*

Je relevai la tête.

— Amber !

Papa hocha la tête.

— Pour le moment, tout va bien. Il est trop tôt pour dire si elle souffre de dommages internes, mais elle est en vie. Et ce ne serait pas le cas si tu ne l'avais pas trouvée, ma chérie. Tu l'as sauvée.

Je n'en étais pas si sûre. Aurait-elle pris ces pilules si je n'avais pas enregistré sa conversation avec Christy ? Et Jordan ? Aurait-elle avalé l'eau de Javel si j'avais empêché Amber de se moquer d'elle ? Des larmes me montèrent aux yeux. J'avais voulu changer, mais tout ce que j'avais réussi à faire était encore pire.

— Eh bien alors ? fit papa en tirant des mouchoirs en papier pour mes les donner. Tout va s'arranger. Tu vas voir.

Je grimaçai, puis me tapotai les yeux avec le mouchoir.

— Tu ne comprends pas. *Rien* ne va s'arranger.

Avant que je puisse poursuivre, ma mère entra en trombe dans la chambre. Son tailleur était froissé, et plusieurs mèches de cheveux s'échappaient de son chignon.

— Oh, Regan !

Je me raidis et enfouis ma tête dans l'oreiller. Connaissant ma mère, elle avait probablement déjà entendu toute l'histoire. Depuis mes messages privés collés sur les casiers jusqu'à la vidéo diffusée à l'école. Je retins mon souffle et me préparai à des remontrances – à ce qu'elle me dise à quel point elle était déçue, et que cette affaire allait ruiner toutes ses chances d'être réélue lorsque les médias l'apprendraient.

Maman laissa tomber son sac à main par terre. Elle s'approcha de moi, les lèvres exsangues à force d'être serrées. Elle me prit par les épaules.

Je déglutis avec peine. On y était.

— Regan, je…

Elle referma la bouche, comme si elle venait de changer d'avis, et me serra contre elle.

La violence de son embrassade m'effrayait. J'essayai de me dégager, mais elle ne fit que me serrer davantage.

— Mon bébé, murmura-t-elle contre le sommet de mon crâne tout en me caressant les cheveux.

Sa chaleur m'enveloppait, tout comme l'odeur de son Chanel N°5 – le parfum qu'elle portait depuis que j'étais petite. Je ne me souvenais même pas de la dernière fois qu'elle m'avait tenue comme ça. Ses bras serrés tout contre moi m'emplissaient de souvenirs de ma vie d'avant. Avant que tout devienne si *compliqué*.

Les larmes que j'avais essayé si désespérément de retenir se libérèrent enfin et roulèrent sur mes joues.

— Maman, balbutiai-je, une boule dans la gorge. Je suis désolée.

— Chhhh, murmura-t-elle contre moi. C'est moi qui suis désolée, Regan. Le lycée m'a montré la vidéo. Je n'avais pas idée de ce que tu vivais. Je mets beaucoup trop de pression sur tes épaules. J'ai dû faire tant d'efforts pour en arriver où j'en suis aujourd'hui... J'ai seulement pensé que si tu réussissais maintenant, la vie serait beaucoup plus facile pour toi qu'elle l'a été pour moi. Je me trompais.

Elle prit une longue inspiration tremblante et conclut :
— Pourras-tu un jour me pardonner ?

Lui pardonner ? Les médicaments devaient me faire halluciner !

— Mais c'est moi qui ai tout gâché ! protestai-je. Et à cause de ça, tout le monde au lycée me déteste. Et Amber...

Je ravalai un sanglot.

— Chhh, répéta-t-elle. On ne va pas s'en faire pour tout ça maintenant. Prenons les choses au jour le jour. L'important, c'est qu'Amber soit en vie et que tu ailles bien.

Mais je n'allais pas bien. En quelques semaines, ma vie entière s'était dérobée sous mes pieds, et je portais les marques de ma chute. Les choses que j'avais faites et les choses que j'avais vues allaient me hanter pour toujours.

Je le savais, parce que chaque fois que je fermais les yeux, je revoyais les pieds sans vie de Jordan dans l'écran de télévision, et le corps d'Amber secoué de convulsions sur le sol des toilettes.

Je savais que maman voulait seulement me remonter le moral — m'offrir une lueur d'espoir là où il n'y en avait aucune. Elle n'aurait pas dû se donner cette peine. À dix-sept ans, j'étais assez grande pour voir la vérité en face.

Certaines choses n'allaient *jamais* s'arranger.

Quelqu'un frappa à la porte de ma chambre. Je refermai mon livre.

— Regan ?

Maman entrebâilla la porte et sourit.

— Comment ça va ? demanda-t-elle.

Elle avait l'air bizarre, en jean et sweat Harvard. Ses tennis, qu'elle possédait depuis des années, étaient d'une blancheur immaculée. Elle n'avait pas dû les porter souvent. Elle n'avait pas pris un seul jour de vacances depuis qu'elle avait remporté sa première élection, une dizaine d'années auparavant. Lorsqu'elle m'avait dit à l'hôpital qu'elle avait pris deux semaines de congé pour passer du temps avec moi, j'avais cru qu'elle était devenue folle. Mais étrangement, elle semblait plus détendue que jamais.

Je posai mon livre et me redressai contre mes oreillers.

— Ça va.

Ça n'a pas changé depuis la dernière fois que tu es venue voir, il y a une demi-heure. Cela dit, ses visites ne me dérangeaient pas. Elles me distrayaient des sombres souvenirs qui fondaient sur moi lorsque les livres, Internet et la télévision ne suffisaient pas à les tenir éloignés.

Elle sourit, de ce grand sourire hyper-enthousiaste qu'elle réservait d'ordinaire aux collecteurs de fonds de ses campagnes électorales.

— Super. Alors tu es d'humeur à recevoir de la visite ?

Je me redressai d'un bond.

— C'est pas...

— Non.

Je me détendis. Cette semaine, Nolan était venu deux fois à la maison. À chaque fois, je m'étais cachée dans ma chambre et avais supplié mes parents de le chasser. La deuxième fois, Nolan avait attendu plus d'une heure avant de finir par abandonner et rentrer chez lui. Je le savais, parce que j'avais passé mon temps à regarder par la fenêtre pour voir si sa voiture était toujours garée dans l'allée. Je n'avais aucune idée de ce qu'il avait pu raconter à mes parents pendant tout ce temps, mais je m'en fichais. Après qu'il m'avait menti comme il l'avait fait, après qu'il s'était *servi de moi*, je ne voulais plus jamais le revoir.

— C'est qui ? demandai-je.

— C'est moi, répondit Payton en ouvrant la porte en grand.

Elle portait un sac à dos plein à craquer, qu'elle laissa tomber par terre avec un grand bruit sourd.

— Et j'ai apporté tous tes devoirs de la semaine. Génial, non ? fit-elle avec un grand sourire.

Maman attrapa le sac à dos pour le hisser sur mon bureau.

— Merci, Payton. Regan ne peut pas se permettre de voir chuter ses notes...

Elle s'interrompit et ravala la fin de sa phrase en secouant la tête.

— Vous savez quoi ? reprit-elle. Et si on attendait demain pour s'occuper des devoirs ? On pourrait aller voir un film ce soir. Et… peut-être que Payton a envie de se joindre à nous ? On pourrait se faire une soirée entre filles. Qu'est-ce que tu en dis, Payton ?

— Euh… hésita-t-elle en me jetant un regard en coulisse. Oui ?

— Excellent, dit maman en allant vers la porte. Je vais voir ce qu'il y a à l'affiche. Je reviens.

Dès qu'elle eut quitté la pièce, Payton se tourna vers moi.

— C'était qui, celle-là ? Et qu'est-ce qu'elle a fait de ta mère ?

Je haussai les épaules.

— Cherche pas. Extraterrestres, possession démoniaque, peu importe. C'est une sacrée amélioration.

— J'imagine, fit Payton en sautant sur mon lit. Alors, quand est-ce que tu retournes au lycée ? Je suis obligée de manger avec mon frère le midi, tu imagines ? Je suis dégoûtée…

À la mention de Nolan, ma gorge se serra. Je secouai la tête.

— Tu as eu des nouvelles d'Amber ?

Payton soupira.

— Elle est en vie, c'est tout ce que je sais. J'ai essayé de lui rendre visite à l'hôpital, mais elle a été transférée dans le service psychiatrique dès que son état s'est stabilisé. Je suis allée la voir là-bas, mais elle refuse toutes les visites à part celles de sa famille. Du coup, comme je t'ai dit, au lycée, je suis toute seule. Tu me manques vraiment.

Je me laissai retomber sur mon oreiller.

— Tu es bien la seule à qui je manque.
— C'est pas vrai.
Elle roula sur le ventre et m'adressa un regard lourd de sens.
Je la fusillai du regard.
— Je n'ai pas envie de parler de *lui*. Et puis je ne suis pas vraiment sûre de vouloir retourner au lycée… Rien qu'à l'idée de revoir tout le monde…
Je frissonnai.
— Je sais pas quand je serai prête. Je sais même pas si je le serai un jour.
— Alors tu vas arrêter l'école ?
— Pas vraiment. Avec maman, on a parlé d'embaucher un enseignant à domicile pour le reste de l'année.
— Ça serait vraiment dommage, déclara Payton en arrachant une peluche de ma couverture.
— Pourquoi ?
Elle leva les yeux vers moi.
— Les choses ont changé. Depuis toute l'histoire avec Amber et la vidéo. On a eu une réunion avec des intervenants qui ont parlé de tolérance et tout ça. Cette partie-là était naze, ajouta-t-elle en levant les yeux au ciel. Ils avaient au moins *quarante ans*. Qu'est-ce qu'ils savent de comment ça se passe au lycée de nos jours ? Enfin bref, quand ils ont terminé, Nolan s'est levé pour parler de votre projet. Il a dit que la vidéo de toi était censée être la première phase, et que maintenant il voudrait que toute l'école participe à la phase deux. Je ne sais pas ce qui s'est passé, c'était comme s'il était connecté avec toute la salle. Tout le monde était super excité.
Je me redressai dans mon lit.

— Mais pourquoi ils laissent Nolan faire ça après le coup de la vidéo ?

— Écoute, je cherche pas à le défendre, et je lui en veux toujours d'être entré dans ma chambre pour piquer nos messages sur mon ordi, mais Blake a avoué à la principale que Nolan a abandonné le projet au moment où tu as commencé à te faire emmerder. Ça a énervé Blake, alors elle a continué le projet dans son dos. Elle est même allée jusqu'à voler la vidéo que tu as filmée avec la caméra de Nolan.

La partie sur Blake ne me surprenait pas. Pas besoin d'être Einstein pour comprendre qu'elle ne pouvait pas me saquer. Et maintenant que je savais pourquoi, je pouvais difficilement lui en vouloir. Moi aussi, j'avais souvent menti et trahi pour obtenir ce que je voulais. Ce qui me blessait le plus avec Nolan, c'était qu'à cause de ses mensonges, je ne savais plus s'il s'intéressait vraiment à moi. Peut-être que tout ça n'avait été qu'une comédie visant à obtenir les informations qu'il voulait. Je repris mon livre et fis semblant de lire le résumé à l'arrière.

— Est-ce qu'on peut parler d'autre chose ?

— Le bal, c'est demain. Je n'ai pas de mec pour m'accompagner, alors si toi non plus, je me disais qu'on pourrait y aller ensemble, dit-elle d'un air empli d'espoir.

Je reposai mon livre et grimaçai.

— Tu te fous de ma gueule ?

— Allez... ça sera marrant. On va se faire belles, danser avec des beaux gosses... *S'il te plaît, Regan.*

— Je suis désolée.

Je repliai mes jambes contre ma poitrine et les entourai de mes bras.

— Je ne suis pas vraiment d'humeur à faire la fête en ce moment, ajoutai-je. Et de toute façon, je ne vais pas avoir le droit de venir puisque je ne vais plus au lycée.

— C'est pas vrai, répliqua Payton en se décalant vers moi. J'ai demandé à la principale, et elle a dit qu'elle serait ravie que tu viennes. Si tu veux, on n'aura qu'à rester le temps d'une ou deux chansons, et si t'es pas bien, on partira. Promis.

— Non.

Je pensai à Amber, qui passerait la soirée du bal enfermée dans un service psychiatrique.

— Je ne crois vraiment pas que ce soit une bonne idée.

Elle se laissa tomber sur le matelas.

— Tu peux pas passer le reste de ta vie planquée dans ta chambre !

— Je suis pas planquée.

— Ah non ? rétorqua-t-elle en haussant un sourcil. Alors prouve-le. Viens au bal avec moi.

— Pourquoi je ferais ça ? Tout le monde me déteste.

— C'est pas vrai, répéta-t-elle en rampant à côté de moi. Je crois que pas mal de gens te trouvent même carrément géniale. Après tout, y en a pas beaucoup qui auraient eu la force de filmer leurs excuses pour les montrer à tout le lycée. Pour ça, il faut vraiment des couilles.

— Euh, attends. Comment tu sais pour ma vidéo ? Elle n'a pas été diffusée en entier !

— Euh... C'est pas tout à fait vrai.

— Quoi ?

Elle se tordit les mains.

— Je t'ai parlé de la réunion ? Eh bien, Nolan a passé votre vidéo – celle que vous avez faite ensemble – avant de parler de votre projet.

— C'est pas *notre* projet ! m'écriai-je en levant les bras en l'air. Je n'ai pas la moindre idée de ce dont il s'agit ! Et qui lui a donné l'autorisation de montrer cette vidéo à tout le lycée ?

Payton haussa les épaules.

— Je pensais que tu aurais été d'accord.

Je serrai les doigts sur le bord de ma couverture.

— Non, je suis absolument pas d'accord ! Après le désastre de l'autre vidéo, j'en ai marre d'essayer de tout arranger. Chaque fois que les projecteurs se tournent vers moi, il se passe quelque chose de catastrophique. Je veux juste qu'on me laisse disparaître tranquillement.

Ma mère entra dans la pièce avant que Payton puisse protester. Elle avait les yeux rivés sur son iPad.

— Il y a cette nouvelle comédie romantique qui passe à dix-neuf heures. Ou un film d'action avec Bruce Willis à dix-neuf heures trente. Et tu sais l'effet que me fait Bruce, ajouta-t-elle avec un sourire complice.

Comme je ne répondais pas, elle abaissa l'iPad pour me regarder.

— OK, qu'est-ce qui se passe ?

Payton croisa les bras.

— J'essayais de persuader Regan d'aller au bal avec moi demain.

— Ça m'a l'air d'une excellente idée, fit maman. Tu ne sors jamais de la maison à part pour aller...

Elle s'interrompit, mais je n'avais pas besoin qu'elle termine sa phrase. La seule fois où j'avais quitté la maison depuis que j'avais atterri à l'hôpital, c'était pour aller voir mon psy.

— Alors où est le problème ? reprit-elle.

— Le problème, c'est que j'ai pas envie d'y aller. Je suis pas encore prête à revoir les gens du lycée.

Maman et Payton échangèrent des regards défaits.

— Très bien, ma chérie, dit maman. Personne ne va te forcer à faire quoi que ce soit. Mais avant de refuser définitivement, tu devrais peut-être prendre la nuit pour y réfléchir. On pourrait aller t'acheter une robe demain matin, et faire une manucure. Ce serait sympa, non ?

Je devais bien l'admettre, ça avait l'air sympa. La seule fois où j'avais passé un moment entre filles avec ma mère dans l'année, c'était quand on était allées aux portes ouvertes de l'université de Columbia. Mais je n'irais pas au bal.

— Non.

Elle soupira.

— Essaie d'y réfléchir. En attendant, je vais réserver les billets. Payton, si tu appelais ta mère pour t'assurer que c'est bon pour ce soir ?

— Bien sûr. J'ai laissé mon portable dans ma voiture. Je peux me servir de votre téléphone ?

— C'est par ici, répondit maman en lui montrant le chemin.

Une fois seule, je poussai un long soupir. Même si maman et Payton pensaient qu'une nouvelle humiliation publique serait une idée sympa, pas question que j'aille à ce bal ! Et puis, avec la montagne de devoirs que j'avais accumulés en mon absence, je n'allais avoir le temps de rien faire si je voulais rattraper mon retard.

Je descendis du lit et traversai la pièce pour fouiller mon sac à dos. Ça ne me ferait pas de mal de passer en revue la pile de devoirs pour me faire une meilleure idée de la somme de travail qui m'attendait. J'ouvris mon sac et vidai son contenu sur le bureau. Cinq livres de cours et plusieurs feuilles de papier en tombèrent. J'étais en train de trier les livres et les feuilles de cours par matière lorsque je remarquai le coin d'une enveloppe violette qui dépassait de mon livre de littérature contemporaine.

Des doigts invisibles me serrèrent le cœur. Je savais sans même la regarder que la lettre était de Nolan. Je la tirai d'entre les pages. Le mot *Regan* était inscrit dessus d'une écriture brouillonne. Je gardai les yeux fixés sur l'enveloppe pendant plus d'une minute, en essayant de penser à tout ce que Nolan aurait pu écrire pour me donner envie de le revoir.

Rien.

Je jetai l'enveloppe fermée dans la corbeille à papier sous mon bureau. À quoi bon la lire ? La lettre, tout comme le bal du lycée, n'était qu'une autre occasion de m'infliger des douleurs inutiles, et j'avais déjà assez souffert pour toute une vie.

CHAPITRE 22

À travers toute la ville, des filles étaient en train de s'appliquer une dernière couche de rouge à lèvres, de se tortiller pour entrer dans des robes à paillettes et de chausser leurs escarpins. Mais pas moi. J'avais enfilé un fuseau, un T-shirt extra-doux, et j'étais dans la cuisine en train de passer les élastiques de mes jambières sous les talons de mes bottines. J'avais rencard avec un beau gosse de confession équine.

Maman apparut sur le pas de la porte. Elle plissa les yeux.

— Pourquoi tu es habillée comme ça ?

— Parce que ça fait plus d'une semaine que je n'ai pas vu Rookie. Et qu'après tout ce pop-corn et ces bonbons qu'on s'est enfilés au ciné hier soir, je me suis dit qu'un peu de sport n'allait pas me faire de mal.

Maman hocha la tête.

— C'est vrai qu'on a englouti notre ration de l'année en glucides. Mais on a toujours largement le temps d'aller à la gym avant les élections de novembre.

Je grimaçai. J'appréciais les efforts qu'elle faisait avec moi, mais il était étrangement rassurant de savoir que mon ancienne mère n'avait pas complètement disparu.

Papa entra dans la cuisine, en costume.

— Voilà les deux plus belles femmes du monde, dit-il en tendant à ma mère une cravate en soie bleue. Me feras-tu l'honneur... ?

Je regardai ses doigts agiles plier et replier la bande de soie en un impeccable nœud. Je m'émerveillais toujours de la voir réussir à chaque fois du premier coup, sans même avoir à desserrer le nœud pour rajuster la longueur. Lorsqu'elle eut terminé, il l'embrassa sur la joue et glissa la cravate sous sa veste.

Je n'avais jamais noué de cravate pour personne, et je me demandai si je pourrais refaire de mémoire les mouvements de maman. *Enrouler. Tourner. Tirer.* Mais dans ma tête, lorsque je reculai pour admirer mon travail, ce fut pour voir le visage de Nolan qui me souriait.

Beurk.

J'ouvris les yeux et secouai la tête, espérant chasser cette image.

— Vous allez où ? demandai-je.

— Encore un de ces dîners politiques mortels, soupira mon père.

Maman lui envoya un coup de coude dans les côtes.

— Excuse-moi, fit papa en se frottant les côtes. Je voulais dire, encore un de ces charmants dîners politiques bourrés de rebondissements.

— C'est mieux, dit maman en jetant un coup d'œil à l'horloge du micro-ondes. Et on ferait bien d'y aller si on ne veut pas être en retard. Tu sais, Regan, ajouta-t-elle, tu as toujours le temps de te préparer pour le bal si jamais tu changes d'avis.

Je combattis l'envie de lever les yeux au ciel. Maman avait fait de tels efforts pour améliorer notre relation cette dernière semaine, je ne voulais pas retomber dans de mauvaises habitudes.

— Je ne vais pas changer d'avis. J'ai appelé Payton ce matin et je lui ai dit exactement la même chose, déclarai-je en m'emparant de ma bombe. Il n'y a qu'un mec avec qui je vais danser ce soir, et il pèse cinq cents kilos.

— Ça c'est ma fille ! fit papa avec un clin d'œil. Si tu continues à privilégier les chevaux aux garçons jusqu'à, disons, tes trente-cinq ans, je serai un homme comblé.

— *Papa*, souris-je en levant les yeux au ciel.

Maman le frappa avec son sac à main.

— Viens, Steven. On va être en retard.

Avant de partir, il me serra contre lui. Son parfum me titilla les narines – une senteur tiède et épicée.

— Je suis vraiment fier de toi.

Il me relâcha et prit maman par la main. Ensemble, ils quittèrent la cuisine et partirent vers le garage.

Je restai quelques instants devant la porte fermée, à me demander ce qu'il avait voulu dire. *Fier de moi ? Pourquoi ?* Ces dernières semaines – et même ces dernières années – je n'avais fait que merder.

Je calai mon casque sous mon bras et pris mes clés. Peut-être avait-il seulement fait son papa – il avait dit ce que, selon lui, j'avais besoin d'entendre. Malheureusement, ça n'avait pas marché. Rien ne semblait marcher. C'était exactement pour ça que j'avais besoin d'une séance de thérapie équestre. Je partis vers la porte du garage, mais la sonnette de l'entrée retentit.

— Sérieux... murmurai-je.

Je reposai ma bombe et mes clés et allai à la porte d'entrée.

— Payton, criai-je, j'espère que ce n'est pas toi qui viens essayer de me convaincre d'aller au bal. Je t'ai déjà dit que je ne voulais pas.

Je m'arrêtai devant la porte. Une ombre se déplaça de l'autre côté du panneau de verre dépoli.

— Et tu as intérêt à ne pas être un psychopathe, ajoutai-je. Mes parents sont républicains. On a des armes. Des tas !

J'entrebâillai la porte. Derrière, Nolan leva la main pour me saluer. Il portait un jean et une veste de costume avec une chemise noire. Ses cheveux étaient peignés en arrière et disciplinés avec une noix de gel. Il tenait à la main une petite boîte.

— Non.

Je voulus lui claquer la porte au nez. Apparemment, j'avais raison pour le psychopathe. Malheureusement, Nolan eut le temps de coincer son pied dans l'encadrement. Il grimaça lorsque la porte rebondit violemment sur son pied pour s'ouvrir en grand.

— Tu viens au bal habillée comme ça ? demanda-t-il. J'aime bien. Ça a le mérite d'être original.

Il devait vraiment être dingue s'il s'était pointé en pensant que j'allais danser avec lui. Je croisai les bras.

— Non. Je sais pas ce que tu es venu faire ici, mais c'est *non*.

Il inclina la tête.

— Tu sais très bien ce que je suis venu faire ici. C'est le soir du bal, et tu as accepté d'y aller avec moi.

— Dans tes rêves, crachai-je.

— Euh, *si*. Tu as accepté. Tiens, c'est pour toi, ajouta-t-il en me tendant la boîte.

Je la repoussai.

— Je veux pas de ton cadeau. Et j'ai jamais rien accepté.

— Bien sûr que si, répliqua-t-il avec un grand sourire. C'était dans la lettre que je t'ai envoyée hier soir — celle que tu n'as pas manqué de lire, *bien sûr*. Dedans, j'ai clairement écrit que si tu ne voulais pas aller au bal avec moi, tu pouvais soit m'appeler, soit m'envoyer un SMS pour me prévenir. Comme tu ne m'as pas contacté, j'ai su que tu avais accepté mon invitation.

La colère bouillait dans mes veines. Je me retenais de me cogner la tête contre la porte. J'aurais dû me douter que Nolan chercherait à me piéger. La tromperie faisait partie de ses stratagèmes favoris. Si seulement j'avais lu le contenu de cette foutue enveloppe violette...

— C'est pas...

— Je suppose que tu es prête à partir, me coupa-t-il. Tu es très belle. On y va ? ajouta-t-il en se dirigeant vers la porte.

À ma grande contrariété, je me sentis rougir. *Remets-toi, Regan. Qu'est-ce que tu t'en fous de ce que pense Nolan Letner ?*

— Je vais seulement te le dire une fois de plus parce que, apparemment, tu es à moitié bouché : je ne vais nulle part avec toi. Fin de l'histoire.

— Et si je te disais que j'ai loué une limousine ?

Je regardai derrière lui et, en effet, une limousine noire nous attendait dans l'allée. Je haussai les épaules.

— Je te répondrais que tu vas avoir beaucoup de place pour t'étaler tout seul à l'arrière.

— Je ne suis pas tout seul. Payton est avec moi.

Comme si elle l'avait entendu, Payton émergea du toit ouvrant, vêtue d'une robe-bustier violette. Ses cheveux étaient remontés sur le sommet de son crâne en une masse de bouclettes et de barrettes en strass. Elle me fit signe.

— Tu es prête ?

Le sang battait dans mes tempes. Nolan était arrivé depuis à peine cinq minutes, et j'avais déjà la migraine. Je me retournai vers lui et poussai un bruyant soupir.

— Il pourrait y avoir les frères Hemsworth dans cette bagnole, je ne voudrais toujours pas y entrer. Je ne viens pas. Maintenant, j'aimerais que tu *partes*.

Il m'attrapa la main avant que je puisse arriver à la porte. Je reculai, comme s'il m'avait brûlé. Ses épaules se voûtèrent et son sourire disparut.

— Regan, je...

Il s'interrompit, avala sa salive et reprit :

— Non. Il ne s'agit pas de moi. Laisse-moi réessayer.

Je croisai les bras et attendis.

— Tu es une fille formidable, déclara-t-il. Ce que je t'ai fait est impardonnable.

— En effet, dis-je en essayant de refermer la porte. Adios.

Il arrêta la porte de la main.

— S'il te plaît. Laisse-moi terminer.

Je soupirai et me pinçai l'arête du nez.

— J'ai commencé à tourner *La vie en toute inconscience* avec Blake parce que je voulais faire justice pour Jordan. Mais, je ne sais pas comment, la justice s'est changée en vengeance. Quand je m'en suis rendu compte et que j'ai décidé d'annuler tout le projet, les dégâts étaient faits. Si j'avais pu, j'aurais effacé toute la peine que je t'ai causée, même si ça avait voulu dire qu'il ne se serait jamais rien passé entre nous.

Il leva la main comme pour toucher mon visage, mais ses doigts restèrent suspendus si près de ma joue que je sentis la chaleur qui irradiait de sa peau.

Une boule se forma dans ma gorge. J'avais envie de refermer la distance qui nous séparait, et je me détestais pour ça. Je détestais cette faiblesse qui, malgré sa trahison, faisait que j'avais toujours besoin qu'il me touche.

Par chance, Nolan rabaissa la main. Aussitôt, mes muscles crispés se détendirent.

— Et ce n'est pas rien, poursuivit-il en serrant les poings. Après Jordan... tu sais... j'ai cru ne plus jamais être heureux. Et puis tu es arrivée. Je sais que j'aurais dû tout t'avouer depuis le début mais, Regan, j'avais une trouille bleue de te perdre. Et maintenant que je t'ai perdue, c'est exactement l'enfer que j'avais cru que ce serait.

Ma poitrine se serra. J'avais du mal à respirer. J'avais envie de le croire, de tomber dans ses bras comme le jour où Amber avait dit du mal de moi dans les toilettes. Seulement, maintenant, c'était lui qui m'avait blessée et je n'avais nulle part où m'enfuir.

— Nolan, s'il te plaît, va-t'en, dis-je à voix basse pour ne pas sangloter. Et emporte tes mensonges avec toi.

Il hocha la tête, comme s'il s'était attendu à ce genre de réplique.

— D'accord. Mais je voudrais quand même que tu saches que notre projet va être inauguré ce soir au bal.

— *Ton* projet, rétorquai-je.

— C'était ton idée. Je n'ai fait que la mettre en pratique.

Je levai les yeux au ciel.

— On s'en fout.

— Non, on s'en fout pas, répliqua-t-il vivement. Ce projet est génial. Il a changé tout le lycée. Et quand les autres écoles en entendront parler, ça pourrait aussi les faire évoluer. Ta mère s'est arrangée pour que les journalistes soient là ce soir pour l'inauguration. Je me suis dit que tu devrais venir pour recevoir les honneurs que tu mérites.

J'ouvris la bouche pour protester, mais il me coupa net :

— Même si ça veut dire que je n'y serai pas.

— Quoi ? demandai-je en le dévisageant d'un air ébahi.

— Elle est pour toi, déclara-t-il en désignant la limousine. Enfin, toi et Payton. Le chauffeur a déjà été payé. Je peux rentrer à pied, et je te promets que je ne viendrai pas au bal. Je veux que tu y sois. Pour voir les choses incroyables que tu as créées. Restes-y cinq minutes ou bien la nuit entière, c'est toi qui vois. Mais vas-y, et vois ce que tu as initié. Tu ne seras pas déçue, conclut-il avec un petit sourire triste.

— Vous venez ? cria Payton depuis la limousine.

Je me mordillai la lèvre inférieure. Je n'avais vraiment pas envie d'aller au bal, mais je ne pouvais nier que la curiosité grandissait en moi au sujet du projet secret de Nolan — surtout que c'était *censé* être mon idée. Et si Nolan n'y allait pas, je n'en avais que plus envie de m'y rendre.

— Je pourrai vraiment partir quand je voudrai ?

— Oui.

— Donc en gros, je pourrai entrer et ressortir aussitôt ?

Il haussa les épaules.

— C'est ta limousine. Tu fais ce que tu veux.

Je croisai les bras.

— Je ne vais pas mettre de robe.

— Ça me va très bien. Tu es sexy, quoi que tu portes.

Je le fusillai du regard, et il leva les mains en signe d'apaisement.

— Je ne te mentirai plus jamais.

Je jetai un coup d'œil à Payton, qui me faisait signe.

— Dépêche-toi ! cria-t-elle. On va être en retard.

Je repoussai mes épaules en arrière et repris mon souffle.

— Très bien. Je vais y aller. Mais juste le temps de voir ce que c'est que ce projet secret, et après je me casse.

— Alors tu vas avoir besoin de ça, dit-il en me tendant la boîte.

— Je t'ai dit que je n'allais pas mettre de robe. Je ne veux pas d'un bouquet.

— Tu vas en avoir besoin. Prends-le, insista-t-il en me fourrant la boîte entre les mains. Maintenant, tu ferais bien de décoller. Tu ne voudrais pas rater le début.

Priant pour ne pas être en train de commettre une immense erreur, je verrouillai la porte d'entrée en tapant le code dans la poignée. Lorsque j'approchai de la limousine, le chauffeur était déjà sorti pour m'ouvrir la portière.

Payton poussa un glapissement de joie lorsque j'entrai dans le véhicule.

— Je suis trop contente que tu viennes ! Tu ne vas pas le regretter !

Le chauffeur claqua la portière, et son sourire vacilla. Elle regarda par la vitre.

— Attends. Et Nolan ?

Je suivis son regard. Nolan, debout sous le porche, nous faisait un signe de la main.

— Il a dit qu'il allait rester à la maison pour que je puisse aller au bal.

— Oh ! fit Payton en se rasseyant contre le dossier de cuir noir. C'est gentil.

Je me retins de lui faire remarquer qu'il pourrait bien faire un million de gestes *gentils*, ça n'annulerait jamais ses mensonges ni les ravages qu'il avait causés. Au lieu de ça, je lui montrai la boîte en carton et déclarai :

— Il m'a donné ça.

Elle haussa un sourcil.

— C'est des fleurs ? Fais voir.

— D'accord. Mais je ne vais pas le porter.

Je glissai un doigt sous le couvercle et l'ouvris. Je m'attendais aux traditionnelles roses rouges, mais la boîte ne contenait qu'un marqueur noir posé sur un lit de papier de soie.

— C'est quoi ce truc ? m'écriai-je en prenant le marqueur dans la boîte pour le montrer à Payton.

Son regard s'éclaira. Elle eut un sourire mystérieux, puis se plaqua la main sur la bouche.

— Je comprends pas, dis-je en reposant le marqueur dans sa boîte.

La limousine venait de sortir de l'allée pour s'engager dans la rue. Je résistai à l'envie de regarder par la vitre arrière pour voir Nolan une dernière fois.

— C'est censé vouloir dire quelque chose ?

— Tu vas comprendre, répondit Payton, qui cachait toujours son grand sourire derrière sa main.

CHAPITRE 23

La limousine s'arrêta devant le lycée. Un instant plus tard, le chauffeur ouvrit notre portière et nous tendit la main. En descendant du véhicule, je le prévins :

— Restez dans le coin. Je reviens très vite.

Je n'avais pas l'intention de traîner dans un gymnase rempli de ballons de baudruche, de papier crépon et de tenues de soirée alors que je portais toujours mes bottines d'équitation. Cependant, la curiosité commençait à infuser mon esprit comme un thé particulièrement puissant, et je n'allais pas repartir tant que je n'aurais pas les réponses que j'étais venue chercher.

Le chauffeur hocha la tête.

— Bien, mademoiselle. Je reste garé devant.

Payton sortit de voiture après moi et me prit par le bras.

— Prête ?

Suis-je prête ? Des rubans d'angoisse se glissaient déjà entre mes côtes. Qu'est-ce qui m'attendait à l'intérieur ?

Payton sortit de son sac un petit carton. De mon côté, je retins mon souffle en comprenant que j'avais fait tout ça pour rien.

— Je ne peux pas entrer ! m'écriai-je. Je n'ai pas acheté de ticket.

Payton éclata de rire.

— Crois-moi, personne ne va t'empêcher de rentrer à cause de ça.

— Comment ça ?

— On est en retard, éluda-t-elle en m'entraînant par le bras. Viens.

Une camionnette d'une chaîne de télé était garée devant le gymnase, son antenne déployée. Plusieurs filles avec brushing et vêtues de robes à paillettes étaient rassemblées devant la porte.

Une vague de nausée me secoua l'estomac. Je me libérai de l'étreinte de Payton et priai pour ne pas vomir sur le trottoir.

Elle s'arrêta, les lèvres serrées.

— Ça va ?

Je serrai les bras sur mon ventre douloureux.

— C'est peut-être pas une si bonne idée, après tout, murmurai-je.

Dans le bâtiment devant moi se trouvaient des centaines d'élèves, des élèves qui avaient vu la vidéo, qui savaient ce que j'avais fait. Une remontée de bile me brûla la gorge.

— Je peux pas... Je peux pas.

— Regan, fit Payton en me tendant la main. Je serai avec toi. Tout va bien se passer. Tu vas voir.

— Je suis désolée, Pay.

Je secouai la tête et fis plusieurs pas en arrière.

— Je peux pas, répétai-je.

— Hé, Regan ! appela une des filles.

Je me figeai. Je ne pouvais plus m'enfuir. Je me tendis et me préparai à encaisser leurs insultes.

Sara, une petite brune de seconde en robe de satin bleu, courut vers moi.

— Oh mon Dieu, je suis tellement contente que tu sois là ! Tout le monde s'est tellement inquiété pour toi !

Deux autres filles de son groupe coururent vers nous pendant qu'une troisième, qui n'avait visiblement pas autant l'habitude de porter des talons, titubait prudemment. En arrivant à ma hauteur, elle bascula sur le côté et se rattrapa au bras de sa voisine.

— Ouais, dit Mindy, une élève de première que j'avais vue dans l'équipe de pom-pom girls. Ton projet, c'est de la bombe ! Je veux dire, je sais bien que ça va pas durer pour toujours, mais c'est juste génial de voir tout le monde comme ça ! J'ai même hâte d'aller au lycée, maintenant.

Les autres filles exprimèrent leur accord à l'unisson.

Je ne comprenais rien. J'étudiai l'expression de Payton, pour voir s'il s'agissait d'une sorte de blague. Elle se contenta de sourire et haussa les épaules.

— J'adore ta tenue, ajouta la fille qui ne savait pas marcher avec des talons. Elle est tellement unique... Tellement *toi*.

Les trois filles hochèrent la tête. Elles me faisaient penser à une rangée de jouets qui balançaient la tête sur la plage arrière d'une voiture.

— Je sais ! s'écria Mindy en tapant dans ses mains. Je vais l'écrire !

— Ooh, super idée ! dit Sarah.

Avant que je puisse leur demander de quoi elles parlaient, elles partirent au pas de course vers le gymnase.

Je me tournai vers Payton.

— Qu'est-ce qui se passe ?

Je m'étais attendue à des regards noirs et à des injures, pas à... ça.

Elle éclata de rire et me fit signe d'approcher.

— Viens.

Avec réticence je la suivis et passai la double porte pour entrer dans le grand espace ouvert devant le gymnase. Le comité d'organisation avait installé une table à côté d'un distributeur de sodas. Deux élèves de troisième à l'air blasé étaient assis derrière, vêtus de chemises et de cravates mal nouées. Ils vérifiaient les tickets d'une courte file de couples qui attendaient pour entrer.

— J'ai pas de ticket, rappelai-je à Payton alors que la file avançait.

Elle agita la main d'un air nonchalant. Le couple devant nous tendit ses tickets, et nous arrivâmes devant la table.

— Voilà mon ticket, dit Payton. Et ça, c'est Regan Flay. *Bien sûr*, elle n'a pas besoin d'un ticket.

Les deux garçons se redressèrent brutalement.

— Bien sûr ! s'écria celui de gauche. Entrez. Tout le monde l'attend.

Je fronçai les sourcils.

— Pourquoi tout le monde m'attend ?

Payton me prit par le bras et m'entraîna un peu plus loin avant qu'ils puissent me répondre.

— Ton feutre est prêt ?

Je refermai les doigts sur le marqueur que j'avais accroché au col de mon T-shirt.

— Pourquoi ? Qu'est-ce qui se passe ?

Un couple qui se partageait un soda près de la porte me sourit.

— C'est cool de te voir, Regan, fit le garçon en levant la cannette pour me saluer.

Je me rapprochai de Payton. Toute cette gentillesse après la semaine de harcèlement commençait vraiment à me filer les jetons. Toute l'école avait-elle été enlevée par des extraterrestres ? Ou peut-être que tout ça n'était qu'un piège pour me faire monter sur scène et me verser un seau de sang sur la tête, comme dans *Carrie*. Je frissonnai.

— Tu vas arrêter de flipper comme ça ? murmura Payton à mon oreille. Tout va bien se passer. Je te promets.

Elle s'arrêta devant les portes ouvertes du gymnase. Sous les lumières tamisées, une masse indistincte d'élèves couverts de paillettes se bousculaient au milieu du terrain de basket en se trémoussant sur un DJ set particulièrement entraînant.

— Prête ?

J'avais l'impression que mes veines étaient remplies de glace pilée.

— Non.

— Eh bien c'est con, parce que tu vas quand même y aller, répliqua-t-elle en me poussant en avant.

Je plissai les yeux pour tenter de m'habituer à la lumière disco, qui projetait sur le sol un arc-en-ciel de lumières colorées et de lasers.

— Voilà Regan, dit une voix derrière moi.

— Elle est là, fit une autre.

— Arrêtez la musique.

Plusieurs autres voix répétèrent la même chose et, une minute plus tard, la musique fut coupée et le gymnase s'illumina. Les danseurs s'immobilisèrent et se regardèrent les uns les autres dans la plus grande confusion. Puis, peu à peu, tous les regards se tournèrent vers moi. Un sourd murmure traversa la foule.

Merde. Mon cœur battait comme un fou. Un filet de sueur me coulait le long de l'échine. Dans quoi étais-je tombée ? Je reculai d'un pas, mais entrai en collision avec Payton.

— Regan ! Chérie ! Par ici.

Je tournai la tête en direction de la voix familière. Mon père se tenait à côté de Mme Lochte et de la principale McDill. Tous me sourirent avec chaleur et levèrent leur verre de punch.

— Bon retour ! dit la principale. Nous sommes tous très fiers de vous.

J'agitai nerveusement les doigts, parcourue d'un frisson. Un million de questions m'envahissaient l'esprit. De quoi était-elle aussi fière ? Pourquoi tout le monde me regardait ? Et surtout, qu'est-ce que papa foutait là ?

Je commençai à m'avancer vers lui pour lui poser la question, mais je remarquai soudain qu'il n'était pas tout seul.

À quelques pas de là, un journaliste tendait un micro à ma mère. Je m'approchai encore un peu plus. Si j'arrivais à écouter son interview, peut-être pourrais-je enfin comprendre ce qui se passait ? Mais avant que je puisse la rejoindre, quelqu'un s'arrêta devant moi. Les cheveux de Christy étaient attachés sur le côté, et elle portait une longue robe rouge bordeaux. Contrairement à tout le monde autour de moi, elle ne souriait pas.

Prudemment, je fis un pas en arrière. De tous les gens qui me détestaient, c'était Christy qui en avait le plus le droit. Après tout, sans la vidéo que j'avais faite dans les vestiaires, sa copine n'aurait peut-être pas tenté de se suicider. Je me mordis la lèvre et attendis l'attaque — ce n'était pas comme si je ne l'avais pas mérité.

Payton se plaça à côté de moi et m'adressa un sourire rassurant. Une agréable tiédeur m'emplit aussitôt la poitrine, et je lui rendis son sourire. Au moins, je n'aurais pas à affronter Christy seule.

— Je sais que tu n'es pas responsable de la diffusion de la vidéo, dit Christy.

Je clignai des yeux, incrédule. Ce n'était pas la réaction que j'avais attendue.

— Je sais aussi que c'est Blake qui nous a envoyé des petits mots pour qu'on se retrouve toutes dans les vestiaires en même temps, poursuivit Christy. Elle allait au même groupe de soutien LGBT que moi. J'imagine qu'elle a compris qui je voyais et a décidé de se servir de toi pour exposer Amber.

À ce nom, ma gorge se serra.

— Comment va Amber ?

Christy me sourit faiblement.

— Beaucoup mieux. Même si personne n'aime être obligé de faire son coming-out, je crois qu'elle est soulagée que les gens soient au courant. Ses parents ont même été plutôt cool avec ça.

Elle se mordit la lèvre, puis ajouta :

— Je sais que c'est compliqué entre vous deux et qu'Amber pourrait ne jamais vous remercier, toi et Nolan, de lui avoir sauvé la vie. Mais moi, je te remercie, conclut-elle en me serrant la main.

Je voulus répondre, mais les mots s'étranglèrent dans ma gorge.

Christy me lâcha la main.

— Je m'attendais à un rejet massif quand les gens ont appris pour moi, mais tout le monde m'a soutenue ! Je sais que c'est en grande partie grâce à ton projet. Il a eu un immense impact sur tout le lycée, tout le monde est d'accord là-dessus.

Je jetai un coup d'œil derrière mon épaule pour voir que les danseurs immobiles me fixaient toujours. Ils attendaient quelque chose, mais je ne savais pas quoi.

— Euh… J'aurais bien voulu m'attribuer le mérite pour tout ça, mais…

Christy ouvrit de grands yeux.

— Oh mon Dieu, c'est vrai ! Tu l'as pas encore vu ! Viens.

Elle s'avança en direction de la foule de danseurs et me fit signe de la suivre.

— Vas-y, insista Payton en me poussant doucement en avant.

— Euh, d'accord.

Je m'obligeai à y aller doucement, un pas après l'autre. Lorsque j'atteignis l'orée de la foule, les danseurs s'écartèrent pour me laisser passer. Je déglutis et frottai mes mains moites sur mon pantalon. Une fois que j'aurais fait un pas en avant, je serais encerclée. Jamais ils n'auraient une meilleure occasion pour me lancer de la pâtée pour chien, du sang de cochon ou pire encore. Mais je n'allais pas fuir. S'ils voulaient se venger de la douleur que j'avais causée, je les laisserais faire. Je fermai les yeux et fis un pas en avant.

Il est temps d'affronter ton karma, Regan.

Après quelques pas, voyant que rien ne venait me frapper, j'ouvris les yeux. Une fille à côté de moi se mit à applaudir. Le mec à côté d'elle poussa une acclamation. Il fut suivi par plusieurs autres cris et sifflements jusqu'à ce que tout le gymnase s'emplisse d'un tonnerre d'applaudissements.

Mon souffle se bloqua dans ma gorge. Que se passait-il ? Les battements de mon cœur s'accélérèrent pour prendre le rythme des applaudissements de plus en plus assourdissants qui résonnaient sur le plafond et faisaient vibrer les gradins poussés contre le mur. Je continuai à marcher jusqu'à émerger de la foule à l'autre bout du gymnase, où s'étendait sur toute la longueur un mur rappelant les cabines de toilettes des vestiaires.

Je m'arrêtai net.

— Qu'est-ce que…

Une main se posa sur mon épaule.

— Choisis-en une, cria Payton d'une voix à peine audible dans le tumulte ambiant.

—Tu veux que j'aille aux toilettes ?

Elle éclata de rire.

— C'est pas ce que tu crois. Vas-y.

Je choisis la cabine juste devant moi et poussai la porte : elle n'était pas fermée.

— N'oublie pas ton crayon ! cria Payton.

Sans me retourner, je levai le marqueur et entrai dans la cabine. Aussitôt, les applaudissements se turent et la musique reprit.

Je pris un moment pour observer. Au premier regard, c'était une cabine normale. *OK. Et maintenant ?* Tout comme dans les toilettes des vestiaires, l'intérieur de la cabine était couvert de graffitis. Je posai les yeux sur le marqueur que j'avais toujours à la main. Étais-je censée en rajouter ?

Je m'approchai du mur pour lire les inscriptions.

Jasmine Walker a un joli sourire.

Peter Doyle est premier en chimie et il donne des cours particuliers gratuits. Ce mec est génial !

Olivia Stout est une super joueuse de volley. Je suis sûr qu'elle va obtenir une bourse.

Je posai une main tremblante sur ma bouche en continuant ma lecture. Bien sûr, il y avait toujours le traditionnel *J'aime untel*, mais contrairement à la plupart des murs, il n'y avait aucun graffiti traitant les gens de salopes, de garces ou de putes. Chaque commentaire avait été pensé pour encourager, et non pour descendre.

Encore plus incroyable, il y avait au moins un millier de graffitis rien que dans cette cabine. Je ne pouvais imaginer combien il y en avait au total sur les murs des autres stalles.

Le souvenir du jour où Nolan était venu me voir aux écuries s'imposa soudain à mon esprit. Nous étions si près l'un de l'autre, moi toute poussiéreuse, lui avec sa bombe rose. *Tu ne trouves pas ça triste qu'on ne se souvienne de certaines personnes que grâce aux graffitis dans les toilettes ?* avais-je demandé.

Mais ça... Ça n'avait rien de triste. C'était ainsi que les gens méritaient de rester dans les mémoires, pour le bon et pas pour le mauvais. Contrairement aux toilettes du vieux bâtiment, ces cabines avaient un potentiel incroyable. Celui de changer la façon dont nous nous traitions les uns les autres, et peut-être même celle dont les futures classes se comporteraient. Ces toilettes étaient une promesse faite à tous les élèves du lycée qu'après notre diplôme, l'espoir que nous avions laissé derrière nous surpasserait de loin la haine.

Je posai une main sur ma bouche pour étouffer le sanglot qui montait dans ma gorge. Si j'avais su qu'en décidant de changer, j'aurais engendré un effet papillon qui aurait métamorphosé tout le lycée... Et je ne l'avais pas fait toute seule. Nolan avait réussi à saisir dans mon esprit l'instant où j'avais rayé *Delaney Hinkler est une sale pute* et inscrit *Christy Holder est une fille formidable*, et l'avait changé en ça.

Malgré tous mes efforts pour les contenir, des larmes se répandirent sur mes joues. Nolan avait tout fait : il s'était arrangé pour obtenir les permissions nécessaires, pour récupérer et mettre en place les cabines, et pour obtenir le soutien et la participation de tout le lycée.

Bien sûr, il m'avait blessée. Il m'avait menti. Mais il avait aussi organisé tout ça. Ça devait compter. Les doigts tremblants, je décapuchonnai mon marqueur et l'approchai d'un petit espace vide sur le mur.

Nolan Letner est

Je m'arrêtai, incapable de trouver le mot juste alors que mon cœur portait toujours les marques de sa trahison.

De nouveau, je levai mon feutre.

Nolan Letner est...

Un connard. Un génie. Sournois. Attentionné.

Je laissai retomber le feutre et le rebouchai. Peut-être n'étais-je pas prête à terminer cette phrase. Nolan était beaucoup de choses, trop pour le résumer en un mot. Mais deux en particulier me vinrent à l'esprit.

Nolan Letner est...

Pas là.

Et il aurait dû l'être. Malgré mes sentiments contradictoires à son sujet, c'était autant son projet que le mien. Et il ratait tout parce qu'il voulait que je sois heureuse. Ce n'était pas juste.

Je décidai de faire demi-tour.

Payton sourit en me voyant.

— Qu'est-ce que tu en penses ?

— J'en pense que Nolan n'est pas là.

Elle fronça les sourcils, interloquée.

— Quoi ?

Je lui tendis mon marqueur et passai à côté d'elle sans m'arrêter. Je pouvais bien mettre de côté mes sentiments, le temps de passer une soirée dans un gymnase en la présence de Nolan. Et même si je me rendais compte que me trouver dans le même bâtiment que lui était trop dur à supporter, je pouvais toujours rentrer à la maison. J'avais vu ce que j'avais besoin de voir. C'était son tour.

Je me frayai un chemin dans la foule des danseurs. Certains sourirent et me crièrent des choses sur mon passage. Je leur rendis leurs sourires et accélérai.

— Regan ! m'appela maman lorsque j'arrivai à la porte. Le journaliste te cherche.

Elle fronça le nez en me voyant pousser la porte.

— Qu'est-ce que tu fais ?

— Ce que j'ai à faire, répliquai-je en laissant la porte se refermer derrière moi.

Le chauffeur avait tenu parole, la limousine était garée devant. Le soulagement m'enveloppa comme une couverture tiède. Je courus vers le véhicule, mais m'arrêtai net en l'apercevant. *Lui*.

Il ne portait plus sa veste de costume et il avait enlevé sa cravate. Il sauta du hayon de sa voiture et s'avança vers moi.

Plus il approchait, plus mon cœur semblait remonter dans ma gorge. Je crus que j'allais étouffer.

— Qu'est-ce que tu fous là ? demandai-je. Tu m'as promis que tu ne viendrais pas.

Il sourit, et son sourire me serra le ventre.

— Non. J'ai promis que je n'allais pas *entrer*. Je n'ai pas dit que je ne pouvais pas rester sur le parking.

Je ne pus m'empêcher de sourire. Du Nolan typique.

Il désigna la limousine.

— Tu pars déjà ?

— En fait... répondis-je, mal à l'aise, je m'apprêtais à aller te chercher.

— Oh ? fit-il en haussant un sourcil.

— Ouais. J'ai juste... Je trouvais que c'était pas juste que tu ne sois pas là pour voir ça. C'est toi qui as tout organisé. Et c'est tellement... génial.

Il fit un nouveau pas vers moi, et je me retrouvai enveloppée par son odeur. Mon cœur à tout rompre.

— C'était ton idée, me rappela-t-il.

J'humectai mes lèvres soudain toutes sèches.

— Mais c'est toi qui as fait tout le travail ! C'est pas juste que je sois à l'intérieur à m'attribuer tout le mérite.

— Le mérite ? fit-il avec un petit rire méprisant. Je m'en fous. Tout ce qui compte pour moi, c'est toi.

À ces mots, je dus combattre l'envie impérieuse de me blottir contre lui. Au lieu de ça, je fis un pas en arrière.

— J'ai tellement envie de te croire. Mais tu m'as fait du mal, Nolan. J'aimerais avoir un interrupteur pour couper la douleur, mais ce n'est pas possible, répliquai-je avant de détourner les yeux.

— Je sais.

Il posa un doigt sous mon menton et leva mon visage vers le sien.

— Je ne m'attends pas à ça de ta part. Mais ça ne veut pas dire que je vais arrêter d'essayer d'arranger les choses entre nous. Je ne mentais pas quand j'ai dit que j'avais des sentiments pour toi, Regan, et je suis prêt à faire tout ce qu'il faudra pour te récupérer.

Si seulement je pouvais oublier le passé et le croire. En vérité, je souffrais de ne pouvoir le prendre dans mes bras et enfouir ma tête contre son épaule comme ce soir-là dans sa chambre, quand il m'avait demandé de faire comme si nous étions seuls au monde.

À cet instant, nous étions seuls au monde. Mais à présent, une montagne de douleur et de mensonges s'était élevée entre nous, dont je n'étais même pas sûre de pouvoir un jour mesurer la hauteur.

— Je ne peux pas te promettre que tes efforts vont payer, dis-je enfin. Je ne peux pas te promettre qu'il y aura un jour un *nous*.

Même si j'en avais terriblement envie.

Les sourcils froncés, il rabaissa sa main.

— Mais qu'est-ce que tu *peux* me promettre ? demanda-t-il.

Je ne savais pas vraiment si j'avais une réponse à lui donner. Mais avant de pouvoir le lui dire, je fus interrompue par une femme qui criait mon nom. Je me retournai pour voir une jeune Black vêtue d'un tailleur-pantalon rose courir vers moi en talons hauts, un micro à la main. Derrière elle, un homme maigre vêtu d'un sweat extra-large tenait en équilibre une lourde caméra sur son épaule et peinait à la rattraper.

— Regan Flay ? répéta la femme en haussant un sourcil parfaitement dessiné.

Le cameraman dirigea l'objectif vers mon visage, et je m'efforçai de ne pas tressaillir.

— Euh, oui ?

La femme leva son micro vers mes lèvres.

— Pourriez-vous nous parler de votre projet ?

Avec une mère dans la politique, je n'étais pas étrangère aux caméras, mais en avoir une dirigée uniquement sur moi était une toute nouvelle expérience – une expérience très agréable.

— En fait, ce projet était notre idée à tous les deux, répondis-je en jetant à Nolan un regard suppliant.

Avec un petit sourire en coin, il leva les deux mains et recula avant que la journaliste ait eu le temps de tourner son micro vers lui.

— C'est faux, dit-il. L'idée était celle de Regan à cent pour cent. Je l'ai seulement aidée à la réaliser.

Je voulus le fusiller du regard, mais la journaliste se glissa entre nous, me bloquant la vue.

— Et qu'est-ce qui vous a inspirée ? demanda-t-elle en levant encore un peu le micro, si bien que seuls quelques centimètres séparaient mes lèvres de la couche de mousse.

Le cameraman s'approcha. Ma gorge se serra, et je me trouvai incapable de détourner le regard de la lentille. C'était comme si l'œil noir et fixe d'un terrible monstre attendait que je me plante pour capturer mon humiliation et la partager avec le monde entier.

Je fermai les yeux et tentai d'imaginer que la personne derrière la caméra était Nolan, le garçon dont j'étais tombée amoureuse le soir où nous avions convenu de ne pas avoir de passé. Le garçon qui m'avait embrassée jusqu'à me donner le tournis, et qui m'avait laissé un goût de sucre fondu sur la langue. Ce même garçon qui m'avait détruite en un instant, me brisant le cœur en des morceaux si petits, si déchiquetés, qu'ils ne pourraient jamais se remettre complètement en place.

La journaliste poussa un soupir impatient.

— Qu'espériez-vous changer ? demanda-t-elle.

— Tout, murmurai-je en ouvrant les yeux. Je voulais tout changer.

— Comme quoi ?

Je déglutis avant de répondre.

— Ces murs, ce sont nos cœurs. Dès que quelqu'un fait un commentaire, celui-ci s'inscrit en nous de manière permanente. Les mots gentils, les mots méchants, tout est là, poursuivis-je en posant la paume de ma main sur ma poitrine. Bien sûr, on peut rayer les mots ou essayer de repeindre par-dessus, mais sous les couches d'encre et de peinture, ils sont toujours là, gravés au plus profond de nous, comme des initiales gravées dans le tronc d'un arbre. Alors on se balade avec ces cicatrices, mais personne ne les voit et personne ne sait à quel point elles font mal. Et pendant ce temps, les gens continuent à dire et à écrire de nouvelles choses, jusqu'à ce que le moindre centimètre carré de nos cœurs soit couvert d'un venin si noir que nous-mêmes ne sommes plus capables de voir le bon en nous. Alors, nous commençons à ajouter nos propres mots, et ils sont plus sombres que tout le reste, et les cicatrices s'inscrivent plus profondément encore que les autres.

La journaliste avait les yeux grands ouverts. Le micro tremblait doucement dans sa main.

— Et votre projet ? demanda-t-elle d'une voix qui n'était plus qu'un murmure.

— J'ai fait ma part de médisance. Je me suis rendu compte trop tard de tous les dégâts qu'avaient causés les mots que j'avais écrits et prononcés. Tout comme ces graffitis sur les murs, ces mots seront inscrits pour toujours dans le cœur de certaines personnes. Elles vivront le reste de leur vie avec des cicatrices que je leur ai infligées. Non seulement je voulais présenter mes excuses aux personnes que j'ai blessées mais je voulais aussi empêcher les autres d'infliger les mêmes peines. Les murs ne sont qu'un symbole, mais j'ai l'espoir que remplacer les mots empoisonnés dans nos cœurs par des preuves d'amour pourra peut-être effacer certaines de nos cicatrices. Du moins, conclus-je en haussant les épaules, c'est un début.

La journaliste me regarda fixement pendant quelques secondes avant de rabaisser son micro.

— Merci, Regan. C'est tout ce qu'il nous fallait.

Elle fit un signe de tête au cameraman, qui abaissa la caméra. Elle tourna les talons mais, avant de partir, me jeta un dernier regard et ajouta :

— Je vous trouve formidable, déclara-t-elle. Qui sait combien de vies vous allez changer ? Quoi qu'il en soit, vous avez de quoi être fière.

Elle m'adressa un clin d'œil avant de repartir vers la camionnette de la télé, garée au bord du trottoir.

Je ne pouvais m'empêcher de sourire en les regardant démarrer. Je voyais déjà mes cartes de visite : *Regan Flay, changeuse de vies*.

Nolan toucha mon bras, me tirant de mes pensées.

— Si je ne pensais pas déjà que tu étais une fille géniale, ouah ! cette interview m'aurait rassuré à ce sujet.

Toujours souriante, je levai les yeux au ciel.

— Ça suffit avec les compliments. Je sais très bien ce que tu essaies de faire.

— Et ça marche ?

Je ris doucement.

— Je vais te dire : avant que la journaliste nous interrompe, tu m'as demandé ce que je pouvais te promettre. Je crois que j'ai une réponse.
— Ah oui ?
— Une danse. Je peux te promettre une danse.

Un grand sourire aux lèvres, il me prit par la main pour me ramener vers le gymnase.

— Pour l'instant, je m'en contenterai, déclara-t-il.